岁月留痕

石泰康 著

内蒙古文化出版社

图书在版编目（CIP）数据

岁月留痕 / 石泰康著. — 呼伦贝尔：内蒙古文化出版社，2023.3
（中国好美文）
ISBN 978-7-5521-2170-4

Ⅰ. ①岁… Ⅱ. ①石… Ⅲ. ①散文集—中国—当代
Ⅳ. ① I267

中国版本图书馆 CIP 数据核字（2022）第 217900 号

岁月留痕
SUIYUE LIUHEN

石泰康　著

责任编辑	白　鹭
封面设计	鸿儒文轩

出版发行	内蒙古文化出版社
地　　址	呼伦贝尔市海拉尔区河东新春街4－3号
直销热线	0470－8241422　　邮编　021008

排版制作	北京鸿儒文轩文化传播有限公司
印刷装订	三河市华东印刷有限公司
开　　本	880mm×1230mm　1/32
字　　数	200千
印　　张	10.75
版　　次	2023年3月第1版
印　　次	2023年5月第1次印刷
书　　号	ISBN 978-7-5521-2170-4
定　　价	65.00元

专注于宝安人文写作的石泰康

（代序）

认识石泰康，始于 2009 年初。

作为宝安区作协主席，在我眼里，石泰康是范文澜说的那种人——板凳要坐十年冷，文章不写半句空。出于历史专业出身的敏感，我对石泰康的文字很感兴趣，在沙井街道，他与程建的文章我比较关注：两人都注重历史文化的写作。

石泰康在律师事务所工作之余，把时间和精力投入文学创作中，他的笔触常常放在探讨宝安人文历史方面的研究。对于历史悠久的宝安来说，他的文章无疑给了文化沙漠论者一记耳光。经过石泰康有理有据的考究，精细耐心的陈述，有力的文笔彰显，使文化底蕴深厚的宝安得以向今天的世人展现出更加魅力多彩的风姿，使枯燥的过往呈现出生动，淹没在历史尘埃中的文化得以重见天日。

尤其是，石泰康对本土（沙井）风物的历史呈现做了大量深入细致的寻根问底、考察调研，不光是写沙井蚝、写本土（沙井）的风土人情，而且对本土（沙井）的姓氏家族都有相当深入的研究，他几乎成了沙井的一部历史教科书。今天，石泰康用十几年来对古村探寻、田野乡间搜集的第一手资料，用悉心撰写的55篇本土历史文化文章，《岁月留痕》辑书出版，欣闻之余，我对石泰康深表祝贺！

我个人比较倾向于写有传世价值的散文，这或许跟我学历史有关。一篇文章或一本书，几辈子的人读也不过时，石泰康的文章与书，我看已经做到了这一点。

人文就是人类文化中的先进部分和核心部分，即先进的价值观及其规范。其集中体现是：重视人，尊重人，关心人，爱护人。简而言之，人文，即重视人的文化。

人文，是一个动态的概念。《辞海》中这样写道："人文指人类社会的各种文化现象"，文化是人类或者一个民族、一个人群共同具有的符号、价值观及其规范。符号是文化的基础，价值观是文化的核心，而规范，包括习惯规范、道德规范和法律规范则是文化的主要内容。人文是指人类文化中先进的、科学的、优秀的、健康的部分。

石泰康的文字，无疑是宝安人文亮丽的呈现。要做到这一点，个中滋味我知道，没有皓首穷经的毅力与付出，断不能写得如此之好，可以说每一个文字就是每一滴汗水，因为这样的文字来不得虚假与浮夸。

是对宝安这块土地的热爱，才使石泰康花费大量的精力和财力去追寻历史的梦想，我们通过他的文章，更加了解了这块热土的前世今生，从而更加珍惜今天来之不易的生活。在此，我们要感谢为宝安增加亮色的作家，包括我的文友石泰康。

是为序。

王熙远：广东省第十届督学，原深圳市宝安区作家协会主席，30万字长篇散文《神巫毛拜陀》获2013年广东省第二届"九龙江"散文奖唯一金奖。

辛丑冬至於邕

引　读

宝安：穿过千年历史风烟——《岁月留痕》

　　本书收集了作者近十几年来撰写的本土历史人文、乡风民情及岁月遗迹的文章。为了采写，他不辞劳苦，利用业余时间，走近古村、古墟、古庙、古祠、古塔、古桥、古墓，踏古雕楼，寻自然景观，觅故土乡情……坚持不懈地亲临现场，深入乡间、田野、老宅，在老村中、宗祠里、榕树下，面对面地向村中长者、知情者请教，深度挖掘、搜集第一手原始材料。其间，作者为了考证，查阅了多部文献资料，以散文的方式来描写本土历史以及文化遗址，而且大部分已经在当地的报刊发表过。

　　作者通过对其景、其物、其人和其事等各种题材进行客观真实的撰写，让人们对本土的文化产生浓厚的兴趣，从而希望能够唤起地方政府有关部门的关注，对即将消失的文物古迹加以重视，以启迪当今的年轻人和异地人，这是作者写此类文章的初衷和价值所在。

本书收集了作者55篇文章，分别以民俗篇、文物篇、地理篇、文化篇、美食篇、补遗篇6个篇章，向广大读者展现宝安的历史人文、乡风民情。

本书结合从地方志中翻阅的资料和涉及当地各姓氏的族谱等文献创作而成。为了让读者读着不枯燥、不乏味，作者收集了一些传说故事，以散文的方式，采用"据说"和"传说"来表达，尽量使典故与真实融为一体，让读者在阅读本书、了解本土历史文物的同时，有想到现场一睹为快的冲动。

作者为了探寻本地的文物保存状况，通过走访、收集、归类创作，为地方填补了相关历史材料，同时也为地方文物资料有序管理，做出了贡献，可敬可赞！

目 录

民俗篇

从前宝安人这样过大年

　　春节即农历正月初一，民间称为新年，宝安人称作"过年"，当然这是从严格意义上来说的。在民间，人们的过年活动往往从腊月初就开始了，一直延续到元宵节。腊月初八腊祭，要吃腊八粥，并馈送亲朋好友。腊月二十三（或二十四）要祭灶，送灶王爷上天，到除夕夜要接新灶主回来。年前还要"扫年"，即进行大扫除，老宝安有"年廿八，洗邋遢"之土话。据宋代吴自牧《梦粱录》载，其时"士庶家不论贫富，俱洒扫门闾、去尘秽、净庭户……以祈新岁之安"。越挨年近"年味"就越浓。

宝安人过大年的场面

备年货 逛花市

过年要做的第一件事就是备年货，在除夕前必须把过年吃的、穿的、用的都置办好。

吃的东西有腊肠、腊肉、鱿鱼、蚝豉和猪肉皮等，随着人们生活水平的提高，如今鲍鱼、海参、元贝、冬菇也并不鲜见。

将鲜蚝肉直接晒干，则是有名的"生晒蚝豉"。把鲜蚝肉煮熟，再晒干或烘干，成品称为"熟晒蚝豉"。过年时，人们用蚝豉煲汤，味道异常鲜美。团年饭必吃的一道菜——发菜蚝豉，就是由蚝豉和发菜煮成的，谐音为"发财好市"。猪肉皮也叫猪皮，是将生猪皮晒干，然后在放有沙子的锅中爆炒而成。经过爆炒的猪肉皮会裂开，体积也会膨胀为原来的两三倍，并且变得异常坚韧。在吃之前先用热水泡软，和鲜蚝、冬菇一起煲汤或作打边炉的材料都很美味。

此外，自制的炒米饼、炸糖环、炸煎堆、炸油角、炸鹅肠及九层糕等点心也是过年少不了的东西。炸鹅肠，其实并不是真的鹅肠，而是用红、白、黄等颜色的肠粉折叠而成，油炸以后，爽脆可口，既好看又好吃。九层糕是九层棕色透明糕点，用米粉做成，中间抹上花生油，一层层叠起来，叠成九层，取步步高升的好意头。

"新年到，多吵闹，大人要做衣，小孩要鞋帽。"过年当天，能穿上新衣服是我们那个时代每一个孩子的梦想。当时，一年能做一套衣服已经很满足了。改革开放前，物品是配给制，裁制一件衣服除了钱还要布票，每人一丈三尺八，勉强够一人穿用，谈不上什么款式，只能裹体保暖。而今，各类服装在大商场和时装店每天都能买到。新年才有新衣服穿的日子，一去不复返了，但是小时候穿上崭新的衣服过年那种激动、自豪的心情，却深深地留在了记忆中。

逛花市、买年橘也是本地人年前必选项目之一。"橘"在广东话中和"吉"同音，年橘代表着吉祥。过去，即使再穷的家庭，都会买上一两盆金橘，放在家里。而稍微富裕的家庭还会买一些桃花、菊花、水仙花等让家中花香四溢。从20世纪90年代开始，各镇（街道）会在年前安排场地，搭建迎春花市，花市上发财树、金钱树、富贵树、摇钱树、招财树、平安树、黄金万两、一帆风顺、玫瑰花、蝴蝶兰、牡丹花、君子兰、百合竹、宝贵竹等新奇的花卉琳琅满目，光各种年橘就数十种，供市民任意购买。

换门神，贴倒福

除夕夜又叫年三十，换门神、贴春联、挂年画等都必须在这一天完成。除了春联、门神，也有人贴"福"字以求得福，也偶见一些人家把"福"字倒着贴。倒贴"福"字传说起源于清代恭亲王府，有一年春节前夕，大管家为讨主子欢心，写了几个斗大的"福"字，叫人贴在库房和王府门上，有一个家丁因不识字，竟将大门上的"福"字贴倒了。恭亲王的福晋（亲王之妻）发现后，欲鞭打家丁，幸好大管家是个能说善辩的人，他怕主子怪罪下来，牵连自己，慌忙跪下解释："奴才听人说，恭亲王府如今福真的到了，乃吉庆之兆。"管家借用"倒"字的谐音，进行诡辩，显示了其随机应变的才能，也迎合了福晋希望佳节得福的心理。加之福晋听到过往行人口中念叨"恭亲王府福倒（到）了"，认为很吉利，不但没有处罚大管家和家丁，还赏了他们银子，之后"福"字倒贴成为时尚，正贴反而为人所忌讳。近年来，我收到的一些银行、保险公司等赠送的"福"字，也是倒写的。

有些地方晚上12点前有"守夜"习惯，一直守候到凌晨即抢先燃放鞭炮，以示赶走厄运，迎来财神爷，取个"五福临门"的好兆头。

团年饭顾名思义是全家团圆吃饭。不论过去还是现在，出门在外的人，不管路程多远，都要赶回家，这已经成了一个大传统。每年的春运潮，大家历尽千辛万苦也要赶回家与家人团聚就是最好的例证。而宝安大部分在外的本地人（以移居香港居多），每到年三十，很自然地就会有一种回家吃团年饭的愿望。兄弟们以祖父母或长辈为中心，一家人一起吃团年饭，表示合家团圆，祥和安康。通过这样的团聚，加强了兄弟间的感情，绝对是一个值得发扬的优良传统。

过去，全家能以三鸟（鸡、鸭、鹅）、猪肉、肉皮、牙菇、粉葛等做一顿团年宴，就已经非常了不起了，鲜蚝不是每家都能吃得上的。特别讲一下团年饭中的鹅肉，过去由于家里不富裕，绝大多数人家的餐桌上的鹅，都是自己家养的。一般，在过年前三四个月，从集市上买两三只小鹅回来养，买回家的鹅一般由家里的小孩负责喂养。每天放了学，村里的小孩子凑到一起写作业，后面都会跟着几只鹅。养上三个多月就差不多过年了，这些鹅也有好几斤重了，到了吃团年饭的时候，它们就成了餐桌上的美味佳肴。而饭桌上吃鹅也是有讲究的，一般来说两只鹅腿会分给家里两个年纪最小的男孩子吃，女孩子一般享受不到这个待遇。

最近几年，有些社区兴起集体吃大盆菜，邀请村民及旅居港澳的乡亲族人回村团拜，以示村民大团圆。

过大年　发"利是"

年初一大清早，儿子、媳妇、孙儿都会捧着全盒（备有各种糖果、瓜子、大橘）来给长辈拜年，说些"恭喜发财""身体健康""万事胜意"的吉祥话，长辈给晚辈吃大橘，发"利是"，意思是大吉大利。年初二初三到外婆家向长辈问好。大年初一还有很多禁忌，比如不能扫地，以免扫走了好运和财气，不能讲死人、撞车等不吉利的话，不能杀生等。

春节期间，宝安本地人还有走家串门拜年的习惯，见面要互相说上几句"恭喜发财，身体健康"等吉利话，已婚的人还要给未婚的人封"利是"。这也是小孩子最快乐的时刻，因为可以攒到不少的零花钱，孩子们拿着得来的"利是"买烟花玩和到商场购买心仪的物品。

年初七，俗称人日，人人都生日，这又是一个高潮，又有一番热闹场面。此外，多年来这里还有舞狮、舞麒麟拜年的习惯。近年来舞龙经过挖掘传承，已经成为宝安人春节不可缺的习俗。

拜山祭祖放纸鹞吃九层糕
——谈谈宝安重阳节习俗

我在沙井出生、长大，从小每逢重阳节，必定会随父亲去拜山祭祖。父亲走后，我和兄弟们也一直坚持着这一习惯。如今，我的孩子们也长大了，在我的影响下，他们也早已习惯了重阳节拜山祭祖。

重阳节由来十分久远，重阳节的源头，一般认为可追溯到先秦以前。据《吕氏春秋·季秋》记载：是月，"命冢宰，农事备收，举五种之要。藏帝籍之收于神仓，祗敬必饬。""命主祠祭禽於四方。"可见，当时秋季农作物丰收之时，已有祭飨天帝、以谢苍天和祖先恩德的活动。据晋人葛洪辑抄、西汉刘歆所著《西京杂记》记载：西汉初年，每年九月九日为宫中节日，后来因汉高祖刘邦的爱妃戚夫人被吕后残害，戚夫人的使女贾氏被驱逐出宫，嫁到民间，贾女常与人谈起宫中九月九节，此后重阳节俗便流传开来。此外，关于重阳节的起源，还有一个说法，即出自南朝吴均《续齐谐记》记载的"桓景避祸"的一个道教神仙故事。由此，九月九日有了登高避祸的习俗。至唐代，诗人纷纷重阳登高，诗兴勃发，有杜甫的七律《登高》等无数千古名作，唐代妇女和孩童佩茱萸、插菊花亦非常盛行。直到宋代，人们不光佩茱萸、菊花，还把彩缯剪成茱萸、菊花佩戴，一时成为时尚饰品。清代，许多地方重阳节还把菊花枝叶贴在门窗上，"解除凶秽，以招吉祥"，成为头上簪菊的变俗。从历史记载来看，晋代十分重视重阳节，但直到唐代，才由大臣李泌奏请皇上，正式确立重阳节，官方布告民间：重阳节为三令节之一（唐代官方认定的佳节，以农历二月一日为中和节，三月三日为上巳节，与九月九日重阳节合称"三令节"）。从此，重阳节成为全国的民俗大节。

重阳

祭祖：过去宝安重阳重要节俗

过去宝安人过重阳节，较为重视的两个习俗，一是秋祭拜山，二是登高、放纸鹞，其中拜山祭祖则放在乡俗首位，宝安素有"三月为小清明，重九为大清明"之说。数百年前，宝安人从中原几经迁徙，历经艰辛，来到岭南蛮荒，发展至今，实属不易，因而非常敬重祖先，不少姓氏的宗族在迁徙中还背着祖先的骸骨，住到哪葬到哪，葬到哪祭到哪。

因此，逢年过节一定不忘祭祖，小节在家中小祭，大节全村全族同祭。祭奠是件非常肃穆和庄重之事，宝安本地乡俗有两大祭，分别为"春祭"和"秋祭"，如果错过春祭，还有机会在秋祭补上。

不过，宝安地区靠近海边的水上人家，只有清明的"春祭"才会进行祭祀，而"秋祭"不祭祀扫墓。据1997年《宝安县志》记载："农历九月初九为头阳，九月十九二阳，九月二十九为三阳。重阳在宝安为秋祭日，主要是全族公祭祖先，费用由族中公偿田产所得支出。族长及辈分高的老人可乘轿，其余的人步行跟随至墓地。祭品丰盛，祭仪隆重，规矩讲究。祭祀仪式由族长或辈分高的长者主持，众人肃立于墓地堂前，拜祭为三献三跪九叩首。拜祭完后将祭品带回祠堂拜祭祖先灵位，然后分'丁肉'，男丁每人可分得猪肉一份。"这就是俗语说的："太公分猪肉，人人有份。"

农历的九月已是秋末，严寒的冬天即将降临。古人讲究孝为先，人们开始添置冬装时，不忘在拜祭先人时烧纸衣，让亡人在阴间防寒。因此，重阳节后来又慢慢演变为扫墓及为先人焚化冬衣的节日。如今的秋祭，不只限男性，妇孺老少均可参加，祭祀人越多，场面越热闹，说明族人越兴旺，敬祖感恩之情越浓。

放纸鹞：宝安重阳节特色民俗

重阳节放纸鹞，是过去宝安一项颇具特色的传统民俗。纸鹞，又叫风筝。据说风筝是五代以后的称谓，五代之前北方称之为"纸鹞"，南方多叫"鹞子"，宝安"纸鹞"的叫法，沿袭于五代以前的古老名称。

过去宝安人玩纸鹞，多在重阳秋爽季节，而不是北方人玩的清明时节，因为南方清明阴雨绵绵不好放。宝安西部广府人制作的纸鹞较为讲究，风格接近广州纸鹞，除扎架、糊纸、描画外，还注重放飞的"线"——一种用缝衣线胶粘上玻璃粉末的线，它既细、韧，又锋利，很适合"斗鹞"（后有鱼丝线、蚕丝线、尼龙丝线）。斗鹞俗称"鐹鹞"，也就是谁放得高、放得远，鹞线不被别的鹞线"锯断"，就是优胜者。我儿时就常常放纸鹞，还听过这样的童谣："九月九，纸鹞断线天下走。"如今，放纸鹞不仅是个人娱乐、孩童的玩乐，也是一种休闲方式、成年人健康运动方式，甚至发展成为一种竞技活动，2012年，大梅沙利用沙滩、大海、蓝天举办沙滩音乐节的同时，还举行了盛大的第七届国际风筝节，"万人放飞，为爱飞翔"，把旅游推广和商业活动演绎得淋漓尽致。

登高：宝安重阳另一特色民俗

宝安人自古秋日重阳，有游梧桐山、阳台山和福永凤凰岩等名胜的习俗。清康熙《新安县志·艺文》记载了本邑布政使祁顺的一首《梧桐山》。此外，本地人、知县郑文炳登上福永凤凰岩写过《秋日游凤凰岩》，知县刘稳登高留下过古诗"最喜山川堪人跳，何期童冠更相随"。重阳节登山不再是权贵们的专利，如今已普及至平常百姓，成为大众健身、亲近大自然的一种时尚。当今，深圳的梧桐山、七娘山、羊台山、马峦山、排牙山等，都是人们登山的好去处。深圳市有关部门每年重阳节，在罗湖区举办"梧桐山登山节"，10万群众踊跃登山。青壮年也在社区附近爬莲花山、笔架山、小南山、塘朗山、鸡公山、凤凰山和洪田火山等，而且人数每年呈增多趋势，据说2012年仅凤凰山就有不止两万人登高。

九层糕松糕：宝安重阳传统食品

古人说的佩茱萸、食蓬饵、饮菊花酒和登高的习俗，四样流传到现在，仅剩两样，即食蓬饵和登高。蓬饵，是什么东西？据载，汉代出现的糕点谓"饵"。《说文》云："饵，粉饼也。"亦称花糕、菊糕、发糕等，为重阳节的传统食品。糕在汉语中谐音"高"，成为生长、向上、进步、高升的象征，因此备受人们喜爱。宝安人延续至今的重阳传统食品，有九层糕（千层糕）、松糕、重阳糕、喜糕和菊花糕等。不过，旧时的菊花糕，是用鲜菊花做的，因为古人笃信菊花能"辟邪""长寿"，是个吉祥物。各地从古至今有重阳赏菊的习俗，深圳也不例外。

2006年开始，深圳每年举办"公园文化节"，每逢重阳节前后，罗湖、南山、宝安等地都会举办规模盛大的菊花展、秋菊书画摄影展和咏菊诗词、楹联比赛，菊展展出的"火舞菊王"，一天就吸引数万人参观，赏菊、画菊、摄菊、咏菊，成为深圳重阳节新民俗。

"水神"真武：散入民间的文化符码
——从沙井壆岗北帝古庙看真武大帝对
沿海居民信仰习俗的影响

北帝乃真武大帝，是北方之神、水之神，受到玉帝北帝的派遣，镇守北方。珠江三角洲流域的居民供奉最多的神明就是与水有关的神祇，如观音、天后、洪圣王及北帝等。沙井一带观音、天后、洪圣和杨侯宫的庙宇居多，而位于壆岗社区的北帝庙是一座保存完好而且也是刚重新修缮的庙宇。近日，笔者走访刚修缮的壆岗北帝庙，寻找散入民间的真武文化符码——向参与重新修缮的长者和有关人员了解重修过程中的逸事以及该庙过往的故事。

据了解，壆岗的"北帝诞"盛会在20世纪50年代初已经停办了。随着时代的变化，特别是"文革"时，各类民间神祇与全国各地一样，均受到限制、批斗，渐渐被当代年轻人所遗忘。

该古庙20世纪50年代，曾经做过敬老院，六十年代为生产队队部。一座有着悠久历史的古庙，长期空置荒废，实为可惜。目睹古庙长期空置，破烂不堪，岌岌可危，并随时都有倒塌的可能。热心的村民们有见及此，相互议论，分别在1997年和2006年两次联名向村居委会申请《关于请求重修北帝古庙》的报告。并自发成立筹备小组，成立墟岗北帝古庙修复理事会，发动村民及港资企业捐资。

该庙宇从通过发动居民和社会各界善信的捐赠形式筹集了资金，并且在原建筑物的基础上，与村民置换补偿等方式，拓宽了庙宇的面积，修建了廊坊和广场，据老居民回忆，目前的古庙建筑规模基本接近原貌。

文化风烟掠过大地

在中国道教文化中，真武原是统管北方的神。随着中华民族的勃兴发展，历史的车轮裹挟文化风烟碾过中华大地，真武逐渐被南方沿海的人民接受、信奉。从中我们可以看到文化渗透的强势和中华文化相互影响、相互贯通的潜移默化的伟大力量。

华夏文化初端，跟世界其他古国文化一样，存在着先民对自然现象、世界本质一种主观的猜测和推想臆断。本文中提到的道教文化中的"五帝"，正是这样一种华夏先民对大自然朴素的文化认知。文化的种子一旦在人民的土壤中生根发芽，其成长的速度是惊人的，呈现纵向（历史传承）和横向（同时代社会之间）的延伸，体现在现实中的实证就是现存的文化古迹。这些古迹带着中华文明的胎记。

在科技文明高速发展的今天，关于文中北帝的传说，看上去缺失"科学"的内涵，对北帝的崇拜体现出一种盲目性，但不可否认，这是历史发展进程中真实存在的阶段性形态，是中华文化童年时期的客观写照。

北帝与中国历史

真武大帝，即"五帝"中的北方黑帝。据道教经典说，真武原来是净乐国的一位太子，他天生聪明，读了很多的书，长得魁梧，还学了一身好武艺。子民们都称赞他，敬重他，说他将来一定会成为一个好国王，然而，他却偏偏不愿意继承王位，发誓要杀尽天下妖魔，于是，到太和山修道，在玉清圣祖紫元君的指引下终于得道升天。之后，受到玉帝的派遣，镇守北方。并将他修道的太和山改名为"武当山"，意思是说："非真武不足一当之"。

他是统管北方之神，以"玄武"（龟蛇的合体象征北方）与青帝（青龙东方）、赤帝（朱雀南方）、白帝（白虎西方）、黄帝（中央）合称五帝，代表着五个方位的五位大神。14、15世纪之后，民众对北方黑帝崇拜愈盛，并逐渐赋予他降魔、赐福和保平安等神通，为人们所信仰。

　　传说商朝末年，魔王横行天下，荼毒残害百姓，玉帝命真武统十二军下凡伐魔。魔王虽然得到大龟和大蟒助阵，亦不敌真武，由于平魔有功，真武被封为玄天上帝，所见的北帝神像皆披发、赤足、左右脚踏龟、蟒，象征邪不能胜正。而且身披玄金甲，为神勇之战像也。

　　相传公元1403年，明代皇子朱棣在燕京起兵打败他在南京的侄子建文帝，夺取皇位。为说明他篡位是根据上天的意旨，让属下编造了北方天神真武曾经帮助他战胜侄子的神话。

　　朱棣登基后（即明成祖永乐帝），为答谢真武，在湖北武当山大兴土木，建造了供奉真武的多座宫观，并令全国百姓信奉，由此，真武的地位更加显赫。之后，加封真武帝为"北极镇天真武玄上帝"，人们取其头尾各一字，简称为"北帝"。朱棣当了皇帝后又说自己是北帝的化身，所以当时很多建造北帝庙者所塑北帝神像时，是都以皇帝的面孔像作样板的。因此，北帝庙的北帝像就像皇帝的面孔一样。

　　15世纪以后，中国航海业蓬勃发展，作为北方之神的真武在"五行"中主"水"，人们为祈求水上交通安全，希望真武也保佑他们。我国南方水网较多，人们依赖水神，这样，与水打交道的人，人们对北帝加以形色上的附会，信众们依赖水神，敬仰北帝就很平常了，特别是沿海的人们又开始信奉真武了。

塱岗北帝古庙

位于宝安区沙井街道办塱岗社区有一座北帝古庙，在村前路与北帝路之间的半山腰处，居高临下，坐西向东，始建于何时有待考证了，目前的建筑为晚清建筑风格，已经有一百多年历史了。

该庙原为三间两进，大门额石匾刻有"北帝古庙"四个大字，庙建筑面积宽9米，进深18米，建筑面积约170平方米，式样与当地的庙、祠堂、书塾相接近。带中亭的建筑结构，亭中两侧有露天天井，通风透光效果较好。据村中老人回忆，庙内正殿中央是摆放北帝神像的，左右是安放多尊菩萨的，庙宇建筑用花岗岩石作基墙及角柱，墙上饰有灰塑图案，正脊塑有繁绮灰塑，琉璃瓦檐，庙内有石柱多根，其中两根红朱砂岩石柱直撑到梁顶，并有梁架斗拱，还有驼峰和

塱岗北帝庙

花角等木雕刻，图案清晰，艺术价值较高。2000 年 6 月 13 日公布沙井镇文物保护单位。

重修后的古庙总建筑面积约 200 平方米。经过专业人士的精心设计，庙内设置前殿、中殿、大殿，祭祀的神像除了北帝增加多个，如金童玉女、玄坛、华光、殷郊、殷洪、主判、执事、奏事、枷榜、车爷、张天师、雷公、雷母、伊尹、风伯、金花夫人和土地公等多尊菩萨。修缮一新的古庙将原庙建筑的大门额石匾"北帝古庙"保留下来，显得其古韵中更加庄严肃穆。依山而建，居高临下，俯瞰前面河溪（壆岗与新桥即今天的中心路和宝安大道一带古时候是大片河流、滩涂）。整座古庙庄严肃穆，可以想象当年在此修建此庙是何等壮观宏伟。庙前新辟几百平方米的广场也接近原建筑，据说当时在此搭建戏台。

由庙往东下行 10 米左右（北侧），正对村前路的就是清末旅越建筑师陈才茂所建的"智熙家塾"（深圳市文物保护单位），是深圳地区目前保持较完好的家塾建筑。北帝路与村前路南侧几十米就是壆岗"陈氏大宗祠"，三座建筑物呈"品"字形摆设，相互间距离不足百米。

沙井地处珠江三角洲的东南端，自古以来巫觋之风盛行，民间信仰的种类繁多，成分复杂，和其他海滨地区一样，这一带的居民最为供奉的神明都是与海洋水泊有密切相关的神祇，如观音、天后、洪圣王及北帝等。

沙井一带观音天后的庙宇居多，北帝庙有史料记载也不多，而现存建筑物目前就只剩下壆岗这一座了。据了解，沙井四村北部的大片地方是以北帝堂来命名的。据说，此地原来也有一座北帝堂庙，规模宏大，庙宇毁后，大片土地一度荒废。直至20世纪80年代村民在此地建设民宅，才开始热闹起来。而这时，当年的北帝堂景象已荡然无存。好在今天这里还有一条帝堂路，让人们依稀追忆一番当年的北帝堂庙的沧桑变迁。今天在福田区政府附近、南山区南头关口正街、宝安区西乡街道步行街和流塘社区等地，也有现存祭祀北帝的庙宇。而较大规模的就要数佛山专门供奉真武大帝的祖庙，至今该庙仍然吸引众多海外华侨华人回国祈求真武大帝保佑他们在海外生活平安。

民间的庆祝活动

相传农历三月初三是北帝菩萨的生日，每年都会举行"北帝诞"的各种活动，塱岗的北帝古庙也是如此。据曾见过该活动的老人讲，每年这个节日，本村的乡亲都来参与这个一年一度的盛会，农历二月廿八日，是北帝爷"出位"的日子，由信众们抬着北帝菩萨到附近的南畔等村巡游，至农历三月初二日才将北帝菩萨抬回北帝庙"复位"。

北帝爷出巡期间，民间称之为驱妖除魔、消灾解难，期望风调雨顺、保佑村民平安。因此，在北帝爷出巡期间，场面隆重热闹，鼓乐喧天、鞭炮齐鸣、舞狮又舞龙。到了农历三月初三日是北帝菩萨的生日，又称"北帝诞"，会举办各类民间民俗活动仪式，由各坊各区分别出节目表演，以示庆祝。

据当时曾经参与的老人说，活动有分配任务的，壆岗一、二区出狮子，三区出凤麟，而四区就用人扮公仔和马。并邀请一些戏班剧团前来进行各种神戏的演出，庆贺北帝菩萨"生日"。连日的欢庆，连场的大戏，令乡民们欢欣鼓舞，乡民过这个节日甚至胜过春节。沿海的水上居民对"三月三"这个"北帝诞"日均是比较重视的。

壆岗的"北帝诞"盛会在 20 世纪 50 年代初停办了。半个世纪来，沙井壆岗北帝古庙过去旺盛的香火，人头拥挤，热闹非凡的景象令老一辈村民无限眷恋，如今庙宇修饰一新，当年古庙鼎盛时的香火已经恢复。

文物古迹是见证一个地区的历史发展过程的佐证，对古迹的修缮我们有责任、有义务，当代人责无旁贷。这座沉寂了半个世纪的北帝古庙得以修复，往日的辉煌已经重新展现给人们，为善男善女们还了一个心愿。

西乡北帝古庙三月三庙会

在伶仃洋之畔，珠江口东岸的深圳市宝安区西乡街道老街有一座北帝古庙，它与天后、洪圣、观音、龙母等被誉为岭南水神。该庙始建于明朝万历年间（1573—1620），曾在清康熙年间（1662—1722）、清道光九年（1829）、清光绪十七年（1891）和民国二十五年（1936）等多次重修，而最近的一次重修是在1993年。20世纪50年代后此庙曾作过幼儿园、纸品厂、华侨商店等。近年来在各界人士的积极推动下，连续举行传统庙会，其民间习俗越演越盛。2010年4月"西乡北帝古庙三月三庙会"被深圳市宝安区人民政府列为非物质文化遗产，是深圳地区传承北帝庙会民间传统节庆活动独具特色且蕴含了深圳最有代表性的民间民俗文化元素的庙宇。

西乡北帝三月三的庙会

西乡古时候原是一片大海湾，居民大多是临水而居，斩浪而渔。在靠水吃水的岁月里，人们对神存在依赖性，祈祷水神保佑，这些靠天生活的居民历来都有供奉祭祀各类菩萨的习俗，也建造自己所尊崇的神庙，方便拜祭叩仰，以求老天护佑出海平安。故此，北帝庙在这一带也有多座，而坐落在西乡老街的北帝古庙是目前保存较为完好的一座。

该庙建在西乡河畔西侧，坐西朝东，为三开间两进布局，抬梁式构架。庙门前建有一座四柱仿古牌坊，牌坊采用中间高、两侧低的建筑模式，坊柱前后有抱鼓石相护，坊顶用琉璃瓦配以角檐、梁架斗拱约有6米多高，造工相当考究，牌坊正匾横额上写着"北帝古庙"四个刚挺遒劲的大字。牌坊前摆放着一对用大理石雕刻的龙狮，其手工精致到连龙的舌头和狮的眼睛都有所表现，真乃栩栩如生，活灵活现；庙右侧竖立着、围着带栏杆的龙柱一根，柱面雕有非常生动的龙纹、云纹、人物及"北帝庙"三个字，浮雕生动，立意奇妙，令人叹为观止。跨过牌坊进入庙前禾坪，正中放着古色古香的双龙香炉一鼎，左右两侧墙上为九龙戏珠彩雕和唐僧师徒的塑像，正门左右摆有一对石狮，雕工精湛，神态激昂。

真武主殿坐北向南，殿前有一副摘自苏东坡撰广州真武庙对联："逞拔髮仗剑威风仙伟焉耳矣，有降龙伏虎手段龟蛇云乎哉"。前门楼也有一副对联："国泰民安钦盛世，风调雨顺庆丰年"。中间为两层6米多高的风雨亭，古庙里还有一座六柱二层绿琉璃瓦檐亭阁以及真武园、八仙祝寿殿等。

每年"三月三"北帝诞辰日，这里都会举行盛大的庙会，有飘色、舞龙、舞狮、粤剧、木偶剧等戏剧表演和民间歌舞演出。按照习俗，市民会带上香烛元宝前往庙里上香，以祈消灾解难，平平安安。按照传统，庙会在"三月三"白天举行花车游街，游行队伍着古装沿真理街、巡抚街、鸣乐街、步行街等西乡最繁华的街道巡游。晚上有木偶、粤剧等传统戏剧在庙门口轮换演出，供不同口味的人群欣赏，非常热闹。日前，我走访了该庙，亲眼看到庙会的筹备情况，北帝古庙的"三月三"庙会将在今年阳历三月十九日（农历二月廿七日），再度在此开锣。很多早年迁居到港澳的同胞，也会赶回来与乡亲们一起参与这个一年一度的盛会。据悉，北帝庙会的组织者按照传统，提早好几个月就开始张罗筹备，发动海内外乡亲进行捐款。停办了多年的庙会近年恢复，连续几天分别在古庙和西乡公园内进行木偶戏、粤剧表演和民间歌舞演出，演戏娱神。也有花车巡游、飘色、舞龙、舞狮等活动。据工作人员介绍，今年的盘菜将会准备300席宴请社会上对西乡北帝古庙系列活动大力支持的热心人士品尝。

北帝乃真武大帝，即"五帝"中的北方黑帝。他乃统管北方之神。以"玄武"（龟蛇的合体象征北方）与青帝（青龙东方）、赤帝（朱雀南方）、白帝（白虎西方）、黄帝（中央）合称五帝，代表五个方位的五位大神。15世纪以后，中国航海业蓬勃发展，作为北方之神的真武在"五行"中主"水"，人们为祈求水上交通安全，希望真武保佑他们。因北帝法力无边，在北方已是众人皆知的神，深受人们敬仰，他同时又是水神，统领一切水族，我国南方水网较多，信众们依赖水神，这样，与水打交道的人，特别是沿海的人们又开始信奉真武了。

近年来，西乡北帝庙的习俗气氛越来越浓，已经形成为一个传统性的庙会。在这几年的庙会上，由龙凤队、麒麟队、醒狮队、西乡民俗风情巡游、飘色等组成巡游队伍，从西乡公园内出发，途经西乡桥、北帝古庙到宝安大道等路段。一路伴随着锣鼓声声且行且舞，道路两边挤满了前来观赏热闹的群众。锣鼓喧天、人声鼎沸、龙凤舞、飘色花车以及大运"UU"图标方阵等多彩的节目一一展现在大家眼前。各方阵由10到20人不等的彩旗、罗伞、灯笼等队伍整齐出行，特别是由西乡居民组成，写着"幸福西乡，从这里开始"的大运"UU"图标方阵的现场表演，激发了西乡人民迎大运的热潮。往年，在北帝古庙门口的广场上，龙、凤、狮子等队伍在此拉开架势，极尽跳跃腾挪之能事，舞得百姓们眼花缭乱，叫好不绝。在龙凤狮舞之后，隆隆的花炮声响彻云霄。巡游活动的真正主角是高高在上的飘色小孩。"飘色"是一种集魔术、杂技、音乐、舞蹈于一体的古老民间艺术，表演者站在被称为"色柜"的小舞台上，以巡游的形式去表现民间传说或神话故事中的某些片段，演员们经过精心伪装的钢枝凌空而立，利用巧妙的力学原理，营造出"飘"的效果。通常由两个以上的小孩在下板上扮演神话故事或历史传奇中的人物及场面，由四个人抬着缓慢行进，同时还有八音锣鼓队奏乐伴随，供人观赏。

除了以上庆典活动之外，据《深圳市西乡街道志》记载：

新中国成立以前，每年农历的三月初三前后，西乡地区盛行一种"北帝诞"的民俗活动，这是当地最为喜庆的日子，农历二月廿八是北帝爷出位，由善男信女们抬着北帝菩萨到各村巡游，直至三月初三抬回北帝庙复位。据古庙工作人员透露，北帝爷出巡期间，驱妖除魔，消灾解难，保佑各村平安。因此在北帝爷出巡期间，乡民虔诚，场面特别隆重热烈，鼓乐喧天，鞭炮齐鸣，舞狮舞龙，连日欢庆。

此外，在西乡地区一带，还有"还炮""抢炮""领炮"的民间习俗活动。所谓"炮"，是一幅双面镜镶在镜座上，设计十分精美，镜面绘有龙、凤和麒麟等吉祥物，还附有"龙凤呈祥""万事如意"等吉祥话语。拥有"炮"者便象征着好运气。每年农历三月初三上午，邻近的八乡村民，云集在西乡河的大沙滩上（即现西乡戏院处）"抢炮"。这时人海如潮，旌旗蔽日，鼓炮齐鸣，场面蔚为壮观。每当一炮冲天，带有编号的炮花从天而落，人潮就涌向花炮落地处，抢到带编号炮花的人，可到北帝庙"领炮"，即领回与炮花编号相同的一幅双面玻璃镜抬到家里供奉。到来年农历二十八，又把"炮"抬回北帝庙处，名曰"还炮"。这个习俗寄托了人们对大吉大利、享受幸福的渴望。

西乡地处珠江流域，自古以来巫觋之风盛行，民间信仰的种类繁多，成分复杂，和其海滨地区一样，这一带的居民供奉最多的神明都是与水有关的神祇，如观音、天后、洪圣大王及北帝。北帝庙的庙宇遍布珠江三角洲及港澳台，与孔庙、关帝庙并列为官方认可的庙宇。宝安区沙井街道四村尾北部的大片地方是以北帝堂来命名的，据了解，此地原来也有一座北帝庙，规模宏大，庙宇毁后，土地一度荒废多年。20世纪80年代村民在此地建设民宅，当年的北帝堂景象已荡然无存。幸好，今天这里还新建有一条帝堂路，可以让人们依稀追忆一番当年的北帝堂庙的沧桑变迁。

目前，在福田区政府附近、南山区南头关口正街、宝安区西乡街道流塘社区和宝安区沙井壆岗等地也有现存祭祀北帝的庙宇。

连日的欢庆，连场的大戏，令乡民们欢欣鼓舞，人们过这个节日甚至胜过春节。水上居民对"北帝诞"这个日子是比较重视的，据了解，20世纪70年代，南山区蛇口的港籍海湾渔民把这个一年一度的节日办得非常隆重，渔船泊岸休息几天，上岸开庆祝会，与陆上居民共同庆贺，演出多场大戏，还聘请了宝安粤剧团和海陆丰皮影剧团前来助兴，同时播放多场电影，让当时经济相对贫困的蛇口陆上居民们以及蛇口水产公司、蛇口造船厂的大批民工得以共享节日的欢乐。

惊蛰抢耕作

　　微雨众卉新，一雷惊蛰始，斗指丁为惊蛰，雷鸣动，蛰虫皆震起而出，故名惊蛰也。

　　惊蛰每年3月5日（或6日）开始，至3月20日结束。惊蛰是反映自然物候现象的节气，含意是：春雷乍响，惊醒了蛰伏在土中冬眠的动物。

　　清康熙《新安县志》卷之二《占候·二月》：俗以春分社占丰歉。谚云："分在社前，斗米斗钱。"言先春分而后社，则谷贵也。"春分社后，斗米斗豆。"言谷贱也。又曰："雨打惊蛰节，二月雨不歇。三月干耙田，四月禾生节。"言无水插秧也。

　　宝安区西北部的福永、沙井、松岗等地有"二月发雷声虹霓，鱼苗生蚬降于雾，木棉橘柚华"的说法。

作者讲述惊蛰民俗

据沙井街道东塘从事农业的培叔说："春季下秧要在雨水至惊蛰之间，因为早了会冻坏秧苗，迟了即赶不上清明前插秧。播种过程是选用头造的谷种在浓的黄泥水里泡浸，把不饱满的谷种浮起去掉，留下精饱的种子浸半天捞起，堆放在暖的地方用布盖上（注意它的发热程度，太热要淋水散热）待谷种发芽后再播种在整理好的秧田上，施足基肥，盖好塑料布保温，等秧苗长到一定的高度再移植到稻田里。"

据新桥街道上星社区的坚叔介绍："惊蛰这节气表示树木开始返青，冬眠状态的动物已经结束冬眠，农村春耕开始。各种备耕工作有序进行，如水田泡水、翻犁、翻耙，以备在清明前把水稻插下去（清明前扦完秧，水稻特别高产，一般可增产百分之三十以上），且水稻在谷雨前一定要插完，否则收成将很少或颗粒无收。"

他又说："这个节气，正是抢种花生、甘蔗、番薯、木薯的季节，秧苗赶施肥，壮苗准备插秧；也是种植蔬菜的节气，如南瓜、节瓜、冬瓜、青瓜、豆角、元椒等。"他还说，"这个节气最需要雨水，丰沛的雨水会使得上半年的农作物生长好，收成好，这个节气极少出现水灾，最怕春旱和倒春寒，这样会严重影响春耕生产。连续下雨影响日照时间，对农作物生长有影响，特别是梅雨天气。"

在民间，很多地方的人把惊蛰称为"二月节"，这就给惊蛰平添了很多节日的氛围。既然是"节"，那就肯定少不了精彩有趣的民俗活动。

祭白虎。中国民间传说中的白虎是口舌、是非之神，它每年都会在这天出来觅食，开口噬人，犯之则在这年之内常遭遇邪恶小人兴风作浪，阻挠他的前程发展。大家为了自保，便在惊蛰这天祭白虎。所谓祭白虎，是指拜祭用纸绘制的白老虎。在新桥曾氏大宗祠南侧有一座观音天后古庙，庙内也摆放了一头白虎，以方便各地信众祭祀。

吃炒虫。在广西金秀县，惊蛰日那天，当地瑶族家家户户要吃"炒虫"，"虫"炒熟后，放在厅堂中，全家人围坐一起大吃，还要边吃边喊："吃炒虫了，吃炒虫了！"尽兴之时还要比赛，谁吃得越快，嚼得越响，大家就来祝贺他为消灭害虫立了功。其实"虫"就是玉米，是取其象征意义。

惊蛰是开始鸣雷的季节，此时的一声惊雷不仅预示着一年的风调雨顺，五谷丰登，更让文人雅士们多了一些对生活的感悟。比如惊蛰民间谚语，自惊蛰日开始，我国大部分地区进入春耕季节，所以惊蛰时期的谚语大多是反映农业生产的。

沙井街道壆岗村从事农业的泰叔提供了一段顺口溜："雨淋惊蛰节，二月雨不停，三月干耙田，四月秧起节。"

古代农民以惊蛰有无雷声来占卜一年的丰歉，所以农谚中有"惊蛰闻雷，米而如泥（言其多）""惊蛰未蛰（言无雷），人吃狗食"的说法。

文物篇

中共宝安"一大"旧址

中共宝安县（广东旧县，为深圳市的前身）"一大"会议旧址位于宝安区松岗街道燕川社区 107~108 号之间的"素白陈公祠"。该祠始建于清代中期，是燕川村陈素白的后人为了纪念其祖先而兴建的分支祠堂。提起宝安"一大"，宝安的市民就会说起松岗燕川，说起燕川社区的素白陈公祠，当年的宝安"一大"就是在那里的素白陈公祠召开的。

今天你所见到的这座中共宝安县第一次党代会纪念馆（简称"一大"纪念馆）是 1999 年在市、区党委和政府的关心支持下，设定专项维修资金，按原貌维修的。门匾上刻着"素白陈公祠"五个遒劲的大字。左右有两幅浮雕，左内侧挂有"中国共产党宝安县第一次代表大会（1928）纪念馆"金底红字牌匾和由共青团宝安区委员会、宝安区青少年德育工

宝安一大会址

作领导小组办公室的"中共宝安区第一次党员代表大会纪念馆""宝安区青少年爱国主义教育基地"的牌匾各一块。右内侧挂有"深圳市宝安区松岗街道共产党员教育基地"银底红字牌匾和"宝安'一大'纪念馆"开放时间表银底黑字牌匾各一块。祠前右侧有 2006 年 3 月由中共深圳市委员会、深圳市人民政府立的"深圳市爱国主义教育基地"和 2019 年 3 月 1 日由中共深圳市委宣传部立的"深圳市红色革命遗址"带基座雕刻的石碑各一块。祠前左侧有宝安区人民政府 1999 年 3 月公布、2003 年 12 月立的宝安区第一批重点文物保护单位"中共宝安县第一次党员代表大会旧址（素白陈公祠）"和碑文带基座雕刻石碑各一块。

祠内天井显眼处有一块红底黄字写着前言文字的牌。在前厅中央从左到右立有郑爽南、黄学增、陈细珍的三人塑像。维修后旧址内分四个单元陈列着当年的历史图片、陈列品和简介，2001年通过市、区文管办和区政府的大力支持，"中共宝安县第一次党代会纪念馆"的名字于2001年7月1日挂牌，正式对外开放。

该祠为三开间、两进深、一天井、两廊坊建筑，主体建筑为砖木结构，清水砖外墙，大门门面、部分厅柱、墙角下部、檐阶、天井均以红砂石岩石条为材料。前厅屋顶为船形脊，后厅屋顶为尊古脊，通面阔11.6米，进深18.4米，占地面积达213平方米。里面除了电灯之外没有其他现代设备，基本保持了当时的原貌。

中共宝安"一大"为什么会在燕川村举行？这就得追溯到20世纪20年代，1921年，中国共产党诞生了，1924年，宝安建立了党的组织。1924年8月份，由我党创办的第一届"广州农民运动讲习所"学员毕业了，广东区委派其中的24名学员到各地任特派员，其中共产党员黄学增、龙乃武和何达逊到宝安县。黄学增驻第五区，龙乃武驻第四区，何达逊驻第三区（当时宝安县划分为七个行政区：一区南头、蛇口一带；二区固戍、黄田一带；三区深圳一带；四区茅洲河一带；五区茅洲河以北一带村庄；六区乌石岩、龙华、观澜一片狭长山地；七区大鹏、沙鱼涌一片沿海地段），组织开展农民运动，建立乡村农民协会、农民自卫军和建党工作。

年底，黄学增、龙乃武在四、五区招收了麦福荣、麦金水、陈细珍、麦牛（麦志兴）、潘寿延、潘国华、潘满容等入党，这就是宝安县的第一批共产党员。

1925年3月、4月，黄学增、何达逊等又在第三区发展了蔡子儒、蔡励卿、蔡子湘、郑泰安、文秀彬、郑庭芳（农民运动讲习所学生）等一批党员。随后，党的组织继续发展到一区、二区和六区。5月、6月，先后建立了楼村、周家村、燕川村、福永、新桥（含玉律）、黄贝岭、蔡屋围、上步、黄松岗、固戍、陈屋（南山村）等十一个党小组。

1926年3月、4月，宝安县支部负责人龙乃武、郑奭南根据广东区委组织部部长穆青1925年冬关于今年宝安党组织要重视巩固工作，同时要促进各区党组织建立，再根据形势发展，作为全县领导中心机构，对宝安县支部进行改组，成立了宝安县委。县委书记龙乃武、组织干事郑奭南，工运干事陈绍芬，农运干事陈芬联，妇运干事张清元，青运干事潘寿延。县委机关驻地设在县城南头郑民宗祠。随着县委的建立，一、二、三、四、五区相继建立了党的区委会，各区区委书记分别是：一区陈绍芬、二区梁永康、三区庄泽民、四区曾发，五区文展朝。各区委均以区委会会址为活动中心点，当时六区党员很少，七区没有党员，未建区委（根据1927年党的"五大"前的党章规定，县设地委或特支，不称县委。）。

1927年4月12日，蒋介石叛变革命，国共合作破裂，广州的国民党反动派大搞"清查"运动，大量搜捕、屠杀共产党员和革命群众，此时，宝安县委书记龙乃武出走香港，农会自动解散，县委紧急研究决定：将党的所有证件迅速销毁，然后整体撤退到五区楼村的陈氏祠堂，继续领导群众与反动势力周旋。

中共宝安县委召开四、五区农会领导人联席会议，要求各区农民坚壁清野，并派陈绍芬到香港找中共广东区委负责人陈郁（宝安县南头人）汇报情况，之后陈郁代表广东区委指示：由郑奭南任县委书记，县党部改组并产生了第一届委员会，县委委员有郑奭南、麦福荣、陈义妹、张丽川、陈细珍。县委驻地在楼村陈氏宗祠，隶属中共广东区委领导。广东区委要求宝安县委部署潜伏活动，鼓动农民起来进行有计划的暴动；在农会农军受摧残、工作艰难的地方，设法组织农民开展秘密工作；活动的情况直接与广东区委负责人李源、沈宝同联系。

特委还要求县委在深圳河附近设立交通站，以利交通联络。根据特委指示，县委研究决定：分别派出党员潜驻各地区并确定派张丽川驻五区、潘寿延驻四区，张国勋驻三区、陈忠侠驻二区、陈绍芬驻一区，郑奭南为巡回总督导。同时，重新整顿农民自卫军，准备武装斗争；派陈细珍到五区周家村、燕川村重新改编农民自卫军；派麦福荣到四、二、一区与农军联系，进行秘密活动。

同年 11 月，为了贯彻中共中央"八七"会议精神，实行革命的武装反对反革命的武装，广东省委派候补委员赵自选到东莞常平周屋厦村召集东莞、宝安两县领导人联席会议。宝安派县委书记郑奭南参加。会议要求东、宝两县共同组织工农革命军，并成立了"东宝工农革命军总指挥部"：总指挥蔡如平，副总指挥郑奭南，指挥部顾问赵自选。下设四个大队：第一、二大队属东莞，大队长分别由周达墀、叶汉庭担任；第三、四大队属宝安，大队长分别由麦福荣、陈义妹担任。会后郑奭南回到宝安，在楼村召集会议，研究决定改编农民自卫军作为工农革命军的基本队伍并原地整训，随时准备起义。12 月 14 日，由县委组织的工农革命军举行第一次武装暴动，配合广州起义，后来失败。

1928 年 2 月 23 日，根据广东省委的指示，中共宝安县委决定在公明周家村召开全县第一次党代表大会，后因该村豪绅地主势力猖獗，临时改在燕川村召开。会期一天，到会代表有 19 人，大会主席团由麦福荣、吴学、麦志兴 3 人组成。郑奭南作党务报告，省委巡视员阮啸恒作政治报告。大会总结了"四一二反革命政变"后宝安党组织在领导农民暴动、为配合广州起义、攻打深圳南头等方面的经验教训，决定重新整顿各级党组织，进一步发展党员，加强宣传工作，进行土地革命，开展抗租、抗捐、抗税斗争。大会选举产生了中共宝安县第三届委员会（第一、二届县委组成人员均由上级指定），郑大就、郑奭南、麦福荣、麦德明、陈昌盛、庄玉堂、吕汉全、谭少华、蔡励卿、陈义妹等 10 人。候补委员：陈细珍（燕川村人，革命烈士）、麦齐亮、麦志兴。秘书：郑奭南（兼）。郑大就、麦德明、郑奭南、吕汉全、蔡励卿 5 人为县委常委。县委书记由省委指派，指派由郑奭南代理。

中共宝安县第一次党员代表大会的召开在深圳党史上有着极为重要的历史地位，会议地址成为重大历史意义的见证地。这次大会对于后来宝安地区开展武装斗争和土地革命起到了重要的作用，其意义是深远的。

宝安"一大"纪念馆自 2001 年 7 月 1 日正式对外开放以

来，已成为深圳市共产党员举行入党宣誓仪式和党员重温入党誓词的主要基地，也是广大青少年和党员干部及群众进行爱国主义和革命历史文化教育的好地方。

1999 年 3 月 29 日，被宝安区人民政府公布为第一批文物保护单位。2003 年被宝安区委选为宝安区青少年爱国主义教育基地。2004 年向省文化厅申报广东省第五批文物保护单位。2005 年 4 月，宝安"一大"纪念馆、宝安抗日纪念馆和文天祥纪念馆一起被深圳市旅游局作为松岗"红色旅游"线路景点。分别于 2005 年 9 月，2006 年 3 月批准为中共深圳市委员会、深圳市人民政府的爱国主义教育基地。

宝安人民有着光荣的革命斗争传统，在中国共产党的领导下，前赴后继，浴血奋战，打败了日寇侵略者，推翻了国民党的反动统治。为解放全中国做出了不可磨灭的贡献。

宝安"一大"及会议旧址，是目前燕川社区中保留较早的古建筑之一，建筑的本身已具有重要的文物价值，它有力地见证了此次会议及革命战争宝安地区中共党组织波澜壮阔的战斗情景。它是过去宝安人民同日本侵略者、国民党反动派血战到底的象征，也是现在耸立在宝安大地上一座红色的历史丰碑，更是宝安人民的骄傲，必将永远激励着宝安人民在中国共产党的领导下，高举旗帜，坚持科学发展观，自强不息、开拓进取、不畏艰难，为构建和谐宝安、繁荣宝安而奋斗到底。

今年是中国共产党成立一百周年，在各级党委的关心支持下，它将发挥更加特殊的作用。书写着崭新的篇章。

"没有共产党就没有新中国……"

曾氏大宗祠

　　天下斯文忠一贯，古今乔木第三家。

　　在宝安区沙井街道新桥社区曾氏大宗祠看到这副对联，其创作上的大气以及表达之意境有着超凡脱俗之妙，撰联者之意曾氏先祖是孔子的第 72 弟子曾参，他是孔子儒学的正宗传人，继"至圣"（孔子）、"复圣"（颜回）之后的"宗圣"称之为曾子也，他以"事亲至孝，悟圣道一贯之旨"，故有"天下斯文忠一贯，古今乔木第三家"之妙联。

　　曾氏大宗祠坐落于宝安区沙井街道新桥社区深巷路北，与观音天后庙、古乔曾公祠和武术馆形成大片建筑群体。始建年代有待考证，现建筑是清嘉庆三年戊午（1798）大规模扩建而成的，1984 年 9 月 6 日公布为深圳市第二批重点文物保护单位时作过修葺，2002 年 7 月 17 日公布为第四批广东省重点文物保护单位，而最近的一次修葺是 2005 年，并在中堂前天井处重新竖立石碑，记述了新桥曾氏始祖的避乱、逃难、手足分离、剖石各执一半，兄在番禺小龙开基，弟在东莞南栅定居及后裔再迁新安新桥发迹的经过。后人赋有源流诗以作怀念。诗曰：

> 原自少康数百秋，子舆得道永贻谋。
> 内侯避乱因王莽，光禄遭徒到赣州。
> 搜匿皇妃戈盾起，奔驰交广兄弟愁。
> 羊城剖石分南北，花萼联辉燦斗中。

大宗祠坐西北朝东南，为五开间三进深布局，由前堂、牌楼、中堂、后堂和前中后庭院天井、左右重檐歇山亭、花厅等组成，面宽 21 米、进深 50 米，占地面积 1000 多平方米。

前堂为五间，前后檐廊，四墩台式样，大门口顶部镶有镌刻"曾氏大宗祠"字样的红石大匾额，进祠门两侧有一米高雕花镌刻饰纹图案坚硬红砂岩石门枕石一对，造型别致。打开宗祠大门抬头向上观看，前堂后叶悬挂着一个牌匾，写着"保障一方"。是"中华民国"六年（1917 年）时任两广总督莫荣新为新桥子弟"保卫桑梓，捕贼有功，嘉谕表彰"题赠的。"保障一方"牌匾还有些来由，（原牌匾在"文革"时遭毁，现牌匾是在 1983 年重修时补上的），相传民国五年冬，本县公明金竹园村，有数位华侨荣归故里省亲过年，并带有不少银两及贵重物品，回乡准备购买田地及置理房产。

此信息被其村内歹徒获悉，迅速串联其黑道贼帮，分别组织来自东莞、番禺及本县的碧头、沙埔等贼友，集结数十余众择日行动，力图洗劫金竹园村。怎知，金竹园村也获得此情报，立即组织人员全力保卫，劫贼攻打了整整一个晚上都无法攻入村中。天亮时，贼人无功而返。撤退路经新桥三坊的土糖寮时，强行夺食该寮的甘蔗和砂糖，村民见他们如此霸道，随即组织乡勇群起将贼人擒获，共捉拿到36人逮押上云霖区府收监。次年经区府批示，就地在云霖后山处决。这就是轰动一时的"打三十六友"故事。莫荣新特送来此匾以示表彰。

再回眸上望，大门内上方也写着"诗礼传家"的牌匾，以示曾氏历代后人对文学的卓越追求。

走进宗祠，前堂两侧为厢房各一间。进入前庭院天井，一座四柱三间仿木结构式的高大石作牌坊映入眼帘，牌楼材料由雕琢细腻的花岗岩砌筑而成，四柱三间三楼仿木结构，每楼有三层花拱一层拖斗，庑殿顶牌正脊中央有石刻寿桃云，两侧各饰鸱吻，垂正脊各雕饰一条龙图案。石仿木结构七踩如意斗拱，每柱前后有抱鼓石相护，抱鼓石是用一块完整青石雕琢而成。牌楼正匾横额上书写着"大学家风"四个苍劲有力的大字。既纪念始祖曾子，又勉励本族后人，以先祖为典范，要"行于孝，勤于学，施于礼，修于德"。右侧署"大清嘉庆三年戊午冬初冬之吉立"，左侧署"堂下孙腾光拜题，应中敬书"等小楷。横匾两头有一手托鼎、一手抱芴的文臣浮雕像，横匾上还有一石刻"贻典"两个篆字，左、右两间门额各书"体忠""行恕"。

曾氏大宗祠

　　牌楼背面正中匾横额也书写着"片石留辉"四个大字，右侧署"堂下孙煜拜题"，左侧署"堂下孙王雩敬书"。横匾两头各有云鹤展翅的浮雕，横额上一样石刻"止肃"两字，左、右两方门额各书"仁型""讲让"。牌楼总横跨度宽为10米，进深为3米，主高为7米左右。

　　整个石牌楼，设计独特，造型高雅庄重，浮雕上的文臣像和云鹤展翅图——鹤鸣九皋腾达之寓意也，栩栩如生。用料讲究，做工精巧，历经两百多年，依然丝毫无损，坚固如初。在阳光照射下，熠熠放射光芒，是目前深圳地区难得的花岗岩石建筑艺术的精品。跨过三级石阶梯石牌楼，走到中庭院，硕大的庭院两侧有重檐八柱歇山亭各一个，其中进南侧的那一个，有一扇门通过隔壁古井以作取井水之用。来到中堂，中间是四级花岗岩石阶梯，两侧为对称塾台。正中央上方悬挂着"大学堂"三个醒目楷书的金字牌匾，两侧有番禺小龙村赠送的楹联一副，上联"千古华夏历数百秋惟巫公始定曾姓"，下联"万世师表学儒虽众独子舆得领其宗"。

所说的大学堂，也可谓名正言顺。该祠在民国初期改办学校至改革后，到建了新学校止。近百年来在此设立学堂、学校，是新桥曾氏子孙读书学习的地方，在 20 世纪六七十年代可同时容纳在校就读学生 500 多人，一直被新桥人（包括今新二、上星、上寮等）称为大学堂。中堂（也称大堂），有石柱、木柱多根，柱础造型美观。中央部分高达六七米，柱直径约为 40 厘米，石柱、木柱、梁架、斗拱还有驼峰、花角等木雕刻，造工细腻。大致算来，整个大宗祠有圆木柱 12 根、圆石柱 10 根、方石柱 4 根，红砂岩石圆方柱 14 根，共40 根。正堂后屏风上有新造的雍正皇帝钦赐的双龙图章牌匾一个。整个中堂结构严实，规模宏伟，气势壮观。从石牌楼三级、中堂四级再到后堂五级的阶梯布局来看其层次之鲜明，修砌之讲究。

走过小天井，往里面看，后堂同为五开间，正中供奉着曾氏历代先祖的神位，当年仕行、仕贵兄弟分手时砸开的那块猪腰石，原来是供放在这里的，据见过此石的人讲述，该石闪烁有光泽和五羊石相似。左右两侧为间墙小房，庭园天井两侧有南北花厅。整个祠堂内，有各色各样的彩色壁画和灰塑，以山水人物和动植物为题材，活灵活现、造工精美。它是深圳市唯一一座五开间带牌楼的宗祠建筑，也是保存较为完好的宗祠之一。

武将人才辈出，成为望族之乡

据说，原宗祠前有旗墩十多对，在古时候，凡族中弟子中举或晋爵，均在宗祠前立杆竖旗，以示荣耀。据清嘉庆《新安县志》卷之十五《选举表》记载，从康熙二年（1663年）癸卯曾太元取得恩科副榜，到嘉庆二十四年（1819年）曾省取得己卯恩贡，新桥曾氏子弟共有 34 人取得了功名。其中康熙十四年（1675年）乙卯科的曾文韬，乾隆二十七年（1762年）壬午科的曾文光和乾隆三十年（1765年）乙酉科的曾鹏量还是武举人。

新桥曾氏弟子在有史籍记载的清康熙、雍正、乾隆、嘉庆的四个年代中可谓四乡人才辈出，八里耀武扬威，特别是武官。这样一村一姓一个宗系在广东，甚至全国也是少见的。当年新桥曾氏弟子在新安县的地位可想而知，难怪清代新安县武科、武职大都出自新桥曾氏，其中曾国泰担任虎门中营把总，曾光耀担任江南南汇营把总，曾天保担任挪湖营千总，曾天禄担任江南川沙营参将等武职。

新桥曾氏的势力就是凭借这些武科武职的弟子，其名声在沙井乃至在新安县也是较为显赫的。所以，建造这样一座规模庞大的宗祠光宗耀祖是最正常不过的了。

从"白衣庙"到"祥溪庵"再到"祥溪禅院"

——繁华与平实：一座古庙的历史背影

祥溪禅院，又叫禅溪庵，古时候称白衣庙。坐落在宝安区松岗街道燕川社区西北面。始建于明代，分别在清代的康熙年间（1662—1722 年）、乾隆四十四年（1779 年）、同治八年（1869 年）、光绪二十六年（1900 年）做过多次的改名及重修。而最近的一次修葺是在 2001 年 10 月，由燕川村乡亲父老发起而修建的。建筑风格既保留本地清末遗风，又有潮汕一带的特点。于 1999 年 3 月 29 日被宝安区人民政府公布为第一批重点文物保护单位。

禅院景观

整个禅院用围墙围住，南门口有一座四柱牌坊，上饰有绿色琉璃瓦，两柱写有一副楹联颇有诗意，上联为"千年古树为衣架"，下联为"万里长江作浴盘"，横额写着"国泰民安"四个金色大字。

该禅院坐北向南，为三开间、两进深，进与进之间中为廊，两边为天井，院内种有青竹、椰树、芒果等竹木。整座禅院占地达1000平方米。大院左侧有一株又粗又大，由底向外弯曲生长，土名叫"水椰树"的古树，据说该树龄至今已有数百年了，原来连一片青叶都没有，连树皮都层层剥落，自从禅院重修后，该树枝繁叶茂，这可能是禅院今天的鼎盛香火所至吧！门额横匾书写着"祥溪禅院"四个大字，落款

祥溪禅院

为"番禺沈史云书",大门两侧有楹联一副,上联为"佛旨幽玄传功德",下联为"禅机浩荡沾慈恩"。

建筑为悬山顶,砖木结构,门额和天井间的四根柱子用红砂岩粉石,门框用花岗岩石材料,大门口左右固有枕石各一块,辘筒瓦面,灰塑屋脊,廊庑檐上有石湾陶塑,雕花的封檐板刻有花卉图案,博古正脊,尖山式硬顶,山墙有灰塑花草图。绿色琉璃瓦剪边,船形正脊,天井两侧设有卷棚顶廊庑,后殿木构架为抬梁式。禅院正门有两条镂空的雕工极其精细,龙腾石柱,颇有气势。

走进禅院,有一道约4米高、3米宽雕刻着各类图案的木制屏风遮挡。进至中廊,两侧为天井,袅袅的卷香分挂四周。后殿供奉着三尊菩萨,中央的是"如来佛祖",左边的为"观音佛",右边的为"弥勒佛"。前庭中央屏风后面是"韦驮尊天"执降杵站姿金身像,前殿右侧供奉着"土地神"菩萨。

后殿与天井间的两根柱上有红纸楹联一副,左为:"佛殿辉煌人杰地灵千古迹","禅力浩荡民康物阜万家春";面墙有"唐僧取经""双龙戏珠""八仙过海各显神通""双凤朝阳"的彩色壁画。

前殿的左侧墙壁上嵌有记录着各个时期重修此禅院碑石三块,分别为乾隆四十四年(1779年)《重修祥溪禅院序》、同治八年(1869年)《祥溪庵重修序》、光绪二十六年(1900年)《祥溪禅院田碑记》。碑中记载:"是庵构自大清康熙之季年,相传古白衣庙故址也。"所述即在清康熙年间,由原来的"白衣庙"改名为"祥溪庵"的。

史料记载

据初步了解，在宝安一带能称禅院的寺庙暂未发现，燕川祥溪禅院能称为禅院，可见其当时的影响力和规模并不一般，其历史价值之高，加上围坪内的那株"水椰树"，完全有理由相信此禅院当年是一座富有传奇色彩的名刹。从"白衣庙"到"禅溪庵"，再到"祥溪禅院"，是经历了漫长时间演变而成的。

清嘉庆《新安县志》卷之十八《胜迹略·寺观》有这样的一段记载："禅溪庵，在燕村侧，离城六十里。门外江流环绕，林树森翳。陈向廷少时，暮春浴此，偶占一联云：'千年古树为衣架，万里长江作浴盘'。今犹传诵之。"这副对联即今天禅院牌坊的楹联。

在清康熙《新安县志》卷之十《人物志》中也有这样的记载："陈向廷，字仪翔。博学能文，倜傥负奇气。"

在清嘉庆《新安县志卷之十五选举表选举一·甲科》有这样的一段记载："陈向廷，邑之燕村人，历官户部郎中，升山东提学副使，未任而卒，有《传》。"

在松岗燕川鹅公岭有陈向廷墓一座，墓碑上书："明进士奉政大夫户部郎中美用公之墓，土名燕川鹅公岭，坐子向午之原。祀裔孙继旺、植明、思洪、监海、监霖、监宁、监和、监喜仝立。中华民国三十六年二月吉旦重修。"墓堂右侧立有墓志，上书："公讳向廷，字仪翔，号美用，汀州府别驾菊评公之次子也，生于隆庆年庚午（1570年）十一月廿一日辰时，由新安邑庠应万历癸巳（1593年）选贡，丁酉岭南畿乡荐戊戌进士，历官户部广西司郎中，升广东提学，四川主考。终于万历四十七年己未（1619年）十月廿五日，享年五十，天启元年辛酉四年初三奉枢葬于鹅公岭向午之原。"燕川村能有陈大谏、陈向廷两父子均为进士出身，在当时，是较为显赫的家族，他们的一行一举将会影响村中各大小事务。

今天，祥溪禅院受到乡人的关怀与爱护，有专人打理事务，初一、十五在此有斋菜给信众享用，"白衣庙""祥溪庵"或"祥溪禅院"无论什么名，都是教人从善积德，开明贤达的。

民间故事

祥溪禅院与白衣素女的传说。

看到禅院目前所供奉祭祀的诸尊菩萨，除有观音大士与"白衣庙"有一丝沾边的关系外，其余均无大关联，为此，我查阅了有关神话故事的书籍，发觉天上天河里的那段"白衣素女"故事与这里的"白衣庙"较为接近。为了让大家进一步了解该禅院的变迁过程，有必要更深层地挖掘其中的根源，特将"白衣素女"的故事向读者作一番交代。

相传在晋代（265—420年）有一位年轻人，名叫谢瑞，他从小就失去父母，又没有亲属，是被好心的乡亲们养大的。到了十七八岁的时候，谢瑞开始独自生活，他为人十分忠厚，恭谨自守，乡亲们依然像过去那样关心他，爱护他，还想方设法要为他娶一个妻子。但因为他家里穷，娶妻的事情一直没有着落。

从小就吃惯苦的谢瑞早出晚归，努力耕作，一天傍晚，他干完活儿回家，在水边拾到一个大螺，便带回家中养在水缸里。十多天以来，每当他从地里干活回来，总看到家里的饭菜已经做好了，开始没有在意，以为又是哪位好心的邻居在帮助。时间长了，谢瑞还是有点过意不去，便去向邻居道谢，然而所有的邻居都说："这事根本不是我们做的，你谢什么呢？"谢瑞还以为是邻居们做了好事不愿承认。

又过了一段时间，依然是天天有人为自己做饭，谢瑞只好又一家一家地询问，以表示感谢之意。谁知邻居们反而笑他说："肯定是你自己偷偷娶了妻子，把她藏在屋内为自己做饭，还反过来说是我们为你做的饭！"谢瑞见大家不是在开玩笑，心中十分纳闷，决心要揭开这个谜。

这天夜里，鸡刚叫，谢瑞就出门去了，可就在天亮时分，他又悄悄地回到自己家中，躲在篱笆外，从窗户观察屋里的动静。这时，他看见一位少女从水缸里出来，直接走到灶前点火做饭。谢瑞见此情景，马上冲进门去，跑到水缸前，见大螺只剩下一个空壳。他便对少女说："您是从哪里来的，天天为我做饭？"事出意外，那少女显得十分惶恐，想回到水缸里，却被谢瑞拦住了去路，便只好如实回答："我是天上河里的白衣素女，天帝见你从小孤苦无依，人又忠实，就派我来暂时为你守家做饭。十年之间，你会慢慢富裕起来，迎娶夫人，到了那时，我就会再回到天上。没想到你这样性急偷看。既然我已露了真相，就不便在这里久留。以后，你还要努力耕作，日子会一天天好起来。我走时，就把螺壳留在这里，你可用它储藏粮食，这样，你就会有吃不完的粮食了。"

谢瑞听后，为自己的莽撞行为懊悔不已，他再三挽留，少女执意不肯。突然风雨大作，少女眨眼不见踪影。

白衣少女去后，谢瑞便为她立了牌位，每逢时节，便烧香拜祭。谢瑞慢慢过上了丰衣足食的生活，有乡亲把自己的女儿嫁给了他。谢瑞在有了衣食之后，又读了一些书，最后当了县令。有说，那位天河里来的少女就是道教中的神仙素女。因此"白衣庙"供奉的有可能就是"白衣素女"。

千年石塔依旧在，汹涌龙津何处寻

　　沙井，古时候称归德场、龙津和涌口里。曾经是广东十三盐场之一，并在此设立盐置，管辖范围包括新桥、大步涌、后亭、大田、冈头、涌口等十六社。而盐置所在地就设在臣上村（即今天沙井四村），村边有一条河叫龙津河（又称沙井河）。在河上面建有一座桥，叫龙津桥。桥侧建有一座石塔，取名龙津石塔。2003 年 11 月 3 日被宝安区人民政府公布为第二批文物保护单位。

追溯：石塔由来

　　坐落于沙井沙四社区老办公大楼（又称东风楼）正对面直入约 100 米处的龙津石塔，又称花塔公和渡头石塔，建于南宋嘉定十三年（1220年）。据史籍记述："塔子前渡，自归德场抵三门亭步头。"证明离石塔不远的地方有一渡头，古称塔子前渡。此塔的建造及经历，在明崇祯《东莞县志》、清康熙《新安县志》、清嘉庆《新安县志》等各类史志均有记载。

古时候的沙井，河、溪、涌、圳等水网交错，相当复杂，有茅洲河、洋涌河、新桥河、龙津河（沙井河）等，在没桥梁时，人们的出行就靠渡船来解决，当时各式各样的渡头不计其数。宋时龙津渡头是沙井河口，河口外是波涛汹涌的合澜海，巨浪时常冲抛至岸上，肆虐河两岸，使人立驻不稳，贩主难以驻扎开市。在宋嘉定庚辰年间（1208—1224年），派驻此地盐官承节郎周穆倡议各界捐款修筑大桥。经过筹备、施工，终于在1220年夏天，一座横跨龙津河两岸的石拱桥宣告落成，桥取名为龙津桥。怎料在大桥建成庆贺之日，适逢

龙津石塔

连场暴雨，上游洪水泛滥，势头凶猛的洪水与海水直接冲击新建大桥，大桥随时都会倒塌毁坏。周穆及众人眼见水势汹涌，随即召集施工负责人员及众乡绅共同商议，从云溪寺请来高僧到现场察看，经高僧提议，在桥侧立一座经过施法并刻有经文和咒语的石塔，以镇水患，确保新建大桥平安稳固。

沙井河为何又叫龙津河呢？据了解，今天的沙井西北部面向大海，海上不远处有一座岛叫龙穴岛，又称龙穴洲，是当年新安八景之一。旧传有龙出没于此，经常翻云覆雨，它吐出来的水可直达沙井，与沙井河水混合而通，因龙口吐出来的水被称为津，所以沙井河又被称为龙津河。

近观：庄严逼真

龙津桥，明崇祯《东莞县志》也有一段记载："龙津桥在县西南臣上村，宋嘉定年间，盐官承节郎周穆建。桥侧立塔，高有二尺，旧传桥成之日，风雨骤至，波涛汹涌，若有蛟龙奋跃之状，因立塔镇之。"唐至德二年（757年）至明万历元年（1573年）期间，新安县归东莞县管辖，所以当时沙井的地理位置是在整个东莞版图的西南方向。

按以上各志的描述，可以想象当时的龙津河可是非一般的河流。今天在连片的旧民居中，如果没有当地人做向导，是不可能轻易找到它的，更无法想象当年的波涛汹涌了。

走近古石塔，该建筑物并不显眼，像一位不问世事的老翁闲坐在一旁。花岗岩石料砌成约两米高的三级基座，原旧石塔立放于顶上。石塔的正面刻有"準提宫"三个字,石塔的背面还清楚地刻有"嘉定庚辰孟夏立石"字样。用粗砂岩凿制,采用圆刀法雕凿。石塔按旧志所描述,石塔原高度有3米多。20世纪50年代遭毁,1984年当地村民在原基塔座上将残存的塔身安放其上,这样石塔大体保持了原貌。

细看原石塔的塔身及塔檐、葫芦塔顶等部分保存尚好,塔座为正方形,长、宽均0.56米,高0.29米。四角浮雕竹节角柱刻有宝相花万字,符号清晰。塔檐现仅存四分之一,有下垂的角檐,形似莲瓣。第一层塔身亦为正方形,长、宽均为0.44米,高为0.6米,无角柱,有弧形佛龛,龛内雕有半身佛像,佛像高为0.42米。螺髻、长圆形脸、突眼、高鼻、小口、双耳垂肩、平胸细腹、身披袈裟,双手上下置于胸腹中,作双宝莲手印,神态威严,慈祥逼真。左侧面有手持宝剑伏妖图,右侧面有双手合十图,手部清瘦修长,后面为立石塔时间碑文。塔身两侧均刻有经文佛咒,可惜由于年久风化,字迹剥落而模糊不清,数百年来一直鲜为人知,无法通晓,成为一个难解的谜团。

最近,终于有学者发现此佛咒,更寻回失缺的咒文,也解开了咒文之意。据考证,沙井龙津石塔之石刻佛咒及菩萨手印大有来头,偕出自著名的佛传巨典《大藏经》"密教部"之《千手千眼观世音菩萨大悲心陀罗尼经》,而正面的菩萨手印图则出自《苏悉地羯罗供养法经》。两部经文都是由著名的唐代高僧三藏法师善无畏译自梵文佛经。佛门常见之大悲咒也是部分摘录自《千手千眼观世音菩萨大悲心陀罗尼经》。

龙津石塔上的石刻佛咒及菩萨手印图是什么意思呢？根据《千手千眼观世音菩萨大悲心陀罗尼经》所记载：

"若为降伏一切魍魉鬼神者。当于宝剑手"。真言："唵（引）帝势帝惹睹尾儜睹提婆馱野吽泮吒"。

经书所载的手持宝剑图与龙津石塔相似，但后刊之《千手千眼观世音菩萨大悲心陀罗尼经》所手持的宝剑图，则与龙津石塔完全一致。

该陀罗尼经又记载"若为令一切鬼神龙蛇虎狼狮子人及非人常相恭敬爱念者，当于合掌手"。真言："唵（引）尾萨啰，尾萨啰，吽泮吒。"

经书所载的观世音菩萨手印图与龙津石塔的手印图则完全一致。时"其手印相，以左手大指，捻小指甲上，余三指微开直竖，舒其膊。还以右手，亦作此印。承左手肘下，以手印印触诸物，即成光泽。通三部用（此是通三部光泽手印）"则与龙津石塔观音菩萨所结手印完全一样。

根据上述经典考证，两道初佛光泽真言是配合如龙津石塔观音菩萨所结手印及宝剑手，用来降妖魔伏鬼神的。龙津石塔上的两段佛咒真言与《大藏经》"密教部"之《千手千眼观世音菩萨大悲心陀罗尼经》的经文真言是完全相同的。龙津石塔及其咒言是用来降魔伏鬼的。可谓法力无边，威力无比。在波涛汹涌，像有蛟龙腾跃之状的现象在大自然所产生的天灾，在桥边建立此塔就可以镇住水患了，可谓天灾来之自然，去之自然。也可以说是法力无边的铁证！该石塔自立以后，它所产生的法力经众人相互传诵，且塔上又有观世音菩萨像，周边乡民信众给石塔添香拜祭，令石塔香火长年不断，是这一带的享有盛名的佛塔，更是龙津河两岸人民的忠实"守护神"！

石塔建好以后，海水停止肆虐，常年风平浪静，渡头两岸成了渔民、盐民和蚝民经常驻足的地方。加上有桥又有塔，风景格外秀丽壮观，来往的人流越来越多（据说这种渡头两岸的繁荣一直持续到清代），渐渐成了商客赶集的街市。卖鱼卖蚝者与经营买卖海鲜生意者，为占地利之便，便在渡头周边建房建屋，慢慢形成了村落。村形成以后，上游泥土直冲下游，河床升高，加上人为垃圾多往河口堆积，日积月累，河水改道，河水变成沟水，原渡头也逐渐变成了陆地和村庄。

价值：历史物证

龙津石塔是深圳市现存最早的地面建筑石塔，至今已有800多年历史，而且是深圳历史悠久的确凿物证。其造型有唐代遗风，是研究深圳地区宋代以至唐代建筑实物的例证。同时对于研究这一时期深圳地区的政治、经济、文化和民情风俗，也有重要价值，是深圳地区不叫多见的古代建筑雕刻的艺术珍品，为研究沙井及深圳地区的地理变迁及水系走势提供了实物资料。

龙津河、龙津桥、龙津石塔、塔子前渡、渡头石塔等古建筑物的名字均在各类史志上有所记述，它们已经经历了近八百年沧桑变化。从波涛汹涌的大自然河流，变为今天村民住宅屋与屋之间的水沟。眼前的龙津石塔身世坎坷，但又带有传奇的色彩，它见证了古沙井过去的从河网交错的状况，而逐渐变成了今天路桥的四通八达，当年的河、溪、涌、圳大多让河流改道而填埋成陆地或变成了现代化道路的排污下水道。

今天，昔日波涛汹涌、状若蛟龙腾跃的龙津河（沙井河）因河道的大改变，陆地面积不断扩大，水源枯竭，以及周边环境污染，再也没有往日河流畅通、百舸争流及宏伟的龙津桥上人来人往的壮观景象了。现在，如果想再追寻龙津河变迁的足迹，在石塔前面一条一米见宽的水沟直向下游的西北面流去，依稀还可想象到当年龙津河的一些旧概貌。

现在，龙津石塔经过修葺，2015 年 12 月 16 日被公布为广东省文物保护单位。

三百年沧桑事　话不尽清平墟

　　清平古墟有几百年历史，文物汇集，保存有清代的永兴桥、民初的广安当铺、20世纪70年代的圆拱粮仓以及成片的古商铺等文物建筑。2016年11月，作为深圳"四大古墟"之一的新桥清平古墟，迎来保护性开发工作重要时刻，宝安区第四季度集中启动新开工项目暨清平古墟及周边环境整治项目在此举行了开工仪式，宝安区拟投资5345万元用于清平古墟的文物修缮和市政工程改造。

　　此次清平古墟主要建设内容为古墟范围内的广安当铺、桥头商铺、新桥粮仓、桥头碉楼等文物的修缮，沿街建筑物立面刷新改造，景观建筑及景观绿化工程，停车场工程，绿道木栈桥，给排水工程，电力通信及照明工程等。通过对古墟进行保护、挖掘与提升，打造一个集历史文化、旅游、休闲娱乐、创意、商业于一体的文化新名片——现代版的"清明上河图"。

清平墟的三百年历史

清嘉庆《新安县志》卷之二《舆地图·墟市》有这样的记载:"清平墟(在新桥村侧,新增)。"其所记载文字虽然简短,但已清楚明确。

墟市:农村集市。据宋陆游《剑南诗稿·卷一·溪行》:"逢人问墟市,计日买薪蔬"。《文献通考·卷十四·征榷一·宋教宗诏》:"乡落墟市贸易,皆从民便。"

据清初屈大均《广东新语》卷二《地语》粤谓野市曰虚。市之所在,有人则满。无人则虚。满时少,虚时多,故曰虚也。虚即廛也。周礼注云:廛。市中空地也。即虚。地之虚处为廛。天之虚处为辰。辰亦曰躔,其义一也。叶石洞云:昔者圣人日中为市,聚则盈。散则虚。今北名集。从聚也。南名虚。

墟市是古代的贸易市场,是由农村交换剩余产品而形成的定期集市演变而来的。墟市是两广、福建的叫法,北方称集,川黔称场,江西称墟,湖广称市,江南将具有相当规模的市称为镇。墟市是社会经济发展到某种特定阶段的产物,尽管早在南朝时宋人沈怀远撰《南越志》的书中就有"越之市为墟,多在村场"句。然而,古代农村墟市的发展和繁荣还是在明代中叶。村中生产富余的农副产品和手工艺品,必须往附近的墟市销售,而村未有生产的生活用品,就必须到附近的墟市购买。墟市成为村与村之间相互联系的中心,形

清平古墟

成比单一村落地域范围更大的社会空间。墟市的设立与废置，是必须得到知县许可的。明清的官僚建制只到县一级，县以下的大片地区并没有设立行政机构，因此，墟市在当地的乡民社会中有其特殊的地位。

清平墟，从清康熙《新安县志》未有记载，到清嘉庆《新安县志》的记载，时间跨越达150多年；再从永兴桥的记载上得知，康熙年间此地原来也有一座桥（据说是木头所建的），日久倾颓。后在乾隆五十年建成石桥，从中可以推断，康熙年间这里虽然有一座木桥，但墟市未形成大气候，经过多年的发展，木桥坍塌，石拱桥——永兴桥建成。随着这座桥的变化，清平墟也是从无到有，从小到大，逐渐形成规模的，并从此走向繁华的几百年。

历史上的繁华景象

今天，清平墟已经是危房随处见，场面冷清清，四周新建的马路高出原处达半层楼，如果不是修建了抽水泵站，雨季这里就是一座水池。现在，大部分居民已搬离，只有少数原居民及租户留在这里。此情此景，怎么能与一个繁荣了几百年的古墟联想得上？为此，我翻阅有关史料，记载的也是零星的片言只字。如实地查看现存的建筑物，走访知情者，经过调查、搜集、归纳，以清末民初主轴线为背景，当年这里的繁华景象依稀可见。

清平墟，因有一座石拱桥，又称桥头墟和桥头村，墟期为一、四、七（即逢农历的初一、十一、廿一，初四、十四、廿四，初七、十七、廿七），位于新桥街道办西南面，永兴桥东，即今新桥街道中心路以西，宝安大道以东，北环路以南，蚝乡路以北的大片古建筑。

有直街、横街各一条，商铺与民居混合，有的是店后厂（即加工的地方）。该墟东靠新桥村的大庙和下西，南与万丰村隔河为界，西跨桥河田与塱岗相连，北与松岗潭头隔河相望。三面环水，只有东面陆路靠着新桥大村，陆路的交通与福永、松岗、石岩、公明接壤，水路可通太平、广州等地，是一处天然形成的墟市。

这里现存的永兴桥和广安当铺是深圳目前古建筑之最。古墟的外部与内部构成各类名胜景点，著名建筑及主要商贸店铺。

直街——直街为东西向偏北，长有 30 多丈（100 米左右），阔有丈余，铺砌有长短不等的花岗岩石块，街门在东，又称街口，原建有一座墟门牌坊，据说上写着"清平墟"三个字，在左侧原有楹联："丝带绕桥双玉树"的一句上联，是当年一位途经此地的堪舆大师详细察看了清平墟的东南西北环境后题写的，期望此地有人能对上工整的下联。后来有墟上人给对上"壁伞护坛一文昌"的下联。

上联"丝带绕桥双玉树"中的"丝带"指，当时清平墟，除了一条新桥河从上游的东南方，向下游的西北方流去外，在北面还有一条沙溪（当地人称其为陂）从源头东面大头冈往下游流去，在墟的西北面与新桥河汇流，其两岸树木郁郁葱葱，映衬着河水形似两条丝带环绕着永兴桥。"双玉树"：在古墟靠近新桥河边原来有两株大榕树，又称不落树，一株在永兴桥东的南侧（即今天新修建带有石雕栏杆的小广场处），另一株在文昌塔的西面，也是靠近河边，两树相距不远，谓之双。

下联"璧伞护坛一文昌"，"璧伞"指当年的这两棵大树，又高且大，覆盖广，外看形似伞，树底下都会有石砌而筑的石坛，石坛可护树，大树又可护坛；一文昌：即文昌塔。

这副楹联将清平墟的河流、桥梁、树木、文塔等景点标明，加以形容，对法也颇为工整，至今好多老人都记得。

横街——长有20丈（约60米左右），阔与直街一样，同样铺砌有花岗岩石块。最大的亮点就是街的最南处有一座广安当铺，与另外两座高大的碉楼一起南北并排而列，有各类店铺多间。

广安当铺——位于横街的最南端，高有6层（内面现为空架构，只有木梯级接工字槽钢引攀至存货各层，直达楼顶）。约有20多米高，主楼及附层建筑占地达800平方米。其规模可能是东南亚地区之最。为什么会在此建当铺？为什么要建造这样大规模的当铺？是什么人建的？这就为此墟的逐渐繁荣做一个提示。

楼顶墙壁上用毛笔题写着一首小诗，字迹大体清晰可辨，其意大约是提醒当铺保卫、更夫要注意的事项，读来饶有一番趣味：

东家有言吩示，掌更责任当知。

规矩不准眠睡，通夜进行观望。

四处楼顶回防，两点方能安卧。

太平一切物件，时常打点齐整。

每逢月光洗枪，一月十五为期。

更楼药房重地，仔细灯火勿近。

　　这首小诗至少告诉人们两点重要的信息。第一，从这首诗的语言看，虽带着半文言，但已有很浓的白话文色彩，灯火勿近药房，看来应指贮藏弹药的仓库；"洗枪"也应该指定期整理保养现代枪械。

　　综合推断，这首小诗应该题在五四运动后的民国时期。这也说明直到民国时期，这座当铺仍在正常营业中。其二，在碉楼顶层，还有一间小屋，门上匾额写着"有备房"三个漂亮的行草字，其意思是保卫人员休息的地方。有专门持有火药军械的守卫，可见此当铺及碉楼的保卫之森严，也令人遐想到当年这座楼内，储备的金银财宝有多少。

　　远望这座建筑物，发现它是四四方方，直棱直角，顶部也是平平直直，与南方广府的传统民居的船形屋脊风格迥异，看上去更像是碉堡，它的墙身竟然用 7 行砖，厚度达 84 厘米，是这一带很少有的建筑物。据了解，此当铺是石岩浪心人袁氏所建，其后人至今未曾回来过。20 世纪 50 年代曾作过青年活动中心和粮食仓库。

　　永兴桥——位于直街的西部，新桥河上面。清嘉庆《新安县志》卷之七《建置略·梁》这样记载："永兴桥，在新桥村之西，锁前溪而跨两岸，当往来要冲，东接黄松岗，乌石岩诸路，西连云林、茅洲诸墟。康熙年间，监生曾桥川建，日久倾颓，乾隆五十年，武生曾大雄、钦赐翰林曾联魁、贡生曾腾光、曾应中等倡建，周围俱以白石砌之，阔三丈余，长十丈余，高五丈余，桥孔有三，上列栏杆，工程浩繁，颇为坚固。"

阅志得知，清嘉庆年间（1796—1820年）当时新安县桥梁有50多座，而文字上对此桥的解释最为详细，把该桥的地理位置，河流走向，建于何时，建桥的前因后果解释得十分清楚。据说，建桥的所有花岗岩石构件是在别处制造好（据说在今天的凤凰山处），由水路运至此地的。当年曾在此河进行龙舟竞渡，场面热闹，在桥东侧设有一座小关卡，来往均要通传放行。这里同样有一座牌坊，上面写有"清平墟"三个大字。

码头——位于永兴桥东岸北侧，古木棉树旁，规模虽不大，但清平墟的繁荣，带给该码头源源不断的货源，来往货物大多经此发运各地，从这里发运的货物为当时宝安其他同类之首。后因束淡防碱，耕作水稻，在下游的岗头兴建了水闸，20世纪50年代停止使用。

牛墟埔——位于墟的东北面，由永兴桥东直行几十米处（即原来旧四方粮仓位置），八乡的人们均利用墟期到此售卖或者购买自己需要的牛。据说，在墟期时有卖武艺卖膏药的，有卖牙痛水之类的江湖郎中，场面热闹。

猪仔亭——位于墟的西北面，永兴桥东北落树的石坛对面，正街的南面，专门售卖小猪给各地来此趁墟的民众。

按照建设的自然规律，新桥是大村庄，再加上繁荣的清平墟，各类庙宇建筑也随之建起，如太祖庙、观音庙等。

太祖庙——位于墟的北面，离牛墟埔有300多米远，中间一条沙溪相隔（即今天北环路新桥金鼠影视公司的影棚与鹏展汇五星级酒店范围），该庙规模较大，除了供奉太祖菩萨外，庙内更祭祀着观音、天后、北帝、关帝等菩萨。到了20世纪五六十年代，部分建筑物倒塌，受无神论影响，毁后没有人出资修葺，逐渐荒凉，直至全部塌毁。它的砖、木、瓦、石块、柱础等建筑材料让一些村民搬回家中作建房之用。庙内原有两株高大参天的木棉树到20世纪七八十年代还存在，后因推土筑鱼塘被砍掉。

观音庙——位于永兴桥东，离桥不足10米（即今天重建后的四层粮食加工厂大楼位置），坐东向西，面向新桥河，据说建筑规模不甚大，但曾经香火鼎盛，毁后改建为粮食售卖门市部。

文昌塔——位于墟南面，本地人称文阁，离广安当铺不远，塔高五层，是文昌星君象征，他主宰着人间的功名利禄。据说，因为新桥当时的武官比较多，建造此塔目的想走走文官运。可惜20世纪50年代末因建松岗糖厂缺材料而将其拆毁，当年，该文昌塔与永兴桥、广安当铺在新桥河水的倒影中成为清平古墟的标志性建筑。

插汉阁——清嘉庆《新安县志》卷之十八《胜迹略·古

迹》有这样的一段记载："插汉阁，在新桥村侧，乾隆壬午年建。"（乾隆壬午年为公元 1762 年）据墟中老人回忆，过去文昌塔西侧原来确有一座庙宇，是不是志上记载的"插汉阁"就有待考证了，距今已有 200 多年。古迹遗址早已湮没，不过 20 世纪 70 年代，有村民在该处建房挖地基，挖出了大量的花岗石块，可作佐证。

带着读者游历了一遍清平墟的名胜古迹，我们把视线再次移回到直街和横街当年繁荣的场面。墟内鼎盛期的店铺达百家，经营范围达几十个行业，如米铺（舂米）、织篾铺、药材铺、缸瓦铺、打铁铺、葵衣铺、猪栏铺、补衣铺、打金铺（手工饰物）、文房铺（专卖嫁妆的商店）、高楼（茶楼、饭店）、什货铺等。墟期之日，商铺门口还会摆放临时挡摊，投墟的、趁墟的，再加上墟上的原住民，人头攒动，熙熙攘攘。

到了 20 世纪三四十年代，机械化加工稻谷（碾米机厂）也在此落户，也是冲着这条运输线方便又有码头的新桥河吧！至今，两座 20 世纪 70 年代初所建的圆拱仓库还保留完好呢，是当时此墟粮食的储备中心。

宝安的文化名墟

除了部分 20 世纪七八十年代新建的建筑外，清平墟内的大部分房屋都已破旧不堪，有的随时都可能倒塌，与当年的繁华古墟不可同日而语了。

今天，在文物保护部门声嘶力竭的呼吁下，人们开始有意识地保护这些古建筑、古遗迹了。如今的清平墟位于新桥街道的繁华地方，其商贸价值又一次成为人们关注的焦点。经过政府重视以及专家的论证，有步骤地进行保护、挖掘与提升，相信在不久的将来，清平墟将再一次修复原有的面貌，成为宝安西部的一个历史文化底蕴厚重的名墟，正所谓：

　　年轮转秋春，古墟依旧存。
　　改革劲风洗，期待乐清平。

福永文昌塔"开文运"

福永凤凰塔俗称风水塔和文塔，位于宝安区凤凰山大道路与环川路的西北面，始建于清嘉庆年间（1796—1820年），由村中父老倡议筹建，至今已有200多年历史了，于1984年9月6日被深圳市人民政府公布为第二批文物保护单位。

远看这座古老的高塔耸立在现代化的楼房之中，显得很特别。据说，此塔未建之前，全村一度学习风气很差，很少有人高中秀才和举人。为了改变这种状况，村人全力支持修建"文塔"，说也奇怪，自从建了这座宝塔，凤凰村的私塾逐渐增多，学习的氛围越来越浓厚，村里高中的人越来越多，于是，村人都把这个功劳归功于这个远近闻名的文塔了。

凤凰塔，折平面呈六边、六角、六层，砖木结构阁楼式，部分构件用条石凿制。外壁每层用砖叠砌，挑出腰檐塔檐，原为四层，清同治年间（1862—1874 年）增高至六层。塔式为叠涩山檐，无平座，六层的塔门均有石匾和对联。塔基与首层下半段用青质花岗岩石砌筑，塔身用青砖砌造，檐用五层"菱角牙子"，七层平砖叠涩砌出。

门塔的联匾分别是：第一层为"凤阁朝阳"；第二层匾为"开文运"，左右联为"地近丹山从凤翥，天开黄道任龙翔"；第三层匾为"经伟楼"，左右联为"凤云蟠五岭，金壁联三台"；第四层匾为"独占"；第五层匾为"直上"；第六层匾为"绮汉"。各层均为楷书阳文石刻，字体刚劲有力。

第一层正面用方形门，第二、三层用拱圆门，第四、五层用方窗，顶层正面用圆窗。每层的第二、六面用长条形小窗，其他都用方窗。六角攒尖顶，原有塔刹可惜已被雷击毁。今存塔刹为 1991 年重修时所加，塔内每层原有楼板和木梯引攀至顶，整个凤凰塔约有 20 米高。凤凰塔在地方志中没有详细的记载，但从建筑结构的特点看，应建于清嘉庆与道光年间。这种塔俗称："风水塔"或"文塔"。

据了解，凤凰村一带聚居着文天祥之弟文璧后裔。宋时文天祥和文璧兄弟俩同登进士榜，尤以民族英雄文天祥才华超群，文氏族人力图"开文运"，继承和发扬先辈的业绩，因此立塔纪念，勉励族人。重修凤凰塔时，有一副楹联用现代瓷片贴在塔边维修志上。上联为："茅岭烟楼祖得松盛延绵教子教孙"，下联为："凤溪文塔村品兰馨永继爱国爱乡"。

凤凰塔前原有一条小溪，水缠绕塔边径直往下流去，经

福永文昌塔

桥头至坳颈汇合后直入珠江口。文塔从下至上，塔身渐窄渐尖，远看很像一支细长毛笔，可见古人的良苦用心，可以想象古凤凰人对文化知识的渴求。

建造一座这样的文塔真的有如此大的作用吗？文塔与文昌帝君有什么关系？文昌，原本是一颗星的名字，亦称文曲星，或文昌星。古时认为，他是主持文运功名的星宿。在每年的农历二月初三日文昌帝君寿诞时，朝廷都要派官员前往文昌祠祭祀。

道教传说，"文昌帝君"原名叫张亚子，是晋代（公元265—420年）四川省梓潼县的一个孝子，为晋王朝的一位官吏，后来战死沙场，人们为了纪念他修建了"亚子祠"，并奉为当地的明神。13世纪前后，有一位道士写了一本《清河内传》的书，说这位明神通过"降笔"告诉道士，张亚子本是周初（公元前10世纪左右）的人。晋代投胎到四川成为张亚子时，已经是73代，玉皇大帝给他的职责是掌管"文昌阁"，专门负责决定世间人的官吏升迁。由此，张亚子就成为"文昌帝君"的化身，四川梓潼县的"亚子祠"也逐年扩建升格，更名为"文昌宫"，成为全国各地数百处供奉"文昌帝君"宫观中的"祖庙"。

在道教宫观中，"文昌帝君"的形象与帝王无异，骑着一头白色的驴子，常有两个童子相伴，一个是聋人，名叫"天聋"，另一个是哑巴，名叫"地哑"。这是因为"文昌帝君"所主宰的人们仕途升迁大事，属于机密，"天聋""地哑"两童"言者不能知，知者不能言"，同时也表明任何人都不可能从两个童子那里探听到任何消息。"文昌帝君"在历史上的种种传说和人们的信奉，都为建造文塔提供了依据，让美好的愿望给人们更多的期盼。

这座古老的文塔，历经 200 年的风风雨雨，依然稳固如初。为人们游览凤凰山的必看景点。

智熙家塾与陈才茂

　　智熙家塾，位于沙井街道壆岗社区北帝路33号，建于清光绪末年，是陈氏家族的私家教育场地和家族分支宗祠，属于家塾和家祠合一的建筑。它坐西南朝东北，三间三进两天井，面阔13米，进深33米，占地面积429平方米。前两进为单层建筑，后进为两层楼房，一楼为仓库或杂货间，二楼为中厅，两侧各有两间房，均为推拉门，陶瓷门把。窗户为木质百叶窗，大厅连接两个偏房的门廊，亦采用了明显的欧式圆顶拱门廊。建筑的主体为砖木结构，清水勾缝砌砖外墙。室内是传统木作梁架结构，主要建筑木材都是从越南进口的质量上乘的红木。

　　门厅为硬山式，屋面一律用辘筒灰瓦铺设，四周沿口用绿琉璃剪边，并有沟头滴水。山墙为镬耳官帽顶，清水墙，

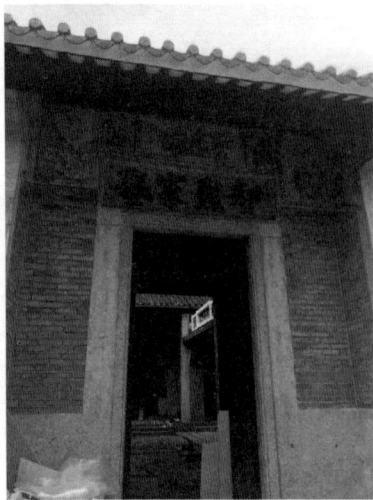

智熙家塾

花岗石砌角，有升起。博古屋脊上有灰塑图案，檐口有诗酒琴棋、三友图等彩绘，檐板及室内木作构件上都有戏剧人物、花草、暗八宝等精美雕刻。墙裙叠四皮条石，门匾题阳文款"智熙家塾"四个大字，上款为"光绪戊申秋月谷旦"，落款为"顺德陈敏章敬书"。

家塾落成后，曾由智熙公一支亲戚的后人看管，后来其族人一直没有回乡认领，所以并没有发挥它原有的使命。新中国成立后，家塾曾成为当地小学生聚会之所、文化室、壆岗醒狮队和武术队的活动场地；2006 年 6 月 13 日，政府有关部门公布智熙家塾为沙井镇文物保护单位；2014 年 12 月，深圳市人民政府公布其为深圳市文物保护单位；2015 年 9 月，宝安区人民政府立碑保护。现在，政府投入资金，把这里修缮为壆岗村史馆。

陈才茂（1861—1919 年），号智熙，广东省宝安县壆岗乡人。生于清朝咸丰末年，卒于民国初年。幼时家境贫寒，长大后不能忍受地主和高利贷债主的压迫剥削，决议离乡背井到海外谋生。

当年的壆岗乡，现属深圳市沙井街道管辖区，离香港很近，时由宝安至香港的交通，仅靠俗称"大眼鸡"的木帆船。为避开债主，陈才茂偷偷溜上了这种木帆船，可没等船开走，债主已经闻讯追上船来，揪住陈才茂胸前衣服恶狠狠地骂道："死野仔，你老豆欠下我这么多钱，不还清别想走人。"要陈才茂留下继续当长工，直至还清债务为止。陈才茂主意已定，决不后退，他跟债主说："你不是要我还债吗，我现在是一无所有，若留在家乡当长工，这债务不知道何时才能还清啊！你不如让我到海外做工，倘有发达的机会，到时候一定连本带利还给你。"他说得在理，在众乡亲的劝阻下，债主无可奈何地只好应允，但还是夺走他包袱里的几件破衣服来顶债，才放他走了。

当时的香港，正处于开埠初期，乡中年轻人去香港谋生大多系当"三行"（即建筑工人），陈才茂初抵港时，先在建筑工地当泥工，后来学会了砌砖，最后成为一名出色的砖瓦工。

此时，法属殖民地越南海防市也正在大兴建设，越南缺少熟练的瓦、木、石等工人，法国殖民政府派人去香港招募华工，陈才茂首批应招前往。海防港口工程由法国上尉军衔的建筑工程师马隆（MALON）负责，陈才茂以其聪明才智、高超技艺以及勤劳、诚实、责任心强的优良品质，取得工程师的信任，不久起用他为管工。由他经手的每项工程，用时短而且质量好，很快又由管工升为小包工，继而为大包工，成为马隆不可或缺的好助手。马隆见海防的建筑业有利可图，就辞去政府职务，创办自己的建筑公司。邀请陈才茂与他合作经营，他接洽到的工程全部交给陈才茂承包。在陈才茂倾力协作下，马隆的建筑公司迅速发展，成为越南一位富有的建筑家。数年后马隆携妻返法居住，把全部事业让给陈才茂。陈才茂在其基础上继续发展，成为当时越南声名显赫的三大建筑家之一，与另外两名法国建筑家齐名。

那两名法国建筑家均有政治背景作后台，陈才茂以一个自学成才的中国人身份与之竞争，与华工们的大力支持分不开。他善于团结华工，善于用人，手下有一批能工巧匠和"土工程师"保证工程质量，还聘请法国律师为其当法律顾问，获得法律保护，在建筑界颇有信誉，赢得了法国殖民政府和社会人士的信任，由他竞争得标的项目，有代表性的建筑和工程有首府河内全越南总行政机构的总督府（今主席府）、中部芽庄港为国际轮船导航的灯塔、河内海防铁路线靠海防的路基、沿海防的红河石堤，拆毁堵塞河道的旧军舰、疏通红河河道、建造海防港仓库等。

陈才茂以自己的名字"陈才茂"命名他的建筑公司，法国人和越南人简称 THAN THOI，翻译成中文为"陈才"。陈才茂建筑公司坐落在红河边上的广东街中心地段，陈才茂买下了沿广东街红河两岸大片土地，用广东街对岸的半平方公里土地造水塘储放木料，又在对岸建造了先进的机器锯木厂和水泥花砖厂，实行锯木机械化，生产时髦的花纹阶砖。据说，智熙家塾至今保存完好的花地砖也是水泥花砖厂的产品，现在看来也不落后。他还建造了一个巨大的内河船务修理厂，经营修理内河船只。由于陈才茂建筑公司占据了广东街大片主要地段，在当地又很有名气。人们逐渐以"陈才"之名代替了广东街街名，若说去广东街，有些人会不知道，要是说去"陈才"街，则无人不晓。

陈才茂建筑公司的老铺设在海防港，分店设在首府河内和南定市，河内的铺名叫"茂盛"，南定的铺名叫"茂兴"。

法国政府看到陈才茂建筑公司的实力，为了繁荣海防市，打算把广东街两旁土地全划给陈才茂免费使用，陈才茂在那儿建屋盖房不必买地，这对别人来说是求之不得的好事。但他有远见卓识，虽明知房地产价格会不断上涨，接受这份厚礼会成为大富翁，子孙吃喝不尽，而这恰恰是致命之点，子孙若靠祖荫生活，靠收租度日，将失去进取心和奋发的创业精神，饱食终日，无所用心，反而害了他们！所以，他毅然拒绝了。后来，那片土地给了广新源经营，果然广新源的后代一事无成。

陈才茂热心于社会公益事业，在越南海防主持东安堂，办起东安学校，为东莞、宝安的侨民子弟提供了读书的场所。由于陈才茂幼年失学，总共只念过三个月书塾，但他擅长心算，能讲普通法语。他深知文化知识的价值和外语的重要性，在法属殖民地和法国人竞争，没有文化知识，不懂法语是不行的。那时子女尚幼，他便在亲友中挑选了两个青年送去进修法语，学成后，留下一人在公司当法文秘书，另一人推荐给当地做税务官。后者在陈才茂影响下，曾帮助过许多穷苦华人解决人头税问题，为华侨社会尽了心力。

陈才茂衣锦还乡，在家乡建了一座供族中弟子读书的智熙家塾，也把当年欠债主的债务连本带利还妥了。

　　陈才茂共生了 11 个儿子，他的后代现已遍布世界五大洲，有博士、硕士、学士，各门学科的专家、教授、教师、工程师、商人或普通工人，甚至联合国和平机构中都有他的后裔。其中第四子陈庆筹（1895—1951 年），字善之，爱国商人，出生于越南，幼时回到垦岗学习中文，1920 年到上海震旦大学（今复旦大学）求学，完成学业后返回越南开办了著名的"才源厂"，主营建材。抗战时期，他配合西南进出口物资运输公司西运处，开设海防善之公司，经滇越铁路参与抢运抗战物资，还冒险接待借道越南转奔重庆、延安的爱国志士和流亡学生。1941 年末，日本人控制海防，他逃往广州湾（今湛江）开设"才源行"，继续经营建材。第五子陈其芬（1901—1996 年），1923 年从广州岭南大学毕业，读书期间与廖承志、廖梦醒、冼星海等为同校同学。1924 年赴法国留学深造后，在巴黎任建筑师。1936 年回国，加入中国建筑师学会；1937 年赴越南，次年在越南海防开办建筑设计事务所；1954 年回国参观，并受邀参加国庆观礼；1956 年在柬埔寨金边开办建筑设计事务所；1960 年任柬埔寨国王政府公务局顾问；1960 年和 1967 年两度蒙柬埔寨国王西哈努克亲王授予政府骑士勋章、王后勋章。

　　清朝光绪政府曾发起修筑粤汉铁路之举，并向华侨推销股票，陈才茂积极支持祖国的建设，买下了大量股票。怎知清廷腐败，售出股票后没有修路，股票成了废纸，使华侨遭受了巨大损失。

　　陈才茂为人厚道，对那个曾抢他包袱、要他继续当长工还债的地主，他不但很快实现诺言还清债务，而且在那个地主家财被儿孙荡尽、变得一贫如洗时，还常常接济他。乡亲们十分尊重和信任陈才茂，认为他是一位开明士绅，有事儿就找他帮忙，他也尽力为乡亲们排忧解难，甚至化干戈为玉帛。有一次，两个邻村因争水浇地准备械斗，陈才茂得知后集合众乡绅进行调停，他对兄弟村说："大家都是中国人，什么事情都可以取得公平合理解决，不必械斗，务以息事宁人为要。"在他和众乡绅的调解下，和平解决了这场争水纠纷，避免了流血事件的发生，团结了两村民众。

　　陈才茂为建设越南、造福侨社，留下了不可磨灭的功绩。

　　今天，智熙家塾在政府的重视和关怀下，充分利用其优势，建造为垦岗村史馆，其必将发挥出更大的作用。

大浪虔贞女子学校

　　虔贞学校位于龙华区大浪街道，创办于 1891 年（有说 1878 年）。据称，此校是广东最早的女子学校，至今有 100 多年的历史，共培养出了 4 名黄埔军校学生、1 名保定军校学生、多位校长以及高级工程师。

　　1866 年，几位外国传教士来到浪口村，在这里成立了基督教会。1873 年，村里建成了基督教堂。1891 年，来自瑞士的传教士将虔贞学校从香港西营盘搬迁到浪口村福音堂的隔壁，建立新校舍，并专门招收附近的女孩就读。不久，宝安，甚至香港的女生也来到这里读书，这所学校也就成了名副其实的女子学校。

　　由于学校坐落在浪口村，20 世纪初也开始招收本村的男孩。但男孩入学的条件非常严格，即年龄不得超过 13 岁。这所学校办学认真，管理严格规范，分别设有语文、算术、体育、音乐和手工劳作等课程，培育学生全面发展。据了解，当时高峰期有寄宿学生五六十人，走读生100多人，也算小有规模。

新中国成立后，学校几经变迁，先后改名为姜头小学、浪口小学。1985年被合并到大浪小学后才停办。

有资料显示，1926年村里有吴博凡、吴梓泰、吴伯涛、吴定凡、吴道培等人从虔贞学校毕业后，考进了黄埔军校和保定军校，毕业后参加过北伐战争。20世纪四五十年代后，从这里还走出了多位校长，有吴有业、吴仕友、吴新友、吴元友、吴智仁、吴新仁、吴佩新、吴年恩等人均在周边地区当过小学、中学的校长。吴启民、吴新平、吴冠东等人还成为高级工程师。

作为女子学校，学校培养的女孩子大部分都到了国外，或者做了官太和商太。因为学校的老师是外国人，用英语讲课，她们在语言上很有优势，出国相对容易，村里一些曾经在这里读过书的老人现在还能够听得懂英语。

说到这所学校育人的功劳，不得不提起抗日战争期间，这里还曾经是村民的避难所。当年，日军打进村来，村民就往这里躲藏。有一次，日军飞机来了，在空中盘旋，村里的300多名村民赶紧偷偷往学校跑去，当时情况非常危急，虔贞学校里的瑞士籍教师赶紧升起了瑞士国旗，日军不敢冒犯，这样300多名村民才得以躲过这场劫难。

这所学校不仅救过村民，还曾救过抗日游击队战士。据

虔贞学校门楼

说，孙中山在二次革命失败后来到浪口村，也曾在该学校短暂居住，后来在阳台山与钟水养会合，到南头经蛇口安全抵达香港。

今天，这座著名的学校历经了百年沧桑，已经是破烂不堪，满目疮痍，岌岌可危，面临消失的危险。旁边原教堂福音堂目前已经重新修复，但这所学校还是静静地立在它的原址上，显得凄凉孤独。

走近学校，眼见门前瓦砾、垃圾乱七八糟堆放着，杂草丛生，还种有一些菜和果树等，低洼处淤积的水已经发臭和发黑；两扇早已生锈的铁门锁着，昔日生机勃勃、琅琅书声的校园景象已荡然无存。目睹此情此景，怎么也难以与昔日的名校联系起来。

不大的西式门楼横额上书有四个字，"虔贞"二字被刮去的底印，模糊不清，后面"学校"两个字清晰可见。前面有一个新修建的篮球场，有多株古树，如凤凰树、台湾相思树等；门前围墙左侧还保留着当年建设的模样。一座门楼上挂着新造的黄底黑字"浪口福音堂"的门匾。据说，学校曾经被焚烧过，还保留着焚烧后的痕迹。

走进校园，便见到一口古井，后面是一栋五间两层的破旧砖瓦房，当时办女子学校时，楼下是教室，楼上是"妹仔棚"（即女生宿舍），右侧还有一座更加破烂的砖瓦房，校舍已严重老化，百年女子学校的校址亟待保护。

凤凰山春夏入画图

山不在高，有仙则名。水不在深，有龙则灵。

因凤岩古庙的盛名而得名的凤凰山，为福永、西乡、公明三街道的交界岭，包括大茅、二茅等山峰，海拔高度378米，方圆1.2平方公里，突兀平川之上。西眺珠江口，峰峦连绵叠翠，满山树木葱茏，百花四季飘香，山涧溪流潺潺，幻石奇岩众多，奇峰俊秀，是宝安境内的一座赫赫名山。山的西麓"凤岩古庙"更是香火鼎盛，蜚声珠江三角洲和港澳等地，是闻名遐迩的背山古刹。

十月，是凤凰山最美的季节，美在清澈灵动，有着光风霁月的清朗舒展之意境。秋日的清晨，天高、云淡、风轻，走在凤凰山，一路姹紫嫣红，五彩斑斓的树林在明丽的七沥湖水中，交相辉映，织就一幅令人心醉的金秋画卷。

凤凰山

　　据清嘉庆《新安县志》卷之二十一《人物志·流寓》记载："文应麟，宋丞祖文天祥从孙，倜傥尚志节。景炎中，丞相弟璧守惠州，兵至，璧以城降，应麟耻之，携二子起东、起南，遁于邑之东渚，遂家焉。厥后子孙繁衍，科第蝉联，世泽流长，称为极盛。"

　　在元朝大德年间（1297—1307 年）抗元英雄文天祥从孙文应麟，因避元逃难迁徙来新安，隐居在福永岭下村（今凤凰社区）。相传，文应麟闲游凤凰岩时，见其山清水秀，奇岩异石，胜景非常，夜晚梦到观音嘱其建庙，于是，文应麟令村人将庙建于其上，名为"凤岩古庙"。在明弘治戊申（1488年）、清乾隆辛亥（1791 年）、清嘉庆丙子（1816 年）、清同治甲戌（1874 年）、民国戊辰（1928 年）、1983 年和 2006 年等，由新安邑侯、官府、民间士绅及信众倡议进行过八次修葺。

史载，该庙在明朝中叶时为鼎盛期，可惜 20 世纪 50 年代后，古庙曾经湮没。1983 年，凤凰村文氏族人再度倡议，港澳同胞、海外华侨和村民积极响应，踊跃捐赠，一度荒废的凤岩古庙、上山石级道路相继得到修复。随后陆续修建了沿山公路、停车场、登顶石级和凉亭等设施。凤凰山景区再度游人如织。

经过先后建设，凤凰山景区很多，大致可分为山下胜景区、古庙胜景区和山顶风景区三部分。《新安县志》对"凤凰岩八景"均有记载。现收录其中部分给读者做向导。

山下胜景区的主要文化景点：

凤凰文昌塔——坐落于岭下村西路口，旧凤凰村委东侧。塔有六层，高约 20 米，为六角形建筑，始建于清嘉庆年间（1796—1820 年），为目前深圳市保存最好、最高的古塔，是深圳市文物保护单位。

朝阳灵犬石——俗称"护村大石狗"，坐落在凤凰村后的东北面（即现广深高速公路旁），是一块天然的形似大狗状的巨石，村人遂将其作为护村灵犬，给予供奉祭祀。

普门示现牌坊——建在凤凰岩入口处，正面有阴刻"要渡自渡"四个字，背面也刻着"普门示现"四个字，是居于香港宝莲寺凤岩古庙旧住持泉慧大师所题。

青牛跃洞留仙迹——位于原凤凰岩人行山道不远处的溪边，古石桥左侧，有一块大花岗岩石，下边有一大足牛蹄印，相传是明代凤岩古庙住持蔡若墟大师修炼成道时，太上老君骑着青牛由此跃涧而留下的仙迹。

圣水灵泉——位于上凤岩古庙人行石级山道的半山亭侧。相传是观音大士体会游人至此，又干又渴，特意幻化成一口伏流不干的灵泉，以解游人之渴。

半山亭——位于石级道上的 1000 级左右，亭上有对联一副，上联为："扶杖慢登千级石"，下联为："品泉聊憩半山亭"。很多登山者会在此休息片刻，并在"圣水灵泉"取水洗手洗面，泉水清凉，使疲劳顿失。

松径风琴——古时候前往古庙的人，行走在登山的石级道上，沿途的松林树木茂密蔽日，清风送爽，松林响起铿锵的声调，听来有如八音伴奏，弦乐齐鸣。这道松径风琴在清代就被列入凤岩八景之一，现尚留有"松径风琴"古石碑一块。

步云亭——在石级道上，与半山亭相隔五百级左右，路段行走相对崎岖，山亭也有一副对联，上联为："气喘级高试问能行几步"，下联为："风和亭适妨暂坐片时"。已经接近"凤岩古庙"，云雾时常笼罩此亭。

以上为山下胜景区的部分文化景点。

在古庙胜景区也有一些文物景点，如"净瓶洒露"是一块巍峨奇特的大石，耸立在凤岩古庙右侧与莺哥石相连，并形成了一个大洞，幽静雅观，其形如观音净瓶而得名，游人可攀上石头顶上玩乐，更可眺望西面浩瀚珠江海景。石旁尚存明代弘治时进士郑士忠所题"净瓶洒露"石碑一块，至今字迹清晰完好。与其相连的莺哥石被称为"莺石点头"，该石为一天然巨石，形似莺嘴，石旁有一古石碑，是清康熙丙辰进士文超灵所题。

再往前行，有一个天然石洞，洞前大石阴刻有"仙洞"两个大字。相传古时曾有凤凰栖宿其内，凤凰岩也因此得名。元初文应麟建凤岩古庙时，在洞内设置供奉观音大士。明时，凤岩古庙住持蔡若墟在此洞得道成仙，故取名为"凤凰仙洞"，后人在进凤凰仙洞的入口处建起了一座石筑牌坊，上刻有"福地灵岩"，左右对联为"凤侣栖岩依佛法，莺哥化石悟禅楼"。凤凰岩洞旁，也有一块形如莲花的"莲花石"，圆周 4 米，高 3 米，相传观音大士曾坐居其上，致使该石如莲花，有如观音坐莲，现莲花石上仍有观音像供奉，香客亦常于此石前供香奉拜。

出洞后，往左有一块 5 米多高的大石台，俗称石地塘。相传文应麟曾遇观音化成的白衣妇人，在此织麻纺线，留下了麻蓝印和脚印于此。至今石旁有一块清进士蔡学元所题"麻蓝仙印"的石碑。游人到此，亦登石欣赏一番。此石不远处有一独立巨石，该石上圆下宽，石中阳刻有"凤舞"二字。字体刚劲有力，相传于明代中期凤岩古庙的一位老和尚用稻草蘸墨泼写而成。

在"凤舞"石不远处，有两座巍峨巨石相互叠成，形似合掌，古称"合掌石"，故有"合掌枕流"之称。《新安县志》也记其为邑中其景，掌觑有洞，洞内有溪流。洞壁有天然蟠龙石刻，上面刻着"凤毛神化度云龙"。相传宋少帝赵昺，曾避难于此，龙袍挂在壁上，所以才有龙壁的奇迹。

返回走至古庙侧，一口名"长寿仙井"的井泉可谓历史悠久。传说井穴是观音大士指点而成，为游客解暑解渴而设，长年不竭，专供游人香客烹调饮用之便。该井之水甘香馥郁，长饮可强身益寿，故其名为长寿仙井，明朝番禺举人陆奠邦曾为其竖碑题字。据清嘉庆《新安县志》卷之十八《胜迹略·古迹》有这样的记载："凤凰岩，在茅山之北。巨石嵯峨，广数丈；洞辙若堂室。昔传：凤凰栖其内。上有莺哥石、合掌石诸奇景。相传蔡若墟得道于此，士人塑其像；嘉庆年间重修，极其壮丽，亦邑内之胜区也。"

经过片刻休整，从凤岩古庙背后，从新修筑水泥梯级，上飞云顶，又称"云顶参天"，海拔319米。古人来游凤凰岩的，以登上此峰为乐。明朝新安进士郑文炳在游凤凰岩后，便咏有"抉筇直上飞云顶，举手不觉摩苍旻"之佳句（《新安县志》卷之二十四《艺文志·艺文三·诗》）。

从飞云顶沿山南行，沿途胜景有"猪兜石"和"万蝠洞"，其形其景特色鲜明。再往南，行至燕园路，便到"石乳清湖"，由一块大岩石组成，在石壁中高约2米处，有一圆洞穴，内贮清泉，终年不竭，满而不溢，冬暖夏凉，奇趣无比，仿若人间仙迹。

往大茅山方向行走，在中途山脊上有一"狮吼巨石"，石高数丈，状如狮张大口在怒吼。绕过巨石，顺着山脊可直上大茅山顶，顶高为378米，是整个凤凰山脉的最高峰。当年文应麟曾在此建有"望烟楼"，以赈济附近乡邻。据清嘉庆《新安县志》卷之十八《胜迹略·古迹》记载："'望烟楼'，在凤凰岩下，传文丞相侄应麟子孙于此，为何左丞部将，值岁荒，建楼登眺，凡家无焚火烟者，赈之，至今犹称'烟楼下'云。"望烟楼，其遗迹今存，现已改名为'望烟台'，元初文应麟避乱来到新安，时值荒年，人民困苦，于是在山顶建一小楼，每当夕阳西下，便登楼眺望，家无烟袅者，就设法救济，因此，乡人甚感激，称此台为"望烟台"。人称他为"义士"，称望烟楼为"烟楼晚望"。事隔700多年，望烟台早已湮没，烟楼下之名也很少有人知道了。但文应麟的义举却永留史籍，为后世人所称道和敬仰。

从飞云顶沿山脊向白鸽山方向北行，可以见到一块经过磨砺，下如磨刀石状，上有似试剑痕迹的"试剑石"。相传文应麟为循其伯祖父文天祥遗志，决不仕元，为图东山再起灭元复宋，常聚有志义士，在此练功试剑而留下。还有"伶仃奇石""绞剪石"等景物，前人也曾留下墨迹。在伶仃奇石附近的平坡处，有一"清兵旧军营遗址"，据载，清道光年间（1821—1850年）清兵曾在此驻扎，以守边关海疆，直至清末。山上兵营处原建有围墙、营房、瞭望台等，现已湮没殆尽。

2006年刚修葺完成的凤岩古庙，规模更加宏伟。古庙匾上写有："凤岩古庙"四个金字，左右有楹联一副，上联为"凤彩龙光阴福地"，下联为"岩祗佛宇护苍生"。两侧有两条雕工精细带有柱础的石柱；顶部取用琉璃瓦剪边，顶端为双凤朝阳，下面写着"风调雨顺"四个字及花鸟动物图案。庙内供奉着观音大士多款金身塑像，还祭祀其他菩萨多尊。

庙前重新修建了风水池，池南北两侧竖有各4条龙凤相隔的雕刻石柱，雕有象、凤、鹤、鸟、花等图案。西北面有一座写着"霞蔚云蒸""南天览胜""江海同春"字样的望海亭。古庙既有恢宏的气势，又有古刹的寂静，山脚下的果树和各类林木郁郁葱葱，七沥水库碧波荡漾，是现代都市人运动休闲的好地方。福永街街道办事处再次投入近亿资金，将对凤凰山森林公园生态停车场、沿溪步道、入口广场、盘山公路延长段、凤岩古庙旧登山道、机场至凤凰山沿线进行改造及环境综合整治，对福凤路进行工程改造等，相信以后的凤凰山会更美。

凤凰山，古今留墨迹，洞天福地。

凤凰山，春夏入画图，气象万千。

广安当铺：深圳第一当的前世今生

　　沙井的清平古墟深圳四大市集之一，在那里有一座高大的碉楼，它是古时清平古墟的地标，也是深圳现存最大的当铺旧址，它就是宝安区不可移动文物保护单位——广安当铺，本地人称其为当楼。

历史：建于清代，曾先后作为当铺和粮仓

　　笔者作为土生土长的沙井清平墟人，不仅听说过不少关于广安当铺的故事，在其作为粮仓时，还曾在那里工作过一段时间。所以，这栋建筑对于笔者来说，有着不一样的意义。

　　广安当铺的建造比较特别：呈长方形，南北长，东西短，直棱直角，主楼高达六层，四周有副楼相伴。关于当铺的历

史，听墟上的老人家说，它建于清末年间，繁荣于民初，是石岩浪心客家人袁荣经营的，至于他是不是该楼的业主无人知晓。日本人占领沙井新桥时，由于世道混乱，当铺不能正常营业，东主袁老板便携眷远走他乡，有人说他去了南洋，也有人说他到了美国。一些流氓之徒乘机进入当铺大肆抢掠，大部分值钱的物品均被洗劫，据说，有抢掠者被日本人开枪打死在里面。

新中国成立以后，袁氏的后人至今没有回来寻找祖业。当铺曾一度成为墟里年轻人集体娱乐的活动场所，后来改建成新桥粮仓。20 世纪 80 年代，由于长期受洪涝灾害的影响，该粮仓被迫撤离兼并到沙井粮管所，从此当铺被闲置。2005 年，作为深圳市仅存且保存完好的当铺碉楼，广安当铺被宝安区公布为区级文物保护点。

如今，随着古墟的废弃，知道古墟往昔和这座当铺的人怕也为数不多了，它像一位百岁老人一样，逍遥自在地静坐墟中。这是一种凋零的落寞，亦接近于被遗忘的孤独。

据了解，以前在此经商的都是异乡人。经营范围可以说是应有尽有，店铺也有大有小。广安当铺就是围绕这些人而开设的，当地的一位在古墟长大的冯姓老人介绍，他小时候经常在当铺附近玩，看到人们扛着棉被、棉袄等物品过来，也见过一些人从衣服小袋里拿出如金银财宝的小物品去典当，人来人往，很是热闹。

建筑特色：高、大、奇、固

由于清平古的地势与不远处的马路相比低了近一层楼，形成洼地，再加上古墟的废弃，这幢往日墟中的高楼很难被人注意到。但走近时，它仍会给人一种神秘而又敬畏的感觉。

当铺的门口是常见的雕刻花岗岩石柱相辅，左右两侧写着六七十年代"保卫祖国，放眼世界"的楹联。门口上方还保存着原来横放着的两条门枕（注：这是典型的广府建筑大门风格），腐蚀后的檐口木板雕刻依稀可辨，斑驳的青砖墙布满历史的印记。

进入楼内主楼可以看到，每层分隔都是用工字槽钢隔开的，南北对拉至外墙，外墙部分用"S"形钢螺丝帽相扣。楼梯曲折地从一楼直达顶层。现在主楼外侧直上当楼中间段有梯级42级的楼梯是改造粮仓后加建的，因为存放稻谷入仓是在上面一路往上堆起来的，如果需要将稻谷取出去加工，就在最底层打开原来安装好的闸口板，再由搬运工人重新用麻袋包装后拉到粮食加工厂，这里的搬运工土话叫"出谷"。

在碉楼顶层，有一间小房，门上匾额书写着三个遒劲的行草字"有备房"，墙壁上用毛笔题写着一首小诗，字迹清晰可认，其意思大约是东主提醒当更的保卫注意安全防范守则。

向远处望去，该楼与近邻上星的耀添西式楼、洪田围角楼和垦岗的东就碉楼的设计构造不一样。第一是高，一般的

广安当铺

楼都是三至四层，很少有这样六层高的楼。第二是大，走遍
深圳、东莞和广州，乃至典当业有百年历史的香港、澳门，
也找不到与广安当铺规模相当的当铺。独门独户，四周裙楼
相护，楼内设施完善。第三是奇，整栋建筑物没有一扇传统
意义上的窗，从外观看，当楼的每层四面均设有不少方格洞
口。每个窗洞高约一米，但宽只有 20 厘米左右，内宽外窄，

成年人的头都探不出去，这种设计与碉堡的机关枪口很相似。每个窗洞口外还加有一层铁丝网，据说这样既可防雀鸟飞入又可通风取光。此外，楼四面的墙砌了7行砖（一般是两行砖），厚度达84厘米，这几乎是按一个军事防御工程的标准来建的，完全可以御敌于楼门之外。

一家之言：可否改广安当铺为沙井博物馆？

不过，令人遗憾的是，被列为保护单位的广安当铺，目前已经是断壁残垣，木断板折，垃圾满地，破旧不堪，形同虚设的大门，闲杂人员可以自由进出，存在诸多安全隐患。所有与破败有关的物象都可以在这里找到，所有与衰颓有关的联想和感叹都可以在这里生起。看到此种现象，不能不令人痛心。

笔者认为，作为当铺，它曾经为这一带的经济繁荣发挥过应有的作用；作为粮仓，承担过国家粮食储备的部分任务，可以说它见证了沙井新桥近百年来的沧桑变化，理应得到保护。此外，就广安当铺这一建筑本身来说，也是深圳市一座难得的、具有保护价值的古建筑。

希望不久的将来看到这幢古当楼重焕生机。

从宝安新桥当楼回顾千年典当史

登上当楼（广安当铺）楼顶，能够看到有一棵超过人头高的青绿小榕树，据说是雀鸟含来的种子发芽而自然长成的，它使人们感觉到古当楼虽然离开了众人视线多年，但是依然坚守不渝，并散发出无穷的生命力。目前种植在桥头南路 10 号门前的河堤岸边那棵枝繁叶茂的大榕树，据说也是三十多年前人们从当楼顶移植栽培的。

综观整栋建筑物，处处体现的是对保卫的重视，楼顶平面，可给更夫四处巡逻；窗小设网，直棱直角，没有层与层的分隔，不给梁上君子任何攀爬可乘之机；这类建筑与普通民居并排而建，"高尔不群"，给人们的感觉是远看既不显眼又简朴，近看既严谨又不缺威慑力。传说，该楼四面墙顶，每一面都有八卦的一卦，八卦象征乾、坤、震、巽、离、坎、艮、兑。而碉楼顶那一卦是坎，居北方，五行为水，这样当楼就可以防水了。如此说来当楼主人真是机关用尽，煞费苦心啊！

当铺的历史和发展

我国典当行业萌芽于西汉时期，肇始于南朝寺库，入俗于大唐五代，立行于南北两朝，兴盛于明清两代，衰落于清末民初，复兴于当代改革，已绵延数千年。当铺一般认为不迟于南北朝出现，当铺在历史上还有典铺、解铺、解库、质库、长生库、抵当所等不同的称呼，但典当活动却早已盛行。汉代时，典当在民间非常普遍，典当在我国最早见诸文字记载的是《后汉书》，书中描述，东汉末年黄巾起义，甘陵相刘虞奉命攻打幽州，与部将公孙瓒发生矛盾。"虞所赍赏，典当胡夷，瓒数抄夺之"。刘虞原打算把受赏之财质押外族，却被公孙瓒劫掠。这是历史上将"典当"二字最早连用的一次，是把典当活动作为一种社会经济活动加以记载的。它表明，典当在我国至迟兴起于东汉，中国是典当行为产生最早的国家之一，距今已有1800年的历史。

被称为典当行或当铺的典当机构产生于南北朝时期。《南史·甄法崇传》中记载，宋江陵令甄法的崇孙甄彬（时届南宋），"尝以一束苎就州长沙寺质钱，后赎苎还，于苎中得五两金，以手巾裹之。彬得，送还寺库"。这里提到的寺库，指的就是寺院经营的专门当铺。当铺的起源很早，在南朝时已有寺院经营为衣物等动产作抵押的放款业务。随着南朝佛寺典当经营活动的兴起和普及，一个专门从事以物质抵押借贷的行业逐渐形成。不过，南北朝时期的典当业还处于萌芽阶段，属于寺院经济的一个重要组成部分。直到唐代，我国典当业才真正跳出仅为佛寺独家经营的狭小圈子，成为整个社会十分走俏和蓬勃发展的古代金融业。

唐朝当铺成为质库，唐玄宗时有些贵族官僚修建店铺，开设邸店、质库，从事商业和高利贷的行当，它与柜坊同在市场上占有重要地位。宋代，当铺被称作长生库，由于宋朝社会经济日益发展，长生库（质库）亦随之发达。总之，佛寺兼营典当或专门的典当机构，在我国至迟起源于南朝，距今已有 1500 年的历史。

综合史料来看，我国典当业的历史发展，大致可划分为三个主要阶段，即唐宋两朝至明代中期，明代中叶至清代前期，清末民初至新中国成立。而每个阶段又各有其时代的鲜明特点，典当行随着社会经济的发展而兴起，但在不同国家的不同历史时期，典当行的存在必须具备一定的条件。这些条件又包括客观条件和主观条件、一般条件和个别条件等。

典当行的商业性表现为，它在一定条件下直接从事市场活动。随着封建社会商品经济的发展，典当行的财力日趋加强。特别是在其成为独立的金融机构之后，典当行便开始兼营商业或其他副业，从而于借贷生息之外，另辟一条增殖其自身资本的新途径。

进行粮食买卖就是典当行经商的典型例子。明末清初，手工业中资本主义因素的不断增长，极大地刺激了商业资本的活跃。商业资本嚣张，突出地表现为对重要生活资料如盐、粮的垄断。在这种垄断过程中，典当行也扮演了十分重要的角色。在封建社会里，典当行也是国家财政收入的一个重要来源。

典当行业的名词与特别术语

从事典当经营的人士称为典当商，从事典当的地点一般称为"当铺""押店"或"典当行"，行业一般分为典、当、按、押四类，"典当"一词就由此而来。

首先，需要借贷的人把抵押品交由典当商估价，典当商以估价的某个百分比借出款项，并在借单的限期内保管借贷者的财物。如果借贷者能够偿还借款并交手续费，就可以取回抵押品，反之典当商会没收抵押品并变卖，也可以收买方式取得抵押品，然后即时卖出。

我国的典当业以"蝠鼠吊金钱"为符号，蝠与"福"谐音，而金钱象征利润。当铺的柜台高于借款者，后者需要举起抵押品，故接待员被称为"朝奉"。在大门与柜台之间有一块木板称为"遮羞板"，另外有"票台"和"折货床"以进行交接手续，而当铺为多层楼房，用以储存抵押品，而又因为典当业属高风险行业，当铺的建筑亦有其特殊的要求。

典当业供奉其特有的行业神，即财神、火神、号神。号房内供奉火神、号神。一为求财，二为避免灾祸，旨在对老鼠表示敬意，免得各种贵重毛皮、衣料、绸缎、布匹遭受破坏，供奉火神防止发生火灾。

典当行业

目前，典当业相对盛行的香港和澳门，他们在全盛时期可以分为"当""按""押"三种。三者中以"当"的经营资金及规模最大、最雄厚，"按"的经营资金则次之，"押"的资金最小。以下为三种典当模式的比较：

当：经营资金及规模最大，当期最长三年，月息每借出一两银收三分银。行内更有规定："逢冬减利"，即是每年冬季（十月至十二月）内会减息一个月。

按：经营资金及规模比"当"稍小，当期最长两年，月息每借出一两银收三分银，没有"逢冬减利"例。

押：经营资金及规模在三者中最小，当期最长四个月（包括三个月正常当期及一个月续期），月息每借出一两银收一钱银，没有"逢冬减利"例。

现时港澳地区主要采用"押"的模式经营。

据说，业内还有一个习俗，就是"当婴儿"（又称"当人"），这是因为一些父母害怕所生的婴儿不长大，故有此举以保小孩平安。由当婴的父母，先与当铺联系妥当。届时抱婴儿到押店，从柜台左边窗口将婴儿送入，由当铺的朝奉接住，再送到店主神台叩拜祭祀后由票台在四方红纸的"假当票"上写上"根基长寿、快高长大"八个字，盖上挂角印，再在婴儿的衣衫上盖印，由朝奉将婴儿从右边窗口交还给他父母，最后当婴父母给朝奉送上红封包。整个"当赎"过程便完成了。

典当业中一些特别的术语，列举如下：

职位

司理——当铺经理，管理当铺内的财务如筹划资金、增减资本、监督账目等，为当铺中的顶头大伙计，部分为股东兼任。

朝奉——通称二叔公，在当铺鉴别估价的人。由于柜台高，来当物的人要将物品高举给店员，好像"上朝奉圣"般，"朝奉"这个名称可能由此而来。

票台——在大当大按中，负责填写当票及当簿登记等事务的人。成交后，一般朝奉以口唱，票台听录方式进行。

折货——负责抵押物的包裹、保管及挂竹牌作标记等的工作。他们包裹衣服时，一般要求折叠整齐、捆扎结实，做到小而紧，以节省所占货架的面积。

追瘦猫——此职位除要负责"折货"，当顾客来当物或赎物时，包好抵押物放到货架或从货架取回给客人。

后生——即打杂，是未满师的学徒。

将军——即伙头，负责店内员工膳食，闲时亦要协助当铺内的一些杂务。

其他

遮羞板——俗称遮丑板，进门后的大屏风，使街上行人见不到店内的情况。

马纸——即是号码纸，是系在押物上的纸条，以便日后在货仓寻找。

码房——麻将馆内开设的押物房，由当铺派人主持。

月历——指农历。由于农历比公历的计算是每月少一至两天，而过了一天就要多付一个月利息。

出质——典当物品的动作。典物的人叫出质人，此名称现为法律上采用。

落码——在麻将馆内，赌徒将身上物品典当（即"落"），以换取现金或筹码（即"码"）。

杂架——指钟、古玩等物品，起源于20世纪30年代。

断当——典当品于典当后都会有一个限期予出质人赎回，但于限期到期仍未把典当品赎回，该等物品将被视为"断当"。

流当品——逾期未赎回的典当品。典当限期过后流当品便会归当铺所有，一般都不能再赎回。

大耳窿——俗写为大耳窿，起源于香港开埠，他们会把硬币放在耳孔，示意有钱借给人，因此称为大耳窿。指放高利贷的人。

种虫友——专门在物品上做手脚，然后向当铺骗取金钱的骗子。

九出十三归——从前当铺收取的利息计算方法。即物品十元，但实际只借九元，但赎回却需要十三元。现已不复存在。

雷公轰——指"九出十三归"的押物利息与雷公轰般可怕。

典当业的未来的发展趋势

新中国成立后至改革开放前，典当业被视为封建剥削残渣余孽而予以限制和全面禁止，直至改革开放后得以重出。随着市场经济的进一步发展，典当作为一定程度上开展私贷业务的金融机构，就理所当然地具备了重新问世的客观条件。典当行以其短期性、灵活性和手续便捷性等特点，成为银行贷款业务的一个有效补充。

纵观典当业发展历史，不难看出，我国古代典当产生并适应于当时的封建农业经济，之所以衰落于清末民初，除社会动荡外，一个最根本原因是我国资本主义萌芽的开始，在现代金融机构的发展和挤压下，传统的典当业墨守成规，未能及时转变经营模式以适应社会发展。回顾数千年的典当史，寻觅分析古今"典当"的共同点和不同点，对我们正确认识"典当"具有重要意义。

地理篇

洪田火山慈云阁

慈云阁位于宝安区新桥街道黄埔社区洪田火山郊野公园内，始建于康熙年间（1662—1722年），距今已有三百多年历史。清嘉庆廿四年《新安县志》卷之十八《胜迹略·寺观篇》有这样一段记载："慈云寺，在新桥尖峰顶山，内有石洞，洞中有石，如神像。旧传仙石于一夕飞来，乡人由是建慈云阁于其上，至今祷祀多灵异云。"三百年间不乏大德高僧在此修炼，曾经一度香火鼎盛，并吸引众多僧众香客和善男信女前来朝拜，是饮誉岭南的著名佛教道场。

20世纪50年代末，由于历史上的特殊原因，该庙宇荒废失修，破烂不堪，杂草丛生，只剩下不足三尺高的残垣基墙，连沙井本地的年青一代都不知道近在咫尺的火山上有一座曾经扬名海内外的大慈大悲观世音菩萨的道场——慈云阁。

近年来，黄埔社区先后投入了一千多万元巨资，经专家按山体的原貌结合实际设计，将整座火山全面规划，并经过几年的建设，把洪田火山建设成一座以大自然为主题的郊野公园。如今出现在你面前的火山已经是一座集小桥流水、亭台楼阁、道观庙宇和大片桉树树林相结合的综合公园，如诗如画的风景随处可见。光是新铺设的花岗岩石级就有4000多级，让你行走在山路石径之间，领略大自然的气势和舒适。

由大批信众发起，按修旧如旧的方针，经过精心修复和建设，一座被遗忘多年的丛林宝刹——慈云阁，终于在原遗址上重现了昔日的风采，并于2005年9月19日落成，对香客信众们开放。

复建的慈云阁，占地有200平方米，建筑面积也有180平方米，依火山主峰而建，坐东向西，在阁门正中有木制门匾一块，上写"慈云阁"三个字。左右两侧柱上有木制楹联一副，上联为："悲心广大法雨遍施三千界"，下联为"福德圆融慈云普荫亿万家"。该阁的建筑结构以柱直撑梁架，除了后座的东面外，南北西三面均用木制门和窗遮挡，外饰有雕花烘托，绿琉璃瓦飞檐，顶脊有双龙戏珠的陶塑。

庙前是信众捐赠的香炉鼎，铺设的多级花岗岩石的宽大台阶直抵庙门，台阶两旁各安放着一只石狮子，十分壮观。庙内摆放着一尊六手如意观音菩萨，供信众祭祀供奉。

在慈云阁正方向右侧还修建了一个直径十丈，深半丈的圆体观音池，池中央屹立着一尊一丈高的花岗岩石滴水观音像。该观音面容慈祥，带着微笑，惟妙惟肖，右摆兰花指，

洪田火山慈云阁

左手洒仙露，从她手中滴洒向人世间的水都是福和爱。池中放养着信众们放生的龟、鱼等动物。

当地至今流传着一段神奇的传说，有一年火山遭遇了一场特大山火，将整座火山的所有树木全部烧光，唯独慈云阁范围内完好无损，是神的庇佑，还是观音显灵？被人们视为神奇。慈云阁有幸请到了德高望重的降央多吉活佛（现任辽宁省北票市惠缘寺住持、广东省东莞市石龙欧仙寺名誉住持、青海省乌兰县都兰寺佛学院筹委会主任、青海省都兰寺放生德基金会会长）来做住持，现在慈云阁人流不断，香火越来越鼎盛，相信经过大家的共同努力，将会再度焕发出更大的魅力。

洪田火山，主峰高百丈，面积有 2500 亩，种植了大片林木，细叶桉树有八万多株，遍布火山公园的各主要风景区。在行山石径经道上已修建了两个凉亭，以便游人休息。除了庙宇的设计上别具一格，充分利用郊野公园的特点，使整个公园的建设给游人们的印象是古朴之中又带有现代色彩，现代色彩之中又有丛林古刹的幽静，让你有如进入原始森林的胜地。

从进入园区小广场的设计看，其采取了山与水、水与桥衬托的布局。山上的流水、自然流水和观音池水满后通过排水口向下游流去。将排水渠建造成池中池，增添了江南风格的小桥流水，经过滤之后往外排走。让登山郊游和进庙参拜的人们领略到别致小桥的另一种韵味。走过小桥，拾级而上，再经过数十级崎岖石级的辛苦，就到达庙前小广场，初行者会觉得气喘脚软，但举目远望沙井美景——茫茫大海漫无边际，道路上车水马龙，现代化高楼大厦、厂房林立，尽收眼底。

为方便驾车一族，公园开辟了几个停车场，其中有一个可直接到达庙前的半山停车场。总之，洪田火山郊野公园在宝刹慈云阁的映衬之下，将会吸引更多的各路信众和游人前来。

归德盐场的前世今生

据考证，三千多年前，已有居民在沙井繁衍生息。东晋以来，大批中原居民移居沙井开村立业。那时，先民们利用这片面临珠江口的海湾、得天独厚的水土资源优势，将以刀耕火种、捕鱼捉虾为生的原始落后的小渔村发展为广东十三大盐场之一。据各类史料记载，沙井早期以盐业发展为主。

据清康熙《新安县志》卷之六《田赋志·归德场盐课司》记载："原管辖一十三社，续增设三社。今共一十六社。包括新桥、大步涌、冈头、涌口、附场、大田、信堡、后亭、涌头、仁保、义堡、礼堡、智堡、鼎堡、永新和伏涌等。"其中新桥、大步涌、冈头、涌口、大田、后亭等社之名称至今依然使用。从此记载看出，当年的归德场的管辖范围与今天的沙井街道差不多。

明《本场原额》载："人户一千四百五十二户，人丁三千八百三十三丁；共有征、无征，大引折小引，丁税熟盐八千四百一十八引零八斤一十三两。"由此可见，古代这里盐业从业人员不少，据了解，明清时在这里设立的归德场大使，官职仅低知县半级。

沙井之名大约在明朝中后期出现，其因古井多沙、井水甘甜而得名。沙井是一片村，俗称沙井大村，其范围大约包括了今天的沙一、沙二、沙三、沙四、蚝一、蚝二、蚝三、蚝四共八个社区居委会以及沙井社区居委会的一部分。

沙井村取代归德场

清嘉庆《新安县志》卷之二《舆地图·都里》中的"福永司"管属村庄已经有了沙井村和涌口村的记载。换言之，归德场之名已经被沙井村取代。

"凤集高冈伫看文明天下，龙蟠沙井行将霖雨苍生。"

这是沙井义德堂陈氏宗祠大门上的一副楹联，沙井之名从这时开始有了文字记载。

该联上联出自明嘉靖三十七年（1558年）戊午科乡试中试（举人）邓家蓢人的潘甲弟之手，而下联则为明万历四十年（1612年）壬子科乡试亚魁，有"神童"之称的归德场人陈龙佑所作。据说，陈龙佑对上此联时仅有八九岁。而他们两人乡试时间相差五十多年，一副对联能够缔结出一段沙井文坛的千古佳话！由此可见当时这一带的文风之盛啊。

归德盐场旁的义德堂

在《沙井义德堂陈氏族谱序》（2006年重修版）里有这样一段记载："宋始祖，公讳孔硕，字朝举，号野望，登淳熙进士，徵授政议大夫。先世洛阳人，迁于闽，乃古灵公裔孙。从学朱熹，称为高弟。因金人乱，迁南雄珠玑巷，读书穷理，雄人争遗子弟从学。晚年徒宝安归德场涌口里（今沙井近步涌处）居焉。建锦浪楼于海滨，四时八节，未尝不向东而泣，则公之仁孝敬可知也。"

《沙井义德堂陈氏族谱序》又载："回溯我族开基至今，已近八百年。初，朝举公由闽侯官（今福州市）迁南雄珠玑巷，晚年携三子卜居沙井涌口里，是为南迁鼻祖，同气连枝，一本三纲。"长子康道，号云霖、云霖居士，好栽花灌园自适，作二三径，为云霖别业。直至五世孙陈友亮从云霖迁移龙津孔进坊，被奉为沙井义德堂陈氏初迁之祖。

云霖墟与龙津渡头

北宋初年，这里开设了归德盐栅。北宋中期以后，归德盐栅升为归德盐场。南宋时，归德盐场成为广东十三大盐场之一。

归德盐场的位置应该位于今天的云霖（沙井中学一带）与衙边社区之间，衙边社区（古时也称臣上臣下村）就因为在归德盐场官署附近而得名，而涌口里大概在沙三、沙四村的范围内。这里古时候有渡头，即龙津渡头。相传，宋时这里是龙津河的出海口，因为出海口外是波涛汹涌的合澜海，巨浪时常冲打至岸上，在河两岸肆虐。南宋嘉定年间（1208—1224 年）归德盐场官承节郎周穆，见此景况，提议建横跨龙津河两岸的石桥，取名为龙津桥，以方便人们出行。怎料大桥建成之日，合澜海海水暴涨，波涛汹涌，上游洪水泛滥，仿佛有蛟龙翻江倒海，兴风作浪。在这种情况下，官方临时安排在桥侧立石塔一座，以镇蛟龙。此塔叫龙津石塔，又称渡头石塔和花塔公。石塔建成后，海面风平浪静，合澜海两岸成了盐民、渔民、蚝民的商贸集市。

关于龙津桥、龙津石塔的建造情况，明崇祯《东莞县志》、清康熙《新安县志》和清嘉庆《新安县志》均有记载。不过，从各种文献记载所知，云霖墟的繁荣历经千载，但清嘉庆《新安县志》卷之二《舆地图·墟市记》载其为"新墟"（在沙井村内新增），而这里实为"旧墟"。这里原是渡头集市，老一辈沙井人惯称云霖墟为旧墟（注：今天称这里"九墟"，称原来的渡头集市老地方叫"新墟"，是中间几百年空隙未能填补，实为口头之误）。

可惜清康熙《新安县志》里没有渡头集市的记载。不过，从龙津桥及龙津石塔建造的时间来推测，此地原来是一处渡头口岸，史称"塔子前渡"，其繁华景象可以想象。此后，渡头集市有可能因为河流的改变、市场需求量的减少而日渐冷淡，乃至消失。

清康熙至嘉庆年间，因为市场需要，这里再次设立墟市。另据嘉庆《新安县志》记载，于清嘉庆年间，在洪圣古庙南，也设立了沙井墟（新增），即今天的沙井大街，古时候称泰通街，又叫街仔。

沙井之井觅芳踪

说到沙井，不能不提到"井"。在古代，水井是人们饮用水的主要来源。在滨海地区，井水的好坏更是与人们的生活密切相关。由于地质条件特殊，沙井一带的井水十分清凉甘甜。这就是沙井为什么能够吸引众多的移民来此定居的原因吧！

据清康熙《新安县志》卷之三《地理志·井泉》记载："云林仙井，在参里山侧，成化间，布政陈选爱其清冽。"

此外，在参里山麓的云溪寺也有一口井，叫云溪井（在今沙井中学校园内，原为云溪寺之井）。沙四社区也有一口"围头井"。

以上三井均于 2000 年 6 月 13 日被列为沙井镇文物保护单位。

清嘉庆《新安县志》卷之四《山水略·井泉》记载："沙井甘泉，在沙井村北海旁。"据说此井用桶提水时，井内会发出嗡嗡响声，故被村人称之为"无底龙潭"，可惜此井今已废。

目前，在沙井大村的大街小巷依然保存着不少大小不同、形状各异的水井，为人们留下了探究沙井之名的一些踪迹。

闻名遐迩的沙井蚝

沙井蚝（又称"牡蛎"）之美味广为人知。沙井蚝誉满港澳，名扬四海。

在盐业发展的同时，沙井也发展蚝养殖业，沙井人北宋时期已开始"插竹养蚝"。

到了明代，沙井养蚝业已具有一定的规模，沙井附近海域——从东莞的虎门到蛇口的后海一带已经形成大片的蚝田。到了清代，沙井蚝民通过不断的实践，把养蚝区域划分为采苗区、成长区和育肥区，养殖出来的成蚝更加肉肥体大，鲜美爽嫩。此时沙井蚝已经"成名"。

新中国成立以来，沙井蚝民引进了日本的"花式吊养"养蚝技术，改革蚝养殖模式，使蚝业养殖面积和产量不断飙升。

20 世纪 80 年代中后期以来，由于工业的发展，沙井周边海域水质受到污染，蚝养殖环境遭到破坏，蚝民们纷纷到台山、惠东、汕尾、阳江等海湾养蚝。异地养蚝获得成功，沙井蚝民创造了中国水产史上的一大奇迹。加上政府出手举办影响力越来越大的沙井"金蚝节"，沙井蚝已是盛名远播，成为深圳乃至广东省的一张闪亮的文化名片。

大沙井码头的变迁

　　远古时代，沙井一带还是一片海湾，大约在 2500 年之前，这里逐渐由海滩变成陆地，沙洲不断形成，向大海推进。昔日的海岛成为平原上的残丘和山岗，山岗水的源头向下分流，就形成河、溪、涌、圳，形成交错的自然环境。

　　沙井成陆以后，境内有茅洲河、洋涌河、沙井河、新桥河。由于河道弯曲，深浅不一，受潮水涨退的影响，船只行走并不随意，但沙井古时几大墟市的商贸均比较繁荣，使周边地区更多利用船只摆渡人员和货物来墟市交易。

　　河与河之间，溪与溪之间，涌与涌之间，圳与圳之间，出现陆路交通来往的不便，就需要建造更多的桥梁以便人们出行。所以，古时候各地的乡绅、商贾和本地外出的官员都会以各种捐资、集资方式来"修桥补路"并以此为荣，沙井

沙井码头

一带也不例外，有史册记载的建桥捐献人和倡导人为数也不少，现保存完好的永兴桥就是其中一例。

随着时代的不断发展，建造各类大小桥梁的材料从竹木质结构到全桥均用花岗岩石砌筑，再发展到今天的钢筋混凝土和拉网结构，其规模和风格已有很大的改变。从以竹木材料建设开始的实用性到花岗岩石的安全性，在桥墩上建尖角（方便水从两边泄流以减少对桥的阻力，确保桥的安全），在桥上建拱形（方便大小船只通行），在桥面左右两边设小梯级（方便行人走路时不至打滑），再到美观性，在护栏上雕饰龙凤图案和形象生动的小狮，结构严谨造型美观。

在陆路交通不畅顺的古时候，建造一座桥既费时又费资金，需要漫长的时间才可以解决，所以水路运输就是当时的主要交通力量了……

古大步涌码头：（今天的步涌社区）地处北部海面通往合澜海的要冲，"步"在粤语中与埠相通，是码头的意思，古代这里曾经是渔船和盐船的避风港，经过数百载地域和海域的变迁，当年这里的繁华已不复存在，不过今天还有一个步涌码头依稀可以寻找到往日踪迹。

茅洲内港埠头：由于地处茅洲墟傍，又在归德盐场附近，两宋以来一直是归德场官盐、私盐的集散地，据崇贞八年的第22位新安知县李铉的条奏："归德场去县颇远，而场近茅洲，商船鳞集、煎出盐斤、立可发卖"。说明归德场因其水运交通发达，所产盐斤能很快卖出，这对盐民来说还是一条生计。古茅洲有旧市和新市两个墟，当时的繁华景象是可以想象的。

可惜随着泥沙的淤积和海水变淡，归德盐场的产盐量一年不如一年，盐田池漏折毁尽。逐渐改作养淡耕稻田，今天，狭窄的茅洲河还有点当年的踪迹可寻。

下涌码头：旧有广宝渡、广港渡经过沙井，有接驳船。那时，在沙井下涌茶亭处设有码头，用驳船接送客人和货物上落。在码头上为客人挑运货物的妇人，被人们称为"担驳艇"。蚝船每天从下涌出发，出海收工后又回到下涌沿岸停泊，当时下涌带给沙井是何等的繁华，并成为这一带重要的渔港和码头，今天，陆地再往大海推进，目前这里原来码头的地方已建成颇具规模的工业园区了。

清平墟码头：处于清平墟古桥东岸西北侧，古木棉树旁，虽然规模不大，只有两三丈宽的泊位。现遗存古遗的位置还依稀可以寻找到往昔的踪迹。但那时候该墟曾经的繁华给予该码头的来往货物多经此运输卸货，可想而知永兴桥未建造时它的作用和地位是何等重要和热闹。可惜，因束淡防碱，以养淡耕稻田的影响，20世纪50年代在下游处的岗头村附近修建了一座当时比较大规模的水闸，又称"十度闸"和"十渡闸"（共有十个闸口，闸坝上可行车走人），这样，大小船只就不能直接行驶进入清平墟码头。

沙井塘下码头：位于沙井老街，今天沙井医院的东侧，当年东山和塘下拥有近百艘商船出海来回及其他外来船只均在此停泊（今天在此建楼施工时，挖出大量长短不一的石块）此码头北有天后庙，南有西来庵，从中可见当年码头的规模。

随着道路的建设不断拓展和深入，离墟不远的宝（宝安）太（太平）公路和新（新桥）沙（沙井）公路建成通车。在永兴桥上游的上星（龙头村）段建成了竹木结构的"二房桥"，由新桥通往沙井，来往车辆日渐增多，清平墟古码头发挥不了它原有的威力，由在水闸附近兴建的岗头码头所取代。几年前，因北环路建设的经过和河道改建，该码头也被废了。不过岗头码头在20世纪六七十年代对本地的海上运输（以粮食外运）发挥过重要作用。

渡头：因河、溪、涌、圳水网交错，陆路不畅或建桥有难度的，接驳马路就需要渡船。按渡口的规模大小，配置渡船。那时，沙井的大小渡头不计其数，最后一个连接沙井与松岗的横水渡口"后亭渡"已于几年前由横跨沙井与松岗新建的桥所取代。

沙井码头经过历代的改造和陆上交通的大规划建设，已经慢慢地失去其原来的重要地位和作用（就连十多年前所建的一座有 250 吨级、10 个泊位的码头也因西环路连接而荒废了）。沙井码头逐渐让位于交通网络发达的陆路运输了，不过码（渡）头曾经对本地的经济发展发挥的重要作用是不可磨灭的。

海上运输有其特殊作用，沙井有较长海岸线，是否可以充分加以利用和开发，对现有沿河两岸的小码头进行合理的拓展或另外申报建设可容上千吨级、有多泊位的深水码头，为配合沙井的各项建设发挥作用……我们期待未来沙井深水港码头建设的落成。

天鹅湖上的永兴桥

辛丑初春的一个午日，我带着一队文友回到我的祖居地——清平古墟游玩，享受春光明媚的古韵。这是一处曾经被人们遗忘的地方，中心路建成后，比古墟高出半层楼还要多，虽然不受雨涝的苦楚，但整个古墟基本停留在20世纪七八十年代的旧貌，像一处没有开发的处女地，当时政府有计划地保存这里，原居民大多外迁别处居住。几年前，政府加大投入资金，全方位打造恢复古墟原貌，正如曾任宝安区委书记黄敏所言："古有清明上河图，今有清平永兴桥"，对古墟、古桥给予了丰富而生动的历史人文描绘。

当日，微风吹拂，湖面上荡起阵阵涟漪，偶尔有小鱼儿跃出水面，传来短促清脆的水声。行走中，一座有230多年历史的三孔石桥——永兴桥映入众人的眼帘。

永兴桥是深圳古建筑之最

永兴桥，位于清平古墟的西部，在新桥河上面。据清嘉庆《新安县志》卷之七《建置略·梁》记载："永兴桥，在新桥村之西，锁前溪而跨两岸，当往来要冲，东接黄松岗、乌石岩诸路，西连云林、茅洲诸墟。康熙年间，监生曾桥川建，日久倾颓，乾隆五十年，武生曾大雄、钦赐翰林曾联魁、贡生曾腾光、曾应中等倡建，周围俱以白石砌之，阔三丈余，长十丈余，高五丈余，桥孔有三，上列栏杆，工程浩繁，颇为坚固。"全桥用花岗岩石砌筑，结构严谨，造型美观；左右栏杆上的浮雕，是龙凤图案；桥的东西上下桥有4只小狮子形象生动；远观近看，均堪称建筑艺术的美学佳作。

一座有着近230年历史的石拱桥——永兴桥，至今依然完整坚固。

一座桥连接东西两岸，并且吸引了附近各乡村人们自由贸易发展。

一条弯弯曲曲地流经林陂、上寮、上星、新二、新桥等村庄的河叫新桥河，它与茅州河汇合后奔向珠江口东岸的合澜海。

一个用花岗岩石块铺砌的街道贯通墟内直街和横街各处。这就是繁荣数百年的清平墟。这里虽然不大，但其商铺林立，错落有致，鼎盛时期有各类商铺超过百间，光药材店就有四间。

桥下川流不息，百舸争流；桥上人来车往，万头攒动。

永兴桥

那时候的清平墟的繁荣就好比北宋时期的汴京（今河南开封），一派清明上河图再现的景象。

现今，此桥的通行功能尚在，但其跨过的水流却非流淌的河流。该桥横跨东、西两岸，呈约三十度的倾斜。河中间，由两座造型独特的桥墩支撑着三个桥孔，中央处高，两侧低，以方便渔船行驶，建造桥梁的这类方案，既依从建桥的实用性，又有结构合理的美感。

大家满怀新奇和激动的心情，观赏着春色撩人，湖光水色；饱览两岸树木婆娑。桥边，古棉怒放；桥下，碧波荡漾；景色美不胜收，令人目不暇接。

桥下的湖面上，有黑天鹅在与小鱼欢闹戏水。同行中忽然有人大声叫嚷："天鹅、天鹅……这里有天鹅！"众人顺着方向望去，果然看到湖上有 4 只黑天鹅在戏水。

有位学识渊博的长者向大家解释道："这个湖的水质不错，既然能够适应天鹅在这里生存，虽然不像野生，自养的也不简单，不管原来叫什么湖，我建议，以后就称其为天鹅湖吧！""天鹅湖"经一名友人冲口而出，文人倡议，众人附和。虽然名不正言不顺，但细究其因，也有一定的渊源……

称其为天鹅湖，源于何故？

永兴桥下，曾经是一条波涛汹涌、渔帆点点的新桥河，与茅洲河相连接，汇流在合澜海，通往浩瀚的珠江。因墟的繁华而建的永兴桥和广安当铺等，都与清平古墟不断发展有着特殊的关联。

叫天鹅湖，可有前因？

这就要追溯到 20 世纪 70 年代初期，由于河流改道工程的影响，从龙头村（上星）二房桥起，沿河奔流到冈头十渡闸的新桥河被人为地拉直了，弯曲的河道成为一条直河。原河流的湾头就成为小湖泊或促水后成为大小不一的鱼塘了。而永兴桥下的新桥河，从东南向西北的湾凹处被截断，成了一湾平静的人工湖。永兴桥下，已经不是河的原有概念。20 世纪 80 年代初，桥下这片空置的水域曾被作为鱼塘，由于基础设施差，居民的生活废水也往那里排放，鱼产量也不高，遇到雨季受到又淹又涝的影响，所养之鱼大多流入大海，所剩无几，经营者苦不堪言。

据说，鱼塘未受到污染的时候，有几年能够看到从北方到这里越冬的白鹤、白鹭还有白天鹅等候鸟在这片自然的湖泊栖息，由于水浅，小鱼小虾成为它们觅食的对象。成群结队的天鹅、白鹤、白鹭在此出没，证明这里环境优美，是自然生态纯净的好地方，把这个湖称为"天鹅湖"，再合适不过。一时，"天鹅湖"成了居民们茶余饭后的话题。

当年，有老居民看到此景，脸上露出发自内心的喜悦笑容。

后期，这里陆续建有各种亭台楼阁，成为一处自然的湖泊，鱼塘之说也就逐渐被人们淡忘了。

直至 21 世纪初，政府开始对永兴桥区域进行全面整治，桥东沿岸的居民大局观念较强，积极全力配合对古桥的修复，房屋被统一拆除了。通过近些年来几次的改造和修缮，目前永兴桥和清平古墟已被保护起来，正在进行一个大手笔的优化建设；金鼠影视公司也全力在此打造影视基地。未来，这里将会成为一幅宜居宜业的新"清明上河图"。

据阅志得知，清嘉庆年间（1796—1820 年），当时新安县桥梁有 50 多座，而文字上对此桥的解释最为详细，把该桥的地理位置、河流走向、建于何时、建桥的前因后果等解释得十分清楚。据说，建桥的所有花岗岩石材料构件是在新桥河的源头——凤凰山处凿制好，从水路运至此地的。经历岁月流逝，风雨的侵蚀，当年的白石今日已是斑驳陆离的麻石了。

永兴桥，是深圳现存不多的一处古桥，连接清平古墟，是古建筑之最，1984 年被列为市级重点文物保护单位。大家看着桥边石碑的简介，知道了建此桥的前因后果。除了看到眼前的新碑文说明，对桥梁建筑有兴趣的友人到处寻找更多关于石桥的文字。我自懂事起至今也未曾见，但听长者说过在中间桥孔底往上看，可以看到"永兴桥"几个字。为尽快探寻此说的真假，刚好桥畔有小船，几人速坐上船前去查看，但不止在中间桥孔看不到，把另外两个桥孔前前后后细看过一遍也未寻到。

这时，刚好有一位老居民回去看他的老宅的修缮如何，我就此事向他请教。他回答在桥孔处有永兴桥名字之说也曾听说过，却未曾见到。不过 20 世纪 50 年代，在桥东侧与石坛之间曾经见过一块宽 1 米多，高约 60 厘米的石碑，当时无人关注，后来听说有人拿去建房，用作基础埋在墙脚下，又听说被放到某个小河沟上用作人行小桥，真真假假，无从考究。

永兴桥是如何建的呢？是谁建的呢？据史料记载，永兴桥是新桥村的曾桥川主持兴建，曾桥川是新安县新桥人，乃孔子72弟子之一——曾参的后人，作为宗圣公曾子的血脉，他有幸承蒙皇恩关照，被荐为监生。曾桥川衣锦还乡后，倡议修建起这座横跨新桥河的大木桥。而桥东右侧的一株斑驳老木棉树已长成参天大树，其树干几乎要3个成人合臂方可围拢。旁边一处不显眼的地方就是码头，当年从这里源源不断运往广州、虎门等地的货物是何其之丰，直至新中国成立后、60年代之前，它一直在发挥作用。它见证了永兴桥的风风雨雨，同时见证着清平古墟沧桑历史的变迁。

当年，在桥下的新桥河进行的龙舟竞渡，人山人海，热闹非凡。据说，在桥东侧设有一道小关卡，来往均要通传放行，一说通行要交纳过桥费，又一说是为了保护墟上居民的安全，晚上在桥上设卡放哨。

说到永兴桥，不得不说清平古墟

永兴桥和清平古墟遗址相连，依河而立，因码头而兴的清平古墟，与河流同呼吸、共命运。在物资极度匮乏、交通不便的时代，更能体会"河流是人类生存的脐带"这句话的真意。从一处集散地出现，到各地商贾的交易以及人们的走亲访友，其均给人们带来诸多方便。清平古墟的发展，是由小到大逐渐兴旺起来的。记得祖父对我说过，鼎盛时期墟内有各类商铺超过百间，光药材铺商店就有四间。

一个用花岗岩石块铺砌的街道贯通墟内直街和横街各处。这就是繁荣数百年的清平古墟。这里虽然不大，但其商铺林立，错落有致。有规模宏大、名冠岭南的广安当铺，有机械化的粮食加工厂……那时候的清平古墟，该是多么繁华啊！

老街，古桥，当铺，码头，粮仓，民居……这些元素聚合在一起，将是一个不可复制的岭南水乡、特色古墟。如今，经过活化、修葺，其清代古风已初具形态。顺着古老的石板街，行走在直、横两条老街，只觉微风拂面，颇为惬意。在不远的将来，这里将成为都市人远离尘嚣，领略历史风情，感受别有天地的浪漫之境。

从史志对永兴桥的记载中得知，康熙年间，此地也有一座桥，是木头建的，因日久倾颓；乾隆五十年，建成石桥。从中可以推断，康熙年间这里虽然有一座木桥，但墟市未形成大气候。经过雍正、乾隆、嘉庆多年间的发展，加速了这座桥的建设步伐。

古老又现代的河与岸，永兴桥下的天鹅湖……有多少类似清平古墟这样的风水宝地，如果让有识之士发挥灵感，拂去岁月的尘埃，为快速演进的都市化留住珍贵的历史遗痕，在永兴桥边原来的码头立碑介绍——这里曾经是"码头"；将桥下的水池也立碑标明，称其为"天鹅湖"；经文人墨客宣扬，加上现在流行的网络传播，让后人"触摸"旧时生活，某种可能将会变成现实。

燕川古时称燕村

　　燕川，古时又称燕村，位于宝安区松岗街道北部，东靠罗田社区，南至茅洲河与山门社区相接，西与塘下涌社区毗邻，北抵罗田林场。

　　据清嘉庆《新安县志》卷之二《舆地图·都里》的福永司管属村庄里记载的村名叫燕村；在1997年编纂的《宝安县志》第一编《地理·三·民国时期行政区划》中记载："民国初年，沿袭清末乡镇自治，民国十三至二十一年（1924—1932年）实行区乡编制，全县划分为7个区、99个乡、3个镇，在第五区有燕川的名字。"

村名由来

唐朝大诗人孟浩然的"燕子家家入，扬花处处飞"，陶渊明的"翩翩新燕来，双双入我庐"，以及韩愈的"柳花还漠漠，江燕正飞飞"等诗句均对燕子有着很多美丽的形容，燕子之名经过诗人们的各种各样的描述而深入民间。

燕川村地形为三面环山，一面临水，在村的东、北、西三面环绕着田螺岭、鹧鸪岭、圆头岭、天鹅山等七个小山头，像七颗小星星，南临茅洲河，像半圆的月亮，故称为"七星伴月"。这里山清水秀、河川纵横、草木茂盛、燕鸟成群，是燕子栖息、繁衍的好地方，更被誉为"鱼米之乡"，又是燕雀成群，河川密布之地，故又称之为"燕川"，这大概是燕川村的来历吧！

而在沙井义德堂2006年重修的《陈氏族谱汇编》的谱序篇之二，政义大夫、资治卿、南京礼部左侍郎、前通政使掌国子监事、四川按察使、直隶扬州府东莞厚街大桥头乡人陈琏在1453年撰文《陈氏族谱序》里有一段记载："余以静贻燕题其堂，肖其心也，多其贻谋燕翼之善，子孙皆也，爰是远迩皆以静称之。富斌因以为号……"这又是另一种说法，此号可能是富斌的别号，如此看来，两者皆有可能。从1957年成立燕川高级社，1958年9月成立人民公社时称燕川大队，1983年7月改称燕川乡，1986年10月改燕川村，2004年7月改设燕川社区来看，燕川之名已有数十年。

"燕舞春风催桃李，川流不息育英才。"这是坐落在松岗

燕川村

街道燕川村天鹅山下的燕川小学大门前的一副楹联。该楹联将燕舞春风与川流不息巧妙组成宽对，描述了燕川人重视教育的传统美德。

燕川村是一个古老的村庄，已挖掘到4000多年前新石器时代的文化遗址，也有许多古建筑、墓葬、石刻等。宋时，燕川的莞香就非常有名。在归德场（沙井）陈朝举四世孙陈有直迁居此之前，这里已聚居了曾氏、邓氏、赖氏等。随着陈姓人丁的兴旺，其他姓氏也相继外迁，目前，这里有麦、文、赖、鲁等姓，而陈姓占98%，陈友直被尊为燕川村的初迁祖。

历史名人

陈士美，字彦辉（1341—1382年），明洪武年初在归德场担任盐运举充讥察。在职期间，他秉公办事，不徇私舞弊，对那些刁难侵害灶丁和盐商的人严惩不贷，受到世人的好评。

陈富斌（1413—1484年），字义宰，号处静，彦辉之孙。为人孝于父母，友于兄弟，与人交，慷慨仗义，不吝解推。性敏健，品醇静，他生平性静，处变不惊，常常说："我心湛然，静如止水。事未静，应物去静，安以待动，无往不可，动以处静，无时不然。"好友陈琏题写"静贻燕"，他自己也以之为号。明天顺七年，赈饥出粟万石，修城楼出钱七千缗，获县令立碑嘉奖。

陈让，据清嘉庆《新安县志》卷之十九《人物志·人物一》记载："字克逊，燕村人。幼孤，事母孝。与从弟计口授田，三分逊其二。天顺八年，大饥，诏令：民间出粟千石，助县官赈饥者，给冠（官）带。让出谷三千石，归名于叔。性尤嗜学，善诗歌，著有《诗集》四卷。万历四十二年，邑令王廷钺详允，入祀乡贤。"

陈大谏，据清嘉庆《新安县志》卷之十九《人物志·人物一》记载："字遂忠，号菊坪，燕村人。生而警敏，甫十龄，即善属文，十五，补邑弟子员。嘉靖甲子，领乡荐第六；万历乙丑，授湖广荆州府通判。"

陈向廷（1570—1619 年），字仪翔，号美用，明万历二十六年（1598 年）戊戌科赵秉忠榜进士。历官户部郎中，升山东提学副使，据清嘉庆《新安县志》卷之十九《人物志·人物一》记载："博学能文，历癸巳，以选贡入雍；丁酉，领乡荐；戊戌，成进士。初授江南徽州府推官，涤烦滁苟，百废俱兴，寻调汉阳，丁外艰，起，补江西抚州府推官。实心惠政，民深感之，建立生祠，进士吴道南为之记。庚戌，擢大理寺评事。癸丑，升本寺左寺副，转户部福建司员外郎。乙卯，升本部广西司郎中，寻升山东提学副使。卒，年五十，著有《百尺楼遗稿》七卷行世。"陈向廷少年时候见村外江流环绕，林树森翳，暮春浴此，偶占一联："千年古树为衣架，万里长江作浴盆。"目前，在该村的祥溪禅院前门至今还保留着此楹联。

近代风雷

燕川村是宝安革命的摇篮，1928年2月23日，中共宝安县在此召开了第一次全县党员代表大会，会议地址原定于公明周家村，后因情况有变，临时改在此举行。是第一次国内革命战争时期农民运动的腹地，是深圳市最早成立中国共产党小组，最早开展农民运动的红色村落之一，在深圳党史上有着无可替代的极为重要的历史地位。至今仍完整地保留着在中共宝安县"一大"会议纪念馆、宝安抗日纪念馆和抗日战争时期东江纵队成立的东宝行政督导处旧址，是深圳市的爱国主义教育基地，两个纪念馆已经列入深圳市20个红色游览景点之内。

文物名胜

燕川禾窑口山遗址：位于深圳市宝安区燕罗街道罗田水库禾窑口山。附近大小山冈连绵，山前有宽广的稻田，中有溪流穿过。属新石器时代晚期并延续到青铜时代。

燕川村大石寨山遗址：位于宝安区燕罗街道罗田水库大石寨山。其山坡陡峭，山顶较平坦。属新石器时代晚期。

燕川村铁公坑山遗址：位于宝安区燕罗街道罗田水库铁公坑山上，其山势陡斜，山顶平坦。属新石器时代晚期并延续到春秋战国时期。

燕川锦擎山遗址：位于宝安区燕罗街道罗田水库区。

　　村内还有祥溪禅院、北帝庙、陈氏乡贤祠以及素白陈公祠（1928 年中共宝安县县委第一次党员代表会议旧址）、陈氏宗祠（抗日战争时期东江纵队建立的东宝行政督导处旧址）、泽培陈公祠（东宝行政督导处机关驻地旧址）等一批有历史价值的古建筑，从中可见此村有悠久的历史和深厚的文化底蕴。

新桥观音天后古庙

　　古时候沙井新桥的宗教信仰比较多样，属于多神教信仰。在新桥街道省级文物保护单位"曾氏大宗祠"右侧不远处，坐落着一栋"慈善古庙"，又名"东湾庙"，同时供奉着观音和天后（亦称天妃）两位神仙，一位是佛教菩萨，一位是民俗神仙。"慈善古庙"为何能将两者同时供奉一庙？她们两者之间又有什么关系？丙戌年夏的一个午日，笔者满怀好奇和疑问前往古庙探询。

　　中国民间信仰的体系中，天妃娘娘亦称妈祖，为中国的女神，与观音不同，观音为佛教之神，天妃则是中国民间的独创，但妈祖与观音之间存在着一定的联系。

　　据说，海神妈祖的出生与观音有关，妈祖母亲是向观音祈祷才诞生林默娘（妈祖成仙前的名字）的。天妃与观音的神职功能相同，在百姓的心目中，天妃即为海神，相传她在睡梦中能得知她的兄弟在海上遇难，是救漂泊之船于巨涛骇浪之中。至元代中叶起，航海人称天妃为南海神。

《元史·祭祀志五》载：惟南海女神灵慧夫人，至元中以护海运有奇应，加封天妃神号，积至十字，庙曰"灵慈"。天妃能护佑人们经风险如履平地，因此在航海人的心目中，认为她是"上帝有命司沧溟，殴疫百怪降魔精，囊括风雨雷电霆，时其发泄执其衡"的神明。

又言观音也居南海。《华严经·人法界品》说"于此南方，有山曰光明，彼有菩萨，名观世音"，因此观音也称南海观音。观音是拯救苦难、大慈大悲的化身，天妃娘娘以搭救渔船为己任，二位女神都有海上救溺的功能。

观音可以给人治病，解救人类的痛苦，而海神天妃娘娘同样具备这个功能。在明代的妈祖传说中，就有妈祖阅读《观世音说天妃救苦灵验经》，随之妈祖的法力也愈来愈大，从她在海上"驾风一扫而去"，又增添了"抵抗水患疫病羞之灾"的力量。

现实生活中，"观音送子"一说一直传颂至今。观音成了广大底层妇女的保护神，是黑夜中的启明星。有意思的是，那位在文献记载中只活了27岁（也有说28岁）的天妃也有帮助妇女生儿育女的功能。

在香港九龙天后宫设有天后娘娘的寝室，室内设有龙床。每逢农历三月二十三日神诞日，婚后尚未生育的妇女都来这里拜娘娘，只要给庙祝一些钱，就可以用手触摸一下天妃娘娘的床，得到"早生贵子"的美好祝愿。

湖南湘西观音庙很多，当地有这样的习俗：为祈求生子而给观音做一双鞋，先给观音穿上一只，待生子后再穿上另一只。

在古时候沙井新桥一带，有记载的观音天后庙或观音庙就有十多座，随着时代的变迁，大部分已遭毁坏，后来在沙四村围头井附近也给观音天后庙作了修缮，而现存且香火常年都旺盛的就要数沙井新桥观音天后古庙了。但规模及香火鼎盛的就数在沙井大街（曾经沙井戏院）重新修缮的天后庙了。

新桥天后庙

走近该庙，规模也不算大，面宽 9.5 米，进深 15.5 米，约 150 平方米。为潮汕地区的建筑风格，与常见的中原及岭南建筑不同。

大门正顶处有一块写着"光绪庚辰年（光绪六年，公元 1880 年）七月重修观音天后古庙，由众信人等全立"的历史文物价值甚高的石匾，两侧的对联是："庙貌垂千古，神威镇四方。"算来至今已达 140 多年。据庙祝陈师傅讲，此庙的最早建筑已经有三百多年历史，建庙的地址原来是一座小岛，面前是一片海湾。

庙堂正殿两侧的一副对联："双坊古迹慈善威灵显感心一

片，东湾庙宇巍峨神恩浩荡护万民。"

　　20 世纪中后期曾作过老人院，最近的一次大规模重修则是 1992 年，一些梁柱、南次间檐口灰塑、南重脊、蟾口灰塑等大部分原建筑雕饰物基本得到保存。

　　庙内除了供奉观音天后外，大殿正中央屹立着玉皇大帝、菩萨，观音、天后分立左右。更同时供奉着诸如关公、老子、土地、财神、如来佛、地藏王、弥勒佛、定光佛、药师佛及其他神祇。这种供奉关系的存在将取决于人们需求的不同，因而各类庙宇的兴废与更替也是平常的事情。

　　整个庙宇建筑布局相对比较简单，室内取光多依赖香火，烛光摇曳中神像的脸一明一暗，充满了宗教的神秘感，增加了善信们对神灵的敬畏。

沙井新桥上寮杨侯宫

杨家将忠肝义胆，杨家将铁血丹心。

杨家保卫宋室江山，抵御外敌入侵作了倾家贡献。

杨家一门忠烈，经过历代的文章和戏曲等各类传颂，为后世人所敬仰……

坐落于宝安区沙井街道上寮社区的杨侯宫，始建何时有待考究，但大门口的楹联落款为清光绪二十九年，迄今已超过百年了。

该庙坐西北，朝东南，三间二进，面宽 3 丈，进深 4 丈，约共 110 平方米。与上寮开基始祖"熙德祖祠""廷用曾公祠"和"静存公家塾"等村里的主要大型建筑物并排而列，曾一起作过学校、村办公室、民兵部和文化室之用。

1952 年夏，该庙遭遇一场威力巨大的台风袭击，由于庙内后座的金钟架支撑不力被吹毁。不过说也神奇，神座上的三条桁竟屹立不倒，神像安然无恙。是神灵的庇佑？村民们为之惊讶和折服，后来发动村民捐资作了简单的维修。而最近的一次大型修葺是1985年得到内地及香港的上寮村民热心捐助而进行的。

走近杨侯宫，细看大门的楹联有一番考究，上联是："跣足科头默遗神兵扶宋主"；下联是："披肝露胆宏道妙施助王师"，横批是"威灵显赫"。按其大门文字表述为：上联的"跣足"是光着脚走路的意思，"科头"即不戴头盔冲入敌阵，"默遗神兵"意为不是朝廷的兵。下联的"披肝露胆宏道妙施"等，整副楹联均是歌颂杨家将的杨五郎。

上寮村的杨侯宫到底供奉的是哪位杨家将？这就需要有关专家学者进一步予以鉴证。离上寮村不远的福永街道桥头社区也建有一座杨侯宫，其供奉的是三位杨家将。

杨家将对本地区为什么有这样大的影响力？在未有作详细调查之前，已经发现有两座现存的杨侯宫，我猜测这个地区可能不止以上两座，这就需要有关部门再作深入调查了。可以推断，晚清期间，这一地区对杨家将的信仰是盛行的。

为了纪念杨家将保卫宋室江山，抵御外敌入侵做出的贡献，上寮村老一辈村民特在此建造了这座杨侯宫，以方便村民祭祀。在神楼正中右侧供奉着"广东巡抚毅正大人的神位"也值得考究。现在庙门每天都对外开放，据庙祝老人说，一般每年的农历正月、二月及六月初六"杨侯诞"是庙内香火较盛的时候，平时相对少些。

上寮杨侯宫

说到上寮杨侯宫，这里有必要向读者们介绍一下上寮村的村名的来历。相传立村初期，村民为了使自己辛苦种出来的庄稼不至于被贼偷窃，必须搭个寮棚日夜看守。晚饭后该当值的人一定要上寮棚轮换当更，久而久之，上寮棚当值就成为人们的口头禅。越传就越开，邻村都叫这里是上寮村，这就是上寮村的来历了。据初步考证，建村至今已有五百多年。

今天你所见到的杨侯宫，在老一辈村民的关怀下，经过重大的修葺，每天对外开放，人们可以移步前来参拜供奉，缅怀杨家将的丰功伟绩，永远牢记杨家一门光辉事迹。

壆岗古时叫渡溪

沙井有一个社区叫壆岗。

"壆"（方言读作"bó"）——一个让绝大多数外来人难以读对发音的字，也是一个在《新华字典》上查不到，只有《康熙字典》里才有的字。

这个字为"土坚或山多大石"的意思。"岗"在这一带的土名是冈，与井冈山、景阳冈的冈相同，与山字头的岗近意。

壆岗有一支在全国丙级足球联赛拿过五连冠的村级足球队——壆岗足球队。壆岗人踢足球的历史已有80多年。曾经，壆岗进步青年以踢足球的方式开展抗日活动。

垦岗与渡溪

　　据垦岗《陈氏族谱》记载：驸马陈梦龙的七世孙陈宗顺及其长子陈中正于明朝初年自辛养迁居垦岗。而垦岗当时的名字叫"渡溪"。人们要通过摆渡才能进出。那时候的垦岗（渡溪）溪水环绕，山上松茂竹密，山下地平水阔，临水面山，渡溪因此而得名。

　　在此，借用唐代诗人顾况《代佳人赠别》的诗让读者对渡溪之名有一定的认知："万里行人欲渡溪，千行珠泪滴为泥。已成残梦随君去，犹有惊乌半夜啼。"

　　此诗是一首代佳人赠别的诗，虽然与垦岗之名无关，但其借"渡溪"之名来作的诗值得我借题发挥，这也利于当今本地的年轻人对其有一定的认知以及让此地多了几分儒雅之气。

　　渡溪，顾名思义是渡与溪的地方，渡为横过水面：渡船、渡桥、渡河。这里所表述的是过河的地方：渡口、渡头。溪为山间的小河沟：山溪、清溪、溪水、溪涧。能够用"渡溪"来命名的地方都可谓是风景如画的好地方。如浙江省金华市永康市象珠镇有三渡溪村，四川省泸州有一个叫五渡溪的小镇，美丽的张家界有个地方叫九渡溪。唐代王周的一首五绝别有一番趣味："渡溪溪水急，水溅罗衣湿。日暮犹未归，盈盈水边立。"

　　在垦岗陈氏大宗祠大门两侧镶嵌着一副楹联："前面桥溪后面沙溪溪水长流涌出渡溪新气象，空中天马庭中禄马马群

垦岗陈氏大宗祠

超拔迎来驸马旧家风。"据说此联为垦岗陈氏后人陈鉴荣（清乾隆四十四年己亥恩科举人）所撰。楹联所描述的地理环境：前面桥溪是指村前的新桥河及永兴桥，永兴桥与垦岗陈氏大宗祠均为清乾隆年间落成。与当年的自然环境也是相吻合的。

　　但后面的沙溪就要考究了。据村里老人回忆，当年的麒麟山下东南面是一个避风码头（即今天的沙垦以南一带），西南面谓之沙头（即今天的沙头社区），沿着沙井老街及今天的环镇路往北有多条由近海冲积而变浅的沙脊河溪，到达今天的衙边与云霖（沙井中学内）连接处的沙井河（沙尾），再往下游直出茅洲河。按当时的水纹走势及其地理位置，垦岗村西南向东北，背山面海。后面有一条自北向南再向西南的山冈带，依次为大扒冈、高冈、白石冈、双连冈（又称大王公）、将军山、红西冈、深山、松山（又叫堽山）、洗谷冈（又叫锡冈）、麒麟山等。而清康熙《新安县志》卷之三《地理志》上有"凤栖冈，在参里山之南，形如覆杓，昔传有凤栖其上"的记载。参里山之南不就是这连绵起伏的山冈带吗？这正与沙井义德堂大门楹联讲的"凤集高冈仁看文明天下"相吻合。

这些小山冈曾经是近海中的小岛屿，经过几千年的沧海桑田变化，小岛屿成了小山冈，一垄垄田地围着一座座小山冈，这或许就是今天"堽岗"这个地名的来历吧！清康熙《新安县志》卷之三《地理志》上有三都恩德乡"堽头村"的记载。到了清嘉庆《新安县志》中，福永巡检司管属村庄里开始出现了"堽头冈"的称谓，在民国初年，"堽头冈"正式改称为"堽岗"。

因广东方言"堽"与"北""白"近音，因此在人们的口头及一些史料里又有"北头冈""白头冈"〔见清宣统元年（1909年）广东参谋处测绘的《广东地全图·新安县图》等地图中〕之称。

沙井的望族

据了解，在明朝陈宗顺父子迁居渡溪之前，这里已有黎、费、洗等姓氏的早期村民聚居，陈姓子孙的人口不断增多，陈姓逐渐超过了其他姓氏，致使其他姓氏的人口迁徙他乡，渡溪便成为陈氏后裔的单姓村落。在乾隆甲寅年（1794年），陈氏子孙在原黎氏宗祠的基础上，尊陈宗顺为该系的开基始祖。后又扩建重修大宗祠，即今天的陈氏大宗祠，正殿的神牌上陈氏俊卿世系——南宋魏国公有副对联为"六龙怀念姻亲旧，五马追思世泽长。"后堂重柱上楹联："雍睦世家子孙发达开先绪，颍川堂上祖武传流启后人。"据史料记载，壆岗陈氏大宗祠在清光绪乙未年（1895年）及1987年进行了两次修葺。壆岗大宗祠的对联所撰写地理位置已今非昔比，当年的前溪后溪已不在，就连原村名也从渡溪改为壆头岗到今天的壆岗村，天马、禄马、驸马只是在大宗祠楹联及族谱上留下的美好回忆，能向世人展示其先祖的那段辉煌。

陈姓是沙井地区的大姓。主要有两大支，一支为沙井义德堂陈氏，尊南宋淳熙进士陈朝举为开基始祖；一支为归德雍睦堂陈氏，尊南宋理宗驸马陈梦龙为开基始祖，所以归德雍睦堂陈氏也叫驸马房陈氏。壆岗陈氏，属于归德雍睦堂陈氏，即驸马房陈氏一系。

历史上的名人

陈梦龙，娶赵氏公主（理宗赵昀之女）成为驸马，敕授轻骑都尉。梦龙的儿子宋恩因避元难迁徙广东南雄，后定居归德主村辛养。陈梦龙的七世孙陈宗顺及其长子陈中正于明朝初年自辛养迁居壆岗。据传说，为了方便祭祀以及显示来此定居的决心，陈宋恩当年是背着父亲陈梦龙的遗骸来到这里的，定居后将其安葬在当年白沙村附近的小山岗（今广深高速公路新桥出口与 107 国道新桥交会处的新桥立交桥的东面），至今已有 700 多年历史。陈梦龙这位宋朝理宗时的驸马爷，在各种史籍记载中，虽未见有辉煌经历，但他凭借着驸马爷这个特别的皇亲身份，影响着归德这一族陈氏后人数百年，目前在此地繁衍生息至今达 30 多代人。

今天，该墓保存完好，每年重阳节期间，他的后裔都会组成庞大的祭祀队伍，浩浩荡荡前往该墓叩拜。陈梦龙后裔遍布于沙井的辛养、衙边、壆岗、后亭、菱塘、马鞍山、福永桥头的灶下（又叫造下）、南山的南山村以及东莞的南栅等村庄。

陈鉴荣，据清嘉庆《新安县志》卷之十五记载："乾隆四十四年己亥恩科，邑之壆头冈人，以《书经》中式。"今沙井壆岗大宗祠内还有乾隆四十四年"恩科举人臣陈鉴荣恭承"牌匾一块。从此，壆岗修建了宗祠，逐渐在这一带确立其地位。

陈大魁，据清嘉庆《新安县志》卷之十五记载："邑之壆头冈人，嘉庆元年丙辰贡。"今沙井壆岗大宗祠内还有嘉庆元年"丙辰贡生臣陈大魁恭承"牌匾一块。

沙井随处皆有井

一个沿海而建的村落，经过千年的发展成为今天的岭南名镇，成为深圳西部的一颗璀璨的明珠，它的名字古时候叫归德场，今天叫沙井。

沙井古时叫归德场

沙井历史悠久。据考证，三千多年前，已有居民在此一带栖息。东晋以来，大批中原族民移居这里开村立业。先民们利用这里得天独厚的水资源优势，将这个刀耕火种、以捕鱼捉虾为生的原始落后渔村发展成广东十三盐场之一。

沙井古名叫归德场。据清康熙《新安县志》卷之六《田赋志·归德场盐课司》记载："原管辖一十三社，续增设三社。今共一十六社。包括新桥、大步涌、冈头、涌口、附场、大田、信堡、后亭、涌头、仁保、义堡、礼堡、智堡、鼎堡、永新和伏涌。"其中新桥、大步涌、冈头、涌口、大田、后亭等名称至今依旧存在。从中可以见得，当年的归德场其辖范围与今天的沙井街道大致接近。

明《本场原额》载："人户一千四百五十二户，人丁三千八百三十三丁；共有征、无征，大引折小引，丁税熟盐八千四百一十八引零八斤一十三两。"由此可见，古代这里盐业从业人员不少，明清时在这里设立的归德场大使，据说官职仅低知县半级。

沙井之名的渊源

在清康熙《新安县志》卷之三《地理志·都里》只出现了归德场和涌口村，还未有沙井村的记载；而到清嘉庆《新安县志》卷之二《舆地图·都里》中，在福永司管属村庄开始出现了沙井村和涌口村的记载，换言之归德场之名已经被沙井村取代。

沙井井水清凉甘甜

说到沙井，不能不提到"井"。在古代，水井是人们饮用水的主要来源。在滨海地区，井水的好坏更是与人们的生活密切相关，由于地质条件特殊，这一带的井水十分清凉甘甜。这就是沙井为什么能够吸引众多的移民来此定居的原因之一。

沙井云霖仙井

据清康熙《新安县志》卷之三《地理志·井泉》有这样一段记载："云林仙井，在参里山侧，成化间，布政陈选爱其清冽。"此外，在参里山麓的云溪寺也有一口云溪井（在今沙井中学校园内，原为云溪寺之井），在沙四村也有一口叫围头井，以上三井于2000年6月13日公布为沙井镇文物保护单位。而在清嘉庆《新安县志》卷之四《山水略·井泉》也有这样的记载："沙井甘泉，在沙井村北海旁。"据说此井用桶提水时，井内会发出嗡嗡响声，故被村人称之为"无底龙潭"，可惜此井今已废。

为何称这里叫沙井，带着疑问我走访了当地一些长者，据他们说，古时候人们挖井时井底挖出的都是细沙，所以称为沙井。目前，在沙井大街小巷依然保存着不少形状各异的水井，这或许会为人们探究沙井之名留下可寻踪迹吧！

龙华巨变：从传统农耕到鹏城后花园

龙华，从成立新区到行政区至今已经十年了，她有如一条巨龙，潜伏在深圳的中北部，活跃在粤港澳大湾区的核心地段。

龙华，是由原来深圳市宝安区的龙华、观兰两个街道而组成的龙华新区，从 2011 年 12 月 30 日成立新区到 2017 年 1 月 7 日正式挂牌成立行政区，弹指一挥间，璀璨已十年！

2020 年，龙华区实现地区生产总值 2492 亿元，比上年增长 3%；2021 年 10 月，入选"2021 中国智慧城市百佳县市"榜单。

区位优越，交通便利

深圳北站，是华南地区面积最大、具有口岸功能的特大型综合交通枢纽，也是中国八纵八横高铁网的重要节点。2 条高铁、2 条地铁、一条深圳有轨电车和二横三纵高快速路网穿越辖区。在高铁和地铁的带动下，龙华与香港、广州形成"半小时生活圈"，与武汉、厦门形成"4 小时生活圈"。未来，还将形成由 4 条高铁、10 条地铁、深惠城际轨道、现代有轨电车线网和九横七纵主干路网组成的现代化城市交通体。

1992 年 10 月，时任全国人大常委会副委员长彭冲，曾为龙华题词："龙腾虎跃"。

龙华区位于深圳地理中心和城市发展中心轴，北邻东莞和光明区，东连龙岗区，南接福田区、罗湖区、南山区，西靠宝安区。区政府所在地位于观湖街道，辖区总面积 175.6 平方公里。

由观湖、民治、大浪、福城、观兰和龙华观湖六个街道组成，犹如六颗璀璨的明珠镶嵌在龙华区的各关键位置；50 个社区工作站分布均衡，设置科学，便利服务于市民。而 108 个社区居民委员会的组成，恰似 108 个守护神，守护着龙华区的关键部位，为龙华的各项腾飞做出系统的保障。

悠久历史，深厚底蕴

龙华，有着悠久的历史。据在清湖村考古发现的石箭镞和石斧证明，早在新石器时代就有先民在这块土地上繁衍生息；明朝初年，曾有苗族人迁居此地，之后又迁往他乡。据清湖《廖氏族谱》记载，廖氏六世公廖明德于南宋朝末年（1277 年）从广东龙门武功乡迁居龙华清湖村至今已有 740 多年；明清时期，清湖已建有墟，当时人口达 1000 之众；再据《彭氏源流联宗谱》记载，明末清初（1643 年），有客家人彭子魁从广东丰顺迁入龙胜堂谋生，至今也有 370 多年的历史；清朝同治年间（1866—1874 年），再有来自广东梅县、东莞等客家迁居龙胜堂，并发起建立龙胜墟。因墟场坐落在龙胜

龙华胜利大营救碑

堂，且墟内有龙岗小山，再取其繁华之意，故龙华由此得名。

据考究，在龙华的原户籍人口中，客家人占 90%，客家话是龙华的通用语言，另有清湖等部分村的人说地方白话。

光荣传统　革命摇篮

龙华人民有着光荣的革命传统。

清光绪二十四年（1898 年），龙华人钟水养率领 60 多人举行起义，提出了"反清灭洋"的口号，遭到清军残酷镇压，不幸失败。

清宣统三年（1911 年）10 月，龙华人卓凤康、何玉山、吴兆祥等人率领民众响应武昌起义，组织农民武装，攻占设在南头的新安县衙，新安县宣布光复，结束了清朝的统治，

何玉山代任县长之职。

进入新民主主义革命时期，1924年，中共党员黄学增、龙乃武发动龙华农民成立农民协会，组织农民自卫队，农民运动蓬勃兴起。

抗日战争时期，龙华人民在共产党领导下，投身于轰轰烈烈的反抗外来侵略的革命战争。1937年12月上旬，中共东（莞）、宝（安）、惠（阳）边工委委员黄木芬，通过统战工作，组建了一支三四十人的抗日武装，在宝安县的观兰、龙华一带活动。

同年12月中旬，中共东宝边工委在章阁村建立了"东宝边人民抗日游击队"第一、第二大队，黄木芬、蔡子培分别担任大队长。逐步建立阳台山革命根据地。

早在1938年底，我部队在龙华一带活动时，就争取了爱国民主人士、老同盟会会员、龙华乡乡长卓凤康先生的支持，于1939年4月建立了白皮红心的龙华乡政府。卓凤康主动支持我部队开展抗日活动。

1938年10月12日，日本侵略军在大亚湾登陆，抗日烽火在华南燃烧起来。在八年艰苦卓绝的抗日战争中，龙华人民为建立和发展东江抗日根据地，为民族解放事业做出了不可磨灭的贡献。太平洋战争爆发，日军占领香港，在周恩来、廖承志的直接指挥下，邹韬奋、茅盾等一大批爱国民主人士和文化名人被我党从香港营救出来。

1941年底，香港沦陷后，日本侵略军布下了一张弥天大网，企图把旅港民主人士、文化人士一网打尽。党中央指示广东人民抗日游击队设法抢救滞留在香港的几百名爱国民主人士和文化界人士。为了完成这一艰巨任务，1942年1月上旬，香港党组织和东江游击队撕裂了这张铁网，通过一条条秘密交通线，护送民族精英脱离险境，奔赴自由的国土，使他们得以继续为民族解放和自由大声呐喊。这时，一根红线握在"宝安——香港大营救"组织者的手里。

"青山有价不收钱"——因为东江游击队已经在青山绿水中间扎下了根，当一批又一批文化人队伍在敌占区翻山越岭，投奔自由中国时，道路边，丛林中，闪烁着一双双机警的眼睛。在撤离险区的日日夜夜，民主人士、爱国人士时常会遇到"山重水覆疑无路"的时候，最后却发现"柳暗花明又一村"。他们事后发现大营救的领导者、组织者、实施者对一切作了周密的布置，在日军、顽军的占领区，总会有人及时出现，与日、伪、顽、匪斗智斗勇，履险蹈危，把他们从一个驿站护送到下一个驿站。从1941年1月至8月间，东江游击队员护送了近千名文化人士及其家属来到了宝安游击区龙华白石龙村。

为了适应形势的需要，1942年3月成立中共白石龙区委，把原由龙华区委管辖的白石龙支部、岗瓦园支部、樟坑党小组划归白石龙区委管辖。宝安县委、白石龙区委的领导同志以及地方党组织，配合部队承担繁重的接待任务，发动群众，解决了旅港民主人士、文化人士食住及安全问题，僻静无名的白石龙村，一下子就出了名，成了一个非常热闹的地方，被誉为"小延安"。

这次创历史的大营救活动的胜利，是在中国共产党领导下东江游击队队员前仆后继的胜利，也是龙华人民全力协助支持的胜利。茅盾称赞这次营救工作："是抗战以来（简直是有史以来）最伟大的抢救行动。"

当时东江游击队简陋的"山寨报社"的《新百姓报》，由邹韬奋建议改名为更有地方特色的《东江民报》，即后来的东江纵队机关报《前进报》；茅盾也给副刊起名，并即席写下"民声"两个字。

许多名家都为东江游击队和训练班讲过课。邹韬奋讲《中国民主政治问题》，茅盾讲文学，胡绳讲哲学，沈志远讲政治经济学，黎澍讲中国革命史，戈宝权讲《苏联的妇女运动》和《社会主义的苏联》，曾任军医处长的陈汝棠和病理家吴在东教授给医务人员讲解剖学、病理学等。美术家、戏剧家、音乐家都给部队作过专题演讲。许多丰富多彩的文化教学活动，使部队干部战士开阔了视野，增长了知识，鼓舞了斗志。

这么一大批爱国人士在龙华的短暂停留，不只是为当地的军民留下了很多难以忘怀的故事，也为东江游击队的建设、培训、教育播撒了革命的火种，为东江游击队坚持敌后抗战，奋勇抗日直至发展壮大，做出了不可磨灭的贡献。

理想之城，兴业福地

龙舞华章，精彩纷呈。龙华区人文底蕴深厚，客家文化、红色文化、时尚文化交汇，拥有白石龙中国文化名人大营救旧址、观兰原创版画和永丰源"国瓷"两个国家级"文化产业示范基地";中国首个专业版画博物馆——中国版画博物馆，入选国家级非物质文化遗产名录；大船坑麒麟舞等一大批传统文化项目，被誉为"打工文学"的发源地。

龙华三面环山，依山傍水。南有阳台山，北有泥坑山，中有茜坑水库等6座水库，绿化覆盖率达54.4%，水源保护和生态控制线内面积占总面积的52%，这是得天独厚的天然宝地。"蒹葭苍苍，白露为霜，所谓伊人，在水一方"，难怪人们发出如此感叹：要说深圳那个地方的水资源哪里好，当数龙华。丰沛的水资源，独特的自然生态景观，钟灵毓秀，物华天宝，山奇水秀，这里有山有水，是宜居宜业的好地方。她既不失古朴典雅的韵味——如深圳历史上仅存的四大古墟之一的观澜古墟，深圳十大客家古村落之一，位于中国新兴木刻运动的先驱者、著名版画家、美术理论家陈烟桥的故乡——观澜版画村等，又不失当今大都市的繁华风采。

一九九三年夏，由龙华物业公司开发的梅花山庄别墅正在初期的建设中，我作为恒生公司的代表与嘉美公司共同参与了该项目销售的前期工作。当年，我穿梭于新安、沙井、龙华，早出晚归，不知疲倦地工作，收获是满满的。后来因各方面的原因该项目三方没有继续合作，但是，当年我抱着学习的态度，为自己积累了丰富的工作经验。二十八年后，我重回龙华梅花山庄参观走访，这里已是今非昔比！据了解，目前别墅的房价已经飙升到六七万元一平方米，我身边有多位朋友已在这里安居乐业。

如今的龙华，正以日新月异的发展态势，紧锣密鼓地进行各项建设。龙华区各级党政组织结合各自工作实际，充分发挥深圳后花园的自然优势，积极营造和谐开放的氛围，以旅游、文化、生态新龙华为着力点，大力完善各种基础和配套设施，努力配合深圳市创建国家级文明卫生城。

来了就是深圳人，来了就是龙华人，这里是年轻人筑梦、逐梦、圆梦的地方，来了龙华不想走，走了又想再回来。我们深信：龙华，深圳的后花园，鹏城耀眼夺目的璀璨明珠，必将更加举世瞩目！

探访蕉窝村 重走东纵路

阳台山，又称羊台山、羊蹄山、羊笛山和英雄山。坐落于深圳市宝安区、龙华区和南山区的交界处，其山体横跨宝安区的石岩、龙华区的大浪和南山区的西丽三个街道。面积25.5平方公里，主峰位于石岩境内，海拔587米，是深圳西部的最高峰。在阳台山海拔400米左右的地方，有块"宝安区红色革命遗址"的牌子，我们从那儿出发，要走访蕉窝村。邹韬奋及夫人、女儿，胡绳夫妇、戈宝权、沈志远夫妇、葛一虹、丁聪等文化名人和爱国民主人士曾在蕉窝村住过。原蕉窝村村民，曾为那些文化名人搭建过山寨，为他们的生活提供了诸多便利。后来，蕉窝村成了阳台山文化名人大营救的旧址。

这是中国现代史上上演的"胜利大营救"，震惊中外。

石岩羊台山牌坊

1941 年 12 月 8 日，日军占领香港，肆意奸杀抢掠，无恶不作，企图把旅港爱国民主人士、文化人士赶尽杀绝。中共中央领导十分关心这些旅港人士的生命安危，在周恩来、廖承志等党内高层人士的周密策划和亲自指挥下，东江游击队指战员和宝安地下党党员出生入死，英勇机智地对抗，历经二百多天，从虎口中营救出一批"国之瑰宝"，有何香凝、邹韬奋、茅盾、胡风、柳亚子、胡绳等著名爱国民主人士和文化人士，护送港澳青年学生近千人奔赴大后方，使上万名港澳同胞、侨商、侨眷回到内地。当时，为了迎接即将到来的文化人士，游击队抽调了一批得力干将，建立起临时接待机构。一条条秘密交通线的开通，一批批民族精英脱离险境，来到游击区。同志们冒着生命危险，克服了重重困难，终于把文化界人士安全地接到阳台山，继续为民族解放事业疾呼呐喊。

　　为了走访该蕉窝村，探寻它的过去，我们走进深山密林。行走途中，险象环生，时而因蕉叶覆盖致使脚步踏空，时而因竹尖挡道不得不低下头弯下腰来。有些地方由于雨水冲刷，泥土流失，致使山路坍塌。用危机四伏、险象环生来形容这段寻迹之旅也不为过。进入山中时还有阳光，谁知后来竟下起了小雨，我们冒雨前行，最终到达了蕉窝村。没想到的是，映入眼帘的古村，是一片荒草中的残垣断壁。残留的石柱、基石、土砖、青瓦片，以及一些残存不一的木头等，让人很难与"大营救"那段历史联想到一起。

　　既然是古村，有关史料应该会有详细的记载，为了更加全面深入了解蕉窝村的过去，我翻阅了清代康熙时期编撰的《新安县志》和一九九七年的《宝安县志》，然资料中对该村均无记载。不过，阳台山下的龙眼山村是有记载的。也许这个村的立村时间较短，也没有形成规模，因此在几次修志期间，不曾被录。经过多方寻找，我在《宝安香港大营救》一书找到了这样一段文字："为了确保文化人士的生命安全，游击队决定把邹韬奋等十几位文化人送去阳台山住。与邹韬奋同行的有戈宝权、胡绳夫妇、于伶夫妇、沈志远夫妇、叶籁士、殷国秀、高汾等十多人。他们先到雪竹径住了一宿，第二天再走二十里到龙华墟，然后再走二十里到乌石岩。这一路都是根据地的腹地，可以白天走路。最后由乌石岩爬上阳台山，来到蕉窝村。村后山窝里搭了两间山寮。这里的条件比白石龙差，没有搭床，只垫些稻草打地铺睡。这山村在海拔四百米左右，早晚云雾缭绕，是个很偏僻的地方，相对来说比较安全。"这是一段对蕉窝村的较为详细的记载。在石岩人黄毓明老师著的《乌石岩往事》一书中第一部分，我找到这样的记载："蕉窝山已废村，在羊台山半山腰，从龙华石凹村迁来，后又搬迁入龙眼山。"上面两段文字使我对该村的变迁有了一定的认识，通过两位村民的介绍，蕉窝山应该是新中国成立前后而废的。

龙眼山村在阳台山脚下，其村因扩建登山广场而整体搬迁，现今有一条龙眼山大道。在清代康熙《新安县志》卷之三《地理志·四都》中有记载："龙眠山，其村今存，现已改为龙眼山。"龙眼山村在抗战时期，村民冒着生命危险，掩护、转移众多战备物资和抗日志士，特别是在大营救中，全村老少皆参与，无私无畏地支持阳台山游击队在当地的抗战工作，为祖国的解放事业做出了特殊的贡献。

过去的一段峥嵘岁月，发生在这里的大营救活动，成为东江军民团结协作的光辉历史。这里有长眠于此的革命烈士，有为营救行动付出和牺牲的人，山上的松柏永远与他们为伴，鲜花处处向他们致敬。

古村新韵看东塘今昔

　　在中国共产党成立一百周年之际，东塘社区党委组织编写《印象东塘》一书，这是一件大好事。书中包括多位居民的口述，以及深入挖掘的古遗址和民间流传的故事、掌故等，采用了一种特别的方式，来弥补和还原古村过去没有详细留下的史料，并以新旧图片反映古村的过去和现在，从不同的角度、不同的视野去看东塘的今昔。回顾历史，总结经验，从而更好地把握现在，开创未来。

　　历史是一面镜子，从历史中，我们看清世界、参透生活、认识自己；历史也是一位智者，同历史对话，我们能够更好地认识过去、把握当下、面向未来。落其实者思其树，饮其流者怀其源。中华民族生生不息绵延发展，文化传统血脉不断，薪火相传。一个时代有一个时代的气象，一个时代有一个时代的文化。正是文化血脉的蓬勃发展，完成了时代精神的延续。

东塘社区位于沙井街道的中部，与沙井大村连成一片，其周边是繁华的商圈，是东山、塘下两村的合称。解放初期属雍睦乡，土改时属东民小乡，1955年合作化时成立东塘初级社，到1956年转为高级社，与沙一村、沙二村合并成立朝阳合作社。1958年公社化时属银星大队，1961年体制下放时成立东塘大队，1963年属朝阳大队，1984年属朝阳乡，1987年成立东塘村民委员会。居民以曾姓为主，原来是两个村，一个叫东山村，另一个叫塘下村，是开基祖曾志大的一脉。北宋天圣九年（1031）光禄大夫曾志大自南雄迁居归德，成为东山、塘下的立村之祖。第十世孙曾清手、曾达手分别为塘下和东山分房之祖，至今已传有三十多代，据史料记载，立村至今已经990多年。

东塘是一座有悠久历史的村落，村民世代以耕田种地为主。据了解，他们在清末民初曾经拥有过上规模的船队，是这一带比较活跃的海上运输队伍，其中一部分从事沙井蚝的养殖。在中国共产党成立一百周年之际，缅怀先祖开拓之功，回顾近几十年的艰苦创业之路，特别是改革开放以来，这里高楼林立，商业繁荣，厂房遍布各处，东塘发生了天翻地覆的改变，村庄变城市，村民告别了农耕。今天，由社区党委和工作站牵头，撰写回顾东塘历史的《印象东塘》就变得非常有意义。这是一本汇集古村新貌图片，以及老居民口述历史的书。在资料不全的情况下，要编辑这样一本融历史性、

东塘大宗祠（古韵东塘）

知识性、趣味性、可读性为一体的书可谓是困难重重。编写
成员在采访与撰写过程中，排除万难，深入各阶层、各年龄
段的居民中间进行面对面采访，收集资料，编写成册，实属
不易。从那一段段的居民口述史中，我们既可以看到历史的
真实性，又可以看到"活"文化的特点。相信这本书会成为
塘古村的一份独特档案，相信这是一件功在当代、利在千秋
的盛事。

社区党委和股份合作公司深谋远虑，组织编写这本《印
象东塘》，开了社区对古村口述历史的编写先河。一个村庄
要编写一本记载古村的发展演变历程的书，作为存史、资治、
教化的文献保存下去，反映了社区更加注重精神文明建设，
实属难得。

在编写过程中，由于时间紧迫，所搜集的资料匮乏，加之编写经验不足，难免有诸多的不足。但万事开头难，凡事都有第一次。一本书能反映一个时代，能成为一个地方的百科全书，能把很多消失或即将消失的民间传说、掌故等留存下来，对于后人了解东塘、建设东塘无疑具有深远意义。

今天，东塘人以前所未有的改革精神，不断完善自身的产业结构，一个与华侨城合作规划开发的旧村改造项目已经全面启动，整个老村将会焕然一新，我们期待不久的将来，这里将成为沙井的"华尔街"、"香港的油尖旺"。

通过口述的方式，在被采访者中，有讲述自己亲身经历的，有因丈夫年事已高言语不便而由妻子代说的，有因父亲已故而为其追忆那段激情燃烧的光荣岁月的。其中有为村里辛勤劳动数十载的退休干部，有离村外出工作的中生代，有20世纪到香港谋生的代表，有与东塘商业繁荣同步经商的异地代表。他们讲述的是一段段令人难忘的芳华往事，更是一篇篇可歌可泣的动人故事。看到东塘今天的巨变，他们由衷地感慨，要感恩党和国家改革开放的好政策，更要感谢村里的"领头人"。

"人心齐，泰山移；人心散，搬米难。"这是自 1996 年被推选为村委会主任的陈子宁用来概括东塘社区过去几十年发展历程的"金句"。他带领东塘人抓住了最关键的发展期，实现了东塘社区集体收入从 1990 年的 70 万元，跃升至 2014 年的 7000 多万元，整整翻了一百倍的变化。总结 25 年来的发展历程，陈子宁认为最关键的经验是：干部团结人心齐。

通过编写这本书，我们可以看到东塘人有着不断奋进的精神，致富思源，希望年轻一代秉承祖辈的优良品德，宏扬和继承艰苦创业的传统。借用习近平总书记2018年新年贺词中的"幸福都是奋斗出来的"，与一代又一代的东塘人共勉，希望他们承前启后，继往开来，为东塘的各项建设贡献力量，谱写出更加辉煌绚丽的东塘新篇章。

《印象东塘》一书在采写过程中得到了被采访人员的积极热情配合，得到了社区党委和股份公司各部门的积极配合和鼎力支持。感谢为本书付出辛勤劳动的所有人。

本书内容由于时间跨度长、范围广，采写过程中普通话与沙井本土话语言交流的障碍，加之有些资料、档案不全，以及当事人已故等原因，难免挂一漏万，敬请阅读者给予补充和指导，以弥补不足。

庙不在高　有龙则名

——追溯白石厦龙王古庙历史往事

龙王古庙，坐落在风景秀丽的凤凰山西南麓，白石厦村东区大茅山脚下，始建于何时有待考证，据说有 400 多年历史，可惜史料上没有清楚的记载。现所见的建筑是 2002 年重新修建的，规模颇大。

远看龙王古庙，背靠巍峨的大茅山，俯瞰规模宏大的工业厂房，气宇轩昂。成片的荔枝林、新种的花草树木以及古庙左侧山涧流下来的溪水时缓时急，置身于古庙，给人恍如隔世之感。

古庙外观

　　走近古庙，山道中两侧有"如意"和"吉祥"的花坛造型。两旁有石雕栏杆。沿宽阔的花岗岩石台阶拾级而上，第一段有47级；第二段有15级，左右栽有松柏树各3株；第三段有11级，左右栽有松柏树各4株；第四段有7级。到达庙门前，共有80级，4段的级数都是单数，是有一定讲究的，沿山道台阶中间有一处花岗石浮雕龙图，四周用不锈钢围栏护着。跨过第三段很快到达庙前广场，有一个八角形对称的"吉祥池"，池内有一只石雕的巨大石龟，池的四壁八角分别有8条吐水的金鱼，而正池壁上，一条惟妙惟肖的龙头正对古庙，龙口吐出一股又一股的水柱，池中放养着大小海龟多只，有的趴在石龟的背上嬉戏，有的还俏皮地坐在石龟的头上，好不逍遥自在！

龙王古庙

古庙的占地面积达 4000 多平方米，坐东向西，主体为五开间，两走廊，一天井。庙前正中广场上有仿古香炉鼎 3 只，上面铸有"龙王古庙"的文字。左右两侧立有麒麟一对，种有塔状的松柏树。庙门正中前檐有形态各异的盘龙图案，每条都有呼之欲出之感，技艺高超的匠人还在两条石柱上镂空雕出几个憨态可掬的人物造型；左边柱上写着"合镜"；右边柱上写着"平安"。古庙左侧有一道新修建的水泥石级沿山通道，供游人登山健身。

古庙的建筑金碧辉煌，雕龙画栋，绿琉璃瓦飞檐，正脊上饰有双龙朝阳的陶塑。三道门，正中的门额上有阳刻"龙王古庙"四个金字，左右雕花门框上有楹联一副，上联为"龙盘圣地福泽苍生同添寿"，下联为"王踞神州社稷永安宁"。

左门匾上写有"鼎盛"两字，左右对联为"仰望龙楼光辉昭日月"和"高瞻凤阁碧彩映山河"。右门匾上写有"祥源"两字，左右对联为"瑶宫巍峨河山添秀色"和"贝阙绚丽五圣显神灵"。

古庙内景

走入古庙，前殿正中央有雕花木板屏风一道，分别祭祀着"福""禄""寿"的三尊菩萨。天井两侧的檐廊及殿堂所有的墙壁屏风上雕画了一个个流传千古的民间故事，分别有"薛丁山征西""穆桂英大破天门阵""狄青遇公主""张飞战马超""三鞭换二铜""纪銮英教子""杨贵妃醉酒""史湘云醉酒""青蛇斗法海""决战玄武门""前程锦绣""古寺钟声""水淹金山""华山救母""岳飞抗金""杨家将"……这样雕画精湛，形神俱备的传说故事壁画和木雕画作品达数百件。与其说是古刹，倒不如说是一座艺术殿堂更为贴切些。

宽敞的后殿有五尊菩萨并排而列，正中央供奉的是"龙王"，而龙王前面左右两位站立的为文武护神，左侧为"北帝""玄坛真君"，右侧为"关帝圣君""康王元帅"。

后殿与天井处建有一个大祭台亭，摆有大供台。两者之间后殿檐下有一横通道，可通南北两处门外。整座古庙的方石柱包括前殿、后殿、走廊、天井处祭台亭达 60 多根，不过，雕工精细的就要数后殿中间直撑梁顶金钟架的 4 根，均为抛光的花岗岩石柱，高约 6 米，它中部大，上下小。

建庙历程

凤凰山北侧已建有凤岩古庙，为什么还会在山南侧修建庙宇？那我们就得追一下当时福永凤凰和白石厦一带的地理情况和人们的生产和生活方式。

数百年前，凤凰山下的福永是一片浅滩海湾，原住民世代以捕鱼为业。当时，阳江、南海、东莞、番禺等地的渔民也经常驾着小舢板来到这片海产资源丰富的浅海捕捞作业，每当遇上大风大雨，渔民们的生命安全得不到保护，就只能寄望心中的明神来庇护。

凤凰山的灵气与名气威震四邻，在其山脉大茅山脚处建庙就是最好的地方。据说，当时所建的龙王古庙很简陋，后来，信奉龙王的人越来越多，除了当地的渔民外，异地的渔民也来了。日久天长，原庙又小又破旧，迫切需要重建扩建，各地的渔民热心捐献，把龙王庙修建成为一座远近闻名的庙宇，其鼎盛的香火持续了数百年。

由于山上的林木砍伐过量，水土流失，原来的海湾滩涂逐渐变成了今天的陆地，村民已从海上捕捞转为陆地耕作，村民出海少了，祭祀龙王庙者日渐稀少，香火的收入越来越少，致使古庙年久失修。20世纪五六十年代遭受了几次人为的损坏，有人趁乱把龙王庙上的砖、瓦、木等材料搬回家中建房，甚至连基础上的础柱和石块都搬走。从此，龙王古庙的建材荡然无存，取而代之的是一堆废墟和野草，渐渐成了一处荒凉之地。

直至1992年，当时的白石厦村委成立了筹建小组，决定重修龙王古庙，让具有悠久历史的古庙再次焕发往日的光华。但由于种种原因，未能如愿。直到2001年，重修龙王古庙再次放在议事日程上，各界人士齐心协力，筹集资金，聘请了福建和潮汕等地的能工巧匠，经过近一年的时间，一座气势恢宏、雕梁画栋的龙王古庙，基本上按照原貌的建筑风格重新修缮，并于2002年2月建成，正式对游人信众开放。

秀恒老人

据了解，龙王古庙修好后，筹备小组要收集与古庙相关的历史资料，提到了一位与古庙有着特殊关系的一个重要人物，她就是秀恒老人。据说秀恒是沙井人，20多岁时因为家境贫穷，投奔到龙王古庙中，当时古庙住持说什么也不收她，年轻貌美的秀恒就专心在古庙里做下人，非常勤奋，什么苦事累事都抢着干，她的诚心终于感动了住持。从此后，秀恒就成了龙王古庙里的唯一一个女人，她终生未嫁，把青春都奉献在这座与尘世无争的清静庙宇中。

在古庙香火日渐惨淡之时，食粥都成问题，僧人先后离开了，人到中年的秀恒一如既往地打理着庙中的事务。在以后的几次政治运动中，秀恒可谓吃尽了苦头，直到庙宇被人完全拆除后，孤苦伶仃的她才远走到了东莞，其间收养了一个孤女。

经过多方打听后，得知秀恒现居东莞的地址，白石厦村委曾派人到东莞，找到秀恒养女工作的单位，想请老人家回来看一看重新修建的古庙是不是当年的那个样子，但倔强的老人连面都不愿见。秀恒的养女说："龙王古庙是我母亲的伤心地，如今老人都80多岁了，不愿提起那段往事，请你们多多谅解！"来人尊重老人的意见，但却遗憾地留下了一段无法衔接的历史空白。

今天的古庙游人如织，吸引了香港、澳门、台湾及国外的游客前往祭祀。香火越来越兴盛，也成了人们假日休闲的观光地。

玉律有温泉　温温净如玉

清康熙《新安县志》卷之十二《艺文志》记载了康熙九年至十七年（1670—1678年）新安知县李可成写的一首七言诗，诗中这样描述新安八景之——玉律温泉：

泉佛山椒出大津，烟腾雾绕石粼粼。
控幽何处无眷蛰，解愠还须问水滨。
宛向浴沂温似玉，恍来修禊暖于春。
愿将共涤尘氛去，时捧汤盘涌日新。

而礼部侍郎东莞人陈琏对汤泉是这样描述的：

泉脉发山椒，腾沸不可触。

何如华清宫，温温净如玉。

玉律温泉，又称玉勒温泉，古称玉勒汤湖或汤泉，汤湖即汤泉，即位于光明新区公明街道玉律（又称玉勒）社区东南面，洲石公路东段，石岩湖温泉度假村后山西北面，该泉有史籍记载已有 500 多年了。

玉律有温泉的古代记载，在明朝天顺八年（1464 年）编修的《东莞县志》载："汤泉在黄金洞之北，药勒（玉勒）村前。乡人以为烹潭之所。"

据清康熙《新安县志》卷之三《地理·井泉》中记载："汤井，在玉勒村，水温暖如汤，能疗疮疾；秋冬，泉有烟气，海防周希尹命砌以石。"

清初屈大均在《广东新语》中写道："新安有汤井，在玉勒村，秋冬常有烟气。"

清嘉庆《新安县志·卷之十八·胜迹略·古迹》记载"玉勒温泉：在三都"。

说到玉勒温泉，就不得不对玉律村作进一步介绍，清康熙《新安县志》卷之三《地理志》把玉勒村排在四都。而清嘉庆《新安县志》卷之二《舆地图》将其划归福永司管属村庄。原住民是新桥村第十三世祖曾应富（德贵）在明弘治十三年（1500 年）从新桥迁徙到玉勒开基立村，世代以农耕为生，得到了这好山好水及灵泉慧泽，人口繁衍生息，至今已有 20 多代人。

据传，当年辽东铁岭人氏李可成在清康熙九年（1670

年），从保昌来新安任知县，得知本县有一名泉叫"玉勒温泉"，特别感兴趣。时值初冬，南国乍寒还暖。一日备上马车带上随从，从县城南头出发，经白芒、应人石向乌石岩的方向走去，一路上所见"老幼委沟壑、壮者散四方"。

据史料记载：康熙八年八月二十六日，一场百年一遇特大飓风将大片房屋摧毁，连新盖成的围屋也未幸免。

温泉能康体健身已不是秘密，现在的温泉池，被改造成长有 4 米，宽有 3 米，造型特别的椭圆形泉池，四周用围墙砌筑。虽然重新砌筑过，但新池上还保留了几条原来旧池的石块，围墙内增加两个新池，平时将抽温泉机房多抽出来的泉水放出来，让村中老少可以在晚上洗温泉澡。

玉律温泉

但是白天要上门锁，由专人管理，其一是保护抽温泉的机房设备；其二是保护现存的石砌温泉池水的环境卫生。围墙内种有几株大王椰树，每当夜幕降临，山风迎面扑来之际，温泉池内仍然保持一番古今俱有的神韵。

几百年过去了，时至今天汤泉依然喷涌，村中及周边的人们都受益匪浅。为何玉勒温泉水会有这样神奇的治疗功效呢？其中有何原因？据有关部门检测，玉律温泉泉水清澈明亮，富含硫与偏硅酸，还有锂、镁、钙、锰、碘、硼、溴、氟等多种矿物质和微量元素，具有康体健身及医疗功效。据勘测该温泉流量可达 680 吨 / 天，泉眼最高温度达 67 摄氏度，冬天人们可以露天洗澡。

一位曾大伯说，有一年，从东莞厚街来了一位 40 多岁的男子，此人全身都得了皮肤病，而且皮肤开始溃烂流脓，他到处求医均未愈，听人说在宝安公明玉勒村有个温泉，可以治疗各种皮肤病，于是老远来到这里，村里人见状，颇为可怜他，即用木桶从泉眼处打水到远处的田坑让其浴身。几天后，此人的皮肤病有了明显好转。之后，他坚持这样浴身，不到一个月，他身上的皮肤结了痂，很快就痊愈了。临别时，这位男子向村民们千恩万谢。玉勒温泉水可治皮肤病，消息传开，陆续来了很多人，都是用这里的温泉水淋浴洗身来治疗各类皮肤疾病。

1980 年，玉律温泉后山的东南面石岩湖湖边兴建了石岩湖温泉度假村，优质的湖水、葱茏的树木、幽静的山地，加上早期投资硬件，曾经是早期深圳旅游"五湖四海"之一的旺点。

　　至于"玉勒"是什么时候改为"玉律"的，还有待考究，但按"玉学麒麟、法律至上"和"金科玉律"的名言，兆托瑞气永存，倒也有一些根据。

黎民祈安顺　海莫扬其波

——走进沙井洪圣古庙

　　洪圣古庙是典型的乡村庙宇，俗称大王庙，全称为"南海广利洪圣大王"。民间相传："洪圣大王是一个能使水不扬波而且又能镇鬼治邪的神，也叫南海神。"在生产力极其低下的古时候，成灾的暴雨和洪水往往对人类的安全和生产造成严重的危害，面对着这种既不可知又无法抗拒的、十分恐怖的自然现象，人们往往把洪水的威力加以神化，从而出现了像"洪圣大王"这类的神明。

　　据清康熙《东莞县志》记载："南海王庙，各处都有。邑令姜橐记曰：南海神有丰于国，有厚德及民。自唐天宝中，尊崇王爵；国朝赐'广利'之号，而加洪圣昭顺焉，扶胥之日，实神正庙也。濒海郡邑，靡不建祠。"在岭南一带的珠江流域边，过去很多地方，大部分的村庄都会建有村庙，并大多建有洪圣古庙。

洪圣，原名洪熙，是唐朝年代的广利刺史，为官清廉，致力于推广学习天文地理，以惠泽商旅及渔民。他去世后曾被加封为"洪圣""昭顺""威显"等谥号。每年的农历二月十三日是洪圣祭祀日，信众以求风调雨顺、海不扬波、老少平安，华南沿海地区居民多有供奉，尤其以出海作业的渔民、蚝民为甚。新中国成立以后，各项水利建设日渐完善，各类暴雨、洪水水患相对越来越少，经历"文革"十年，此俗逐渐被淡化。

沙井洪圣古庙位于沙井大街北面（即古时候的泰通街，又叫街仔）在今沙井沙二社区居委会斜对面大约百米处。古时候渔民和蚝民出海前都要在此上香敬神，祈祷出海平安，是一座远近闻名的庙宇。2000年6月13日公布为沙井镇文物保护单位。

该庙依山而筑，前有开阔的大露台，青石阶沿，大露台周边用花岗岩砌成栏杆，正西面有拾级而上的门口（现已封着，改南面建成通车口），台前有数级石阶进入前厅。其始建年代已无从考究，今尚存有部分柱、柱础、门匾、围墙和花岗岩门框，从其现存遗址看，这是沙井一带仅见的高台建筑物。

其中由沙井籍清末户部主事陈桂籍在古庙重修时题写的"洪圣古庙"匾额，落款为咸丰庚申年（1860年），现存放在离古庙不到一里远的辛养社区居委会的宗佑陈公祠前的前园

洪圣古庙

围墙内（沙井老干中心侧）。按现存建筑物推算，该庙坐东向西，面向大海，两进分前厅和后殿，后殿正中央供奉着洪圣大王爷的菩萨，中央左侧前是"风"、后是"调"，右侧前是"雨"、后是"顺"，风、调、雨、顺四尊菩萨相伴洪圣大王爷左右，呈凹字形摆设。据说，当时在后殿可以直接看到一望无际的珠江口海面上的迷人海景，远眺可以看到龙穴岛上的奇观。从其殿堂平面尺寸及现存所用柱石材料的粗大，可以想象当年古庙的殿堂建筑是如何气派。

在庙前的大露台上（有300多平方米，供信众恭候拜祭及休闲）原种有南北两棵大树，据称这是龙凤格局，可惜两株古树已不存在了，由两株高大的白玉兰树替代，凭台可以俯瞰浩瀚珠江口，是昔日沙井一带极为壮观的风景。

为什么会在此地建筑这样一座较大规模的洪圣古庙呢？这里面有何缘由呢？按目前古庙现状看，庙前庙后都是密密麻麻的民居建筑，除古庙露台南侧临街处稍为宽敞外，其余地方就显得狭窄了。带着以上疑问，走访当地一些老人家，并从中了解到当时庙前是一片辽阔的大海，庙的左右两侧及后面是没有建筑物的，此地原来是一座小孤岛，建庙前有一段传说。

当年有一对渔民夫妻从番禺万顷沙到此海面打鱼，遇到海水退潮，看到附近有一座小山，就决定把小渔船停在这里"确水"（是把渔船翻转放在一处离水位较高的地方，用柴火焙干或阳光照晒，用今天的话讲就是保养，查看一下船底有没有漏水的地方，有就修补，并清理船底下部一些污垢和寄生物）。将船身用火焙干、晒干，一是为了减轻船身重量，以便行驶；二是可以到岸上作一些简单的补给，如淡水和粮食等。

当时渔夫将船上的一切物品全部卸放在小山上，待把船保养好后已经是第二天的涨潮之时，于是整理行装转到其他海面进行捕鱼作业，匆忙中把长期在船上供奉的洪圣大王爷菩萨遗落在岛上。行船途中，渔夫习惯性地向洪圣大王爷敬上三支香，不拜不知道，拜时才晓得菩萨不见了，渔夫顿时冒出一身冷汗、毛骨悚然（古时候科学不发达，人们都是依靠拜神来保佑平安的），才想起来菩萨存放在山上忘记了带走。

　　渔夫及时掉转船头重新返回昨天"确水"的那座小岛上，不待船停泊稳妥，他就急匆匆地跑到放菩萨的那个地方，原来当时是怕菩萨被损坏，用一些树叶把菩萨隐藏好，怎知走的时候忘记了，现在看见菩萨完好无损地安坐在原来的地方，悬在心上的一块大石头终于落下了，便屈身叩头双手合十地对菩萨说："大王爷见谅、大王爷见谅……是小人一时不小心将您遗留在这里，是小人的不是。"便伸出双手准备把菩萨抱回船上好好安放。

　　就在伸手的同时，洪圣大王爷菩萨魔幻似的变得又高又大，渔夫先是一惊，然后使尽全身力气还是未能把菩萨抱起来，无奈再向菩萨又跪、又叩、又拜，再次伸出双手去搬还是未能搬动。这时忽然听见洪圣大王爷向他开口道："船家，多谢你们一家多年来对我虔诚的供奉，现在我在这里坐得高，望得远，这个地方有更多的人需要我来保佑他们出海平安，你安心行船吧！我会永远保佑你一家的平安的。"渔夫一听这声音，先是被惊呆，后来听到洪圣大王爷的这番话就慢慢醒悟过来。随之又是一番跪、叩、拜，对着菩萨连声道谢。

　　渔夫怀着依依不舍的心情返回船上，对妻子讲述刚才抱菩萨不成的经过，又把菩萨对他说的话重复了一遍。他怀着一种难舍难离的心情离开了这座小岛，向回程的方向摇摆而去，一帆风顺地回到了番禺万顷沙。并将这次在沙井所遇到的这桩奇事告知相熟的渔民同胞们，告诉他们以后凡到沙井一带打鱼，一定要到岛上向洪圣大王爷虔诚参拜供奉，准保出海平安、身体安康、事事顺利。

这段故事经众多渔民、船家对洪圣大王爷菩萨的虔诚供奉，慢慢在与海打交道的人中间传开，而且越传越广，专程到该岛参拜祭祀洪圣大王爷的人就越来越多，受洪圣大王爷庇佑的人就越来越多，有渔民、蚝民和本地住民。

看到洪圣大王爷菩萨裸露在外面，风吹、日晒、雨淋，就连供奉的祭品、香烛都难以摆放，也是对菩萨的不敬。于是，一些热心的乡绅带头倡议，应该在岛上修建一座供奉洪圣大王爷的庙，倡议一出，各路信众积极响应，热心捐助，不久一座依小岛山体而建，规模宏伟的洪圣大王爷庙建成了。

该庙曾经在各时期遭到人为拆毁的破坏，也作过多次重修，目前仍然是一座未能充分利用的废旧古庙遗址。该庙清末曾经做过沙井团练总部，户部主事陈桂籍在这里训练乡勇，主持新安抗英活动；其在封锁香港、广州三宝圩之战和南头保卫战中也发挥过积极的作用。据了解，1937年该庙进行过大规模重修，后来成为沙井乡公所（南厅）和民团队部。1948年为宝安中学校址，1950年为宝安县第四中学校址。曾作过沙井公社、沙井派出所、沙井税务所、沙井大村巡逻队等单位的办公地方。20世纪70年代曾被拆除建筑材料作兴建其他建筑物之用。

今天你所见到的洪圣古庙，遗址结构依然清晰，围墙基本保存，整体规模还在，给人们的印象这里曾经是一座香火鼎盛的古刹。在深圳市目前也尚未发现有此类建筑遗存，因而十分珍贵，是研究深圳古代建筑历史的极为难得的实物。

它的兴衰历史，也是沙井社会历史的民俗风情、文化心态乃至政治、经济发展的见证。近来一些热心信众想通过集资，重新修建这座在沙井有一定历史价值的古庙，如果能够修建好，它将是沙井人民爱护文物古迹的又一个典范。

文化篇

广东深圳沙井石姓溯源

位于沙井街道新桥社区西北面永兴桥旁有一座古墟——清平墟。清嘉庆《新安县志》卷之二《舆地图·墟市》有这样的记载："清平墟（在新桥村侧，新增）。"记载文字虽然简短，但已清楚明确。

由于河道的改变，公路网络的完善，昔日古墟的繁华今已不再，只留下一些如永兴桥（深圳市级文物保护单位）、广安当铺（宝安区级不可移动文物）等建筑物。该墟由创墟乃至繁华再到衰落有史记载的已有数百年历史，曾经是深圳市（宝安县）四大古墟之一。一个商埠形成和发展，离不开各类经商者的不断开拓、不断更替，而清平墟就是这一类的代表。到该墟谋生的人中有经商的，也有给人打工的。有繁华的地方就会有人前来经商贸易，形成一个来自五湖四海、姓氏不

沙井石姓

同的聚居群体。从鼎盛时期直至20世纪70年代，此地还有石、邓、曾、冯、黎、徐、陈、潭、梁、樊以及本土的先期村民等十几个姓氏，而石姓在此立足至今已经有一百五十多年了。本文就沙井清平墟石姓渊源及迁徙的情况作一些追忆。

广东的石姓遍布在增城、广州、佛山、惠州、东莞、惠东、兴宁、南雄、开封、紫金、龙门、博罗、龙川、连平、和平、肇庆、云浮、新兴、中山、珠海、汕头、汕尾、陆丰、番禺、恩平、高州等地，来源基本都是武威郡，千人以上的村庄就有数条。而沙井街道新桥社区清平墟石姓一支是从东莞市寮步镇西溪管理区田心围村分支过来的。

清朝晚期，1840—1860年之间，十六世祖叶开公只身前来沙井，在当时的商贸重镇清平墟谋生，开设造米加工店铺

（古称舂米，是当时本地区粮食加工的主要方法），娶先期移民冯氏为妻，并生下四子，长子积广、次子积顺、三子积富、四子积长，在此扎根定居。

经过一个半世纪蹉跎岁月的变迁，沙井清平墟石姓一支今已繁衍到二十二世。随着时代的不断变化以及清平墟的往日繁荣今不再，他们的后人为谋生计已分居广州、香港、深圳等地，粗略一算人口已有数百之众。

可惜他们分散各地居住，没有形成一条像本地的陈氏、曾氏、潘氏、江氏、冼氏、钟氏等村落聚居的群体，就是在沙井的也分散在各村居住，合少分多，基本上只有一些喜庆日和清明、重阳等节日才是他们聚会的时候。但后辈们秉承了祖先艰苦朴素、勤劳创业、善于营商的传统精神，历代不改变。在所居各地都有他们后人经商的足迹，涉足行业遍及汽车运输业、汽车维修业、医药零售业、工业制造业、大型超级市场等行业，为地方的经济繁荣做出了应有的贡献。

未有经商的一部分人也进入当地各级政府和企业工作，都没有失去传统的敬业美德。曾有祖辈参加东江游击队，为祖国的解放事业而光荣牺牲。

一个姓氏能够在某一个地方兴旺昌盛离不开每代人的共同努力，更离不开新时代国泰民安的大好环境，只有这样才能让氏族百姓繁衍昌盛。

寻宝安晋：钦旌孝子黄舒事迹

　　黄舒，字展公，晋朝期间（265—420年）的宝安名人，事亲至孝而出名，因其行孝的事迹被传到当时成立不久的宝安县府，并将他的事迹整理上奏朝廷，晋朝皇帝颁下诏书，钦旌赐黄舒为孝子，其孝行比作春秋时的曾参，所以他居住的地方叫作参里，旁边的一座山改称为参里山。

　　最早记载黄舒事迹的是宋代沈怀远《南越志》："宝安县东有参里，县人黄舒者，以孝闻于越，华夷慕之如曾子之所为，故改其居曰参里也。"

寻墓踪迹奇

据清嘉庆《新安县志》卷之十八《胜迹略·邱墓》中有这样一段记载："晋孝子黄舒墓在大田乡猪母冈"。

晋代宝安一代孝子，一位宝安最早的名人，一座有悠久历史价值的古墓，它在什么地方？今天是否还存在？多年来，文物工作者苦苦寻觅，均无所获。

在今天大兴土木的建设中，猪母冈早已不存在，变成工业区。黄舒墓或许早已湮没于推土机链轨的辗转之下。

"踏破铁鞋无觅处，得来全不费工夫"，沙井文管办负责人程建先生在 2001 年 5 月与步涌江炳球书记的一次谈话中获知，步涌村里确实有一座黄公墓，是不是史志记载中的晋孝子黄舒墓就不得而知了。于是大家一块到大田村工业区寻找，周围是一幢幢崭新的工业厂房，哪里有古墓呢？江书记指着路旁一片荒芜杂草说："黄公墓就在这里。"

齐腰高的杂草挡住了视线，大家动手拨开草丛，一座古墓立刻呈现在大家眼前，花岗岩石碑上刻着"晋钦旌孝子始祖考乡贤参里黄公之墓"，碑上字迹虽然经过岁月的侵蚀有些模糊，但这十六个字还是可以认得出来。

一座历史价值较高的古墓就这样被不经意地发现了。更令人慨叹和意想不到的是，在这大兴土木的建设中，黄舒古墓为何能够得以完整保存呢？原来，曾经作为无坟主向村民公告的此墓，上方布满了高压电线，如果不是这电线从墓址经过，古墓恐怕早已消失灭迹了。

黄舒墓

今天的晋钦旌孝子黄舒古墓，位于沙井街道步涌社区大田村的工业一路与新和大道步涌治安大楼侧（此地的大田村，原是一条古村落，今并入步涌社区）。

墓为清代建筑风格，坐东南朝西北，三合土地面享堂，三合土散水，拜堂处显露出部分砂岩条石，前方后圆形制，墓堂护墙为青砖砌筑。墓碑为花岗岩材料，高0.8米，宽0.63米，墓碑之上有碑帽，帽呈球形，碑帽高0.56米，宽0.7米，碑额处有浮雕云纹图案，碑文清楚刻着："晋钦旌孝子乡贤始祖考参里黄公之墓。"墓旁左右重新树立着历代名人为黄舒而作的各类诗词碑石多块。新植的松柏树葱郁茂盛，整个古墓地处繁华的新和大道边。2004年重新修葺，2005年7月18日被宝安区人民政府公布为第三批文物保护单位。

黄舒墓找到了。据资料显示，他的居住地就在不远的参里。参里旁的山称参里山，位置在沙井中学新教学大楼的范围内，而参里就在目前云霖花园一带。

文献价值高

明代郭棐撰写的粤大记对黄舒的事迹有详细记述，其中对参里山有这样一段描述："参里之傍，有山岑蔚可爱，旧未有名，亦以舒故，遂乐曰参里山"。参里山虽不高，却树木葱郁，鸟语花香。到了宋代，参里已改为归德场涌口里，明代这里设有云霖墟。

作为孝子乡贤的故里，参里及参里山得到了各级政府较好的保护。山青、水蓝、古寺、仙井、墟市，成了一方远近闻名的胜景。

明清时期，参里山名列新安八景：赤湾胜概（在南山半岛赤湾港）、梧岭天池（在梧桐山上）、"杯渡仙踪（今香港屯门青山，又名杯渡山）"、参山乔木（宝安沙井）、卢山桃李（今东莞常平至黄江一带）、玉勒温泉（今光明区玉塘街道玉律村前）、鳌洋甘瀑（今香港）、龙穴楼台（今属番禺管辖）。

康熙《新安县志》卷之三《地理志的山·井泉·墟市》有这样的记载："参里山，在县西北五十里"。《南越志》云："邑人黄舒有孝行，如曾参，因以名"；"云霖仙井，在参里山侧，成化间，布政陈选爱其清冽"；"云霖墟与蛋家萌和茅洲新、旧二市，位列沙井当时四大墟市"。今天云霖墟已不复存在，庆幸的是云霖仙井保存完好，其甘甜清泉今人仍使用。

再有嘉庆《新安县志》卷之十八《胜迹略·寺观》的记载："云溪寺，在县西四十里归德场参里山之麓。嗣改'万寿寺'，今复改为'云溪寺'"（今沙井中学大院内西门侧的云溪井尚存在）。

黄舒在古志的记载上都排在"乡贤"或"孝友"一类人物的首位，后人都为他树碑立卷，建祠祭祀。据清康熙《新安县志》记载："黄孝子祠，在邑之三都大钟山下。万历元年，潘甲弟、汪桂等建，买置坟前五亩，又夹洲、田尾广场河渡、河泊嘴，新田横水渡，岁共收租供祭其祠一座，周以墙垣。今圮缺祭。"

从中可知，在明代万历元年（1573 年），新安县刚从东莞县分出来，万家萌人（今新桥街道万丰社区）潘甲弟和福建人汪桂等人出资在大钟山（今新桥街道万丰大边山）下建立一座黄孝子祠。可惜这座祠堂在清代康熙年间（1662—1722 年）的迁海事件中被荒弃了。

黄舒故里，参里山，经过多年的变迁，从无名山岗到名胜景观，并以"参山乔木"名列新安八景之一，可见参里山在当时是一座名扬岭南的名山。

既然是名胜，必然吸引一些乡贤名士、文人骚客到此浏览，吟诗作赋，怀古抒情，留下数篇脍炙人口的诗词歌赋。如曾任广东和江西左布政使的东莞人祈顺在浏览了参里山后，留下了一首《参里山》：

> 孤山崖鬼倚参里，乡曲争传黄孝子。
> 黄生养亲慕子舆，参里之名从此始。
> 平生志行众所知，高名直与此山齐。
> 山前种得松柏树，犹有慈乌来夜啼。

明代新安理学乡贤万家荫人潘楫的《参山》：

> 乔木阴森景最幽，衣冠晋代美名流。
> 官离千黍家何在，碑没尘沙迹尚留。
> 林薄飘萧啼鸟乱，山峦岑郁白云浮。
> 递迁今古悲陵谷，千载芳名史册修。

明（侍郎）陈琏的《孝乌行》（为孝子黄舒作）：

> 嗟孝乌，尾毕逋，结巢向高树，养此黄口雏。
> 一朝雏长羽毛舒，终日反哺呜呜呜。海滨黄孝子，
> 相对长嗟吁。堂上有亲垂白颅，鞠育何敢忘恩劬。
> 晨昏竭孝养，亲颜自怡愉。光阴不留亲已殂，白日
> 惨淡天模糊，泪血已竭眼欲枯，亲冢支傍常结庐。
> 高风懿行千载无，吁嗟黄生天性殊，至谊不独孝
> 乌如。

　　以及新安知县邱体乾《赞……晋孝子黄舒》和明代著名戏曲家汤显祖的《晋孝子参里黄先生祠祀》等。

　　新安街道上合社区的黄氏宗祠里面的"孝行流芳"牌坊左右楹联上，上联为："西晋伦常南粤士"，下联为："六年芦墓一生心"，其意深远。

　　这些诗词文章出自作者内心对先贤的景仰和赞扬，是历代名人为本地区参里山有这样一位名贤而有感而作的。两晋时期，宝安的文化也在不断地繁荣。中原儒家传统的道德观念在官方的大力倡导下，越来越深入人心，成为当地民众的重要行为规范，因此，产生了严格按照儒家传统道德规范生活、孝行其事的典型人物。宋代沈怀远《南越志》记载，宝安县人黄舒非常孝顺父母，当地人和北方来的移民们都很钦佩他，说他像战国时的孝子曾参，因而将他居住的地方改名为参里，将他住过的山改名为参里山。之后把这段历史记载收入了《太平环宇记》中。后来，历朝历代的《东莞县志》《宝安县志》《新安县志》等都称黄舒为"乡贤"或"孝友"。一时间，根据当地人的喜好增加了许多行孝内容，如怎样侍奉有病的父母，怎样为父母哭丧、守孝，官方又如何把他树立为孝顺的榜样，让大家学习等。这件事是宝安地区汉越（即北方南方）文化大融合的主要标志之一。

　　目前，这座有史料记载的，而且是深圳地区发现最早的古墓之一，已经完整地保留下来了。有关部门有必要对它的保存做出应有的方案。以此提升古墓的文物价值，并且对它的文献资料再作深入的挖掘研究，整理成册，让后人对古人的孝行有更详细的了解。孝——应该是中华民族至高无上的精神财富，应该永远地烙印在龙的传人心中。明崇祯《东莞县志》最先为黄舒立传，清康熙《东莞县志》几乎一字不差照录。清嘉庆《新安县志》除照录前志的记载外，还考证出黄舒的字号和父名。也考证出了黄舒死后的墓葬位置在什么地方，这样就为今天寻找该墓指明了方向，前志功不可没。

在此，笔者作顺口溜，是为结束语：

墓垂已千古，谁人能言不。
先祖留德风，后辈轮传喻。
孝道不能忘，悟道天地舒。
遗迹存沙井，道光耀宝墟。

忠信守两边 义字立中间

——从步涌关帝古庙看关公的"神"化及文化

关公的庙宇遍布中华大地。在中华民族五千年文明发展的历史长河中，曾经孕育了无数风流人物，但关公的形象尤为深入，为普通大众所广泛接受，乃至成为中华民族的一位公众偶像。

关公，名羽，字云长（160—219年），东汉时河东郡解县常平里人（即今山西省运城市常平乡）。出生于东汉桓帝延熹三年六月二十四日，自幼操练武功，诵读经史，为人仗义，好打抱不平。三国时是蜀国的一员大将，与刘备、张飞在桃园结义，排行第二。

他有勇有谋，在其近六十年的一生中策马横刀、驰骋疆场、征战群雄、辅助刘备完成鼎立三分大业，谱写了一曲令人感慨万千的人生壮歌。

经过1700多年封建统治阶级的不断神化、美化和极大推崇，加上关羽最初嫉恶如仇、助弱杀强，在毕生的疆场征战中，是代表弱小的一方去战胜被认为篡逆天下、以强凌弱的强大的一方的代表人物，所以备受尊崇。渐渐由一个人变成了"神"和"圣"人，后世人封他为"大帝"，尊他为"武圣"。既然是"神"，就要入主庙堂，被人们供奉祭祀，所以关帝庙遍及大江南北，数不胜数，大概是中国最多的庙宇吧！

沙井步涌关帝庙

宝安地处珠江流域，沿海边上，人们对神存有依赖性，这些靠天来生活的人民，也建造自己所尊崇的神庙了，方便供奉祭祀，以祈求老天保佑。故此，关帝庙在这一带也有多座，而坐落在宝安区沙井街道步涌社区西北面的关帝庙，是目前保存较为完好的一座。

该庙位于步涌西涌三路68号侧，坐西北朝东南，三间两进，两进之间以敞廊相通，敞廊两侧有加梁加盖的天井。面阔7.2米，进深12.2米；除主体建筑外，右侧还有一座附属建筑，为一间一进。整个庙宇建筑总共有140平方米。建筑为硬山顶，辘筒灰瓦，琉璃瓦剪边，清水砖外墙，墙基和四周有角柱的花岗岩石条砌角，正脊、檐口有简单的灰塑及彩绘。

走近该庙，门口正上方门额有一块四边花纹图案直竖写

步涌关帝庙

着"关帝古庙"四个字的石匾，大门两侧有一副木造红底金字的楹联，上联为"志在春秋功在汉"，下联为"忠同日月义同天"，横批写着"万寿无疆"。

从庙内重修步涌关帝庙捐款志庆记载得知，目前的建筑为1987年夏按原面貌重修的，建筑风格还存有清末遗风。大门口两侧分别绘有桃园结义图和朝皇图，左右挂着写有大吉大利、恭喜发财的两盏红灯笼。大门前左侧建有一座高 2 米，宽 0.9 米的方形化宝炉，下方有一尺直径见圆的投宝口，顶端处有一烟囱，大门口正中修建了一个高 0.8 米、阔 1.2 米的香炉。

传说与大堂景观

走进庙内，左右两侧有用木栏杆围着的两座关帝牵马塑像，右为白马，左为红马。据村中老人介绍，原来这两匹红白马是没有栏杆围住的，当年有这样一段传说："沙井大村做蚝的人与大步涌村因一小事而产生误会，两村人之间相互械斗，事件越演越烈，历史上称之为'相杀'，从人斗进展到神斗，大步涌村凭着两匹马头军到沙井人的蚝田乱踩乱踏，蚝民损失惨重，后来事件经调解得到和平解决，而大步涌村方主动给两个马头军加上围栏以示不外出滋事。"

说来也奇怪，此事之后双方真的和平相处了"数百载"。是传说？还是确有其事？不必深究。

进入大堂，大殿正中挂有写着"关圣帝君"的红绸金字缎。正殿摆放着三尊菩萨，中央高处立放的是红面长胡须关帝塑像，左方提戈的为华光菩萨，右方握笔的为保寿菩萨。殿前柱两侧分别站立佩带宝剑和大刀的塑像，左侧偏殿供奉的为太岁菩萨，右侧偏殿供奉的为寿星公菩萨，殿前建有一张宽大的砖砌祭台，正立面有用瓷片贴成的"华堂迎瑞霭"图。

右侧小通道摆放着钟和鼓各一个，古钟刻有"四季平安""风调雨顺""钟鼓乐之"的文字。在附属建筑后面安放着一尊观世音菩萨金像。据庙祝老人说，此庙在初一和十五以及庙里的各位菩萨的诞日，香火较旺盛。整个古庙除了供奉关帝外，还供奉着多尊菩萨。

关公的精神光环

当然，关公由人至神至圣，都是他所处的时代造就的，也有历朝历代的封建统治者，为了巩固其封建王朝所做的加封和宣传，再就是中国的老百姓千百年来喜欢和崇尚的一种精神，那就是"忠厚善良，正义勇敢"的精神。关公就是这种理想化、精神化的象征。有资料介绍说，前国民党元老于右任先生曾在一座关帝庙上题："忠义二字团结了中华儿女；《春秋》一书代表着民族精神。"千百年来形成关公形象和关公文化的内涵，涵盖着中国传统文化的伦理、道德、理想、信仰以及凝聚着一种人格的力量，昭示着一种彪炳日月的精神。

关公不仅是中华民族崇拜的英雄，而且成了民众刻意塑造，只有中国人才敬奉的一位神明。中国人把关公理想化、完美化，认为供给俸禄、巡察冥司，甚至招财进宝、庇护商贾等都由关公负责，求其保佑。儒家把关公尊为"圣人"和"关帝圣君"，与孔夫子——孔圣人齐名，是"忠君"（儒家最高的精神境界是"克己复礼"，即"忠君"）。佛家把关公尊为护法神，道家尊他为"天尊"，即天神。也有尊为财神的，是因为他留居曹营时曹操曾向他赠送"上马金"和"下马金"。虽然关羽离开时都未带走，但人们仍认为关羽是"生财有道"，能够给人带来好运，如今许多商家、酒楼在大堂和办公室均设有供奉关帝的神龛。在广东河源万绿湖的一处小岛上也供奉着一尊关帝像，将关帝比作月神："月神即是关帝，以忠勇称著于世，民间尊奉为财神。自古人们以水为财，而万绿湖以水美水多及得天独厚的地理环境被风水大师喻为难得的求财运之风水宝地。因此，在湖内虔诚祈拜月神（财神），定可为你带来好运及滚滚财源。"

　　中外历史上，把几种"神"的桂冠加在一个人的头上的不多，关公就是其中一位。

从万丰陈侯古庙忆西汉宰相陈平

　　足智多谋的陈平，在各种困境中常能立于不败之地。他与张良、萧何、韩信、卢绾、曹参、周勃、樊哙等人共同辅佐刘邦，为西汉江山的建立和巩固做出了不可磨灭的贡献。

　　陈平使出"六出奇计"中的三计，即除掉范增、封韩信为齐王、借刀杀项羽，使刘邦完成了统一天下的大业。

　　潘氏先祖在西汉时期惨遭横祸，向西汉开国元勋、三朝宰相曲逆侯陈平陈述冤情，陈平听明冤情后仗义冒险救了潘氏先祖的性命。潘公为答谢其救命之恩，便画了陈公的像背在背上，遍走四方，告示子孙族人，务求广修陈侯庙，世世代代敬祀陈公……

　　潘氏族人在万丰建立陈侯古庙让后人供奉，至今已有2000多年……

古庙现状

在沙井万丰仁爱路南 16 巷与北 20 巷之间（又称围仔），有一座陈侯古庙。

陈侯古庙为万丰潘姓所建造，建陈侯古庙为的是纪念西汉曲逆侯陈平。

陈侯古庙坐东朝西，由前堂、后堂、天井、两侧腋廊及神龛组成。整体为砖木结构，庙门、庭柱、墙基、檐阶天井用花岗岩石砌成，上覆以绿琉璃瓦，前殿正脊饰以双龙戏珠图。

走近古庙，大门口有两只雕工精细的石狮子分立左右，大门上画着无名神像，两侧有对联一副，上联为"陈平有幸，代主青山埋忠骨"，下联为"侯王无私，义胆丰碑留人间"，为颜体行草繁体字，刚劲丰美，阴刻在花岗岩石上。门额上有阳刻石匾一块，上面写有"陈侯古庙"四个大字，左右有两幅色彩人物壁画。

推开大门，走进前堂，正中为天井，虚设的天井中立有一大铁鼎，高约一米，鼎上刻有"陈侯古庙，万丰（万家萌），一九九六年十一月吉日"等字句。天井旁左腋廊有架钟一口，钟口直径约六十厘米，钟上刻如鼎大字。

跨过天井，进入后堂，陈侯菩萨神像正襟危坐，上方梁正中悬挂一块木匾，上写"神光普照"四个大字，庙宇内有山水、人物故事及唐宋名家诗词壁画。古庙外观似一井两厅，内部有井无漏，然仍可分上下两厅。

万丰陈侯古庙

上厅分三殿，正殿是供奉西汉的开国元勋、三朝宰相陈平雕像。两侧塑有二文、二武立像，文臣居上，武将居下。左边文臣手持束、笔，右边文臣执笏恭立；武将左面持枪右面执鞭。左殿祭祀的是金花夫人及童男童女像，右殿祭祀的是白髯土地、观音、关羽等神像。左前廊处塑有立勇一人、右手持鞭、左手控一白马的副鞍。

庙门前为水泥禾坪，坪内靠右角竖有一铁杆，高约十米，为挂鞭炮或悬灯之用。坪前正面建有半"凹"圆形照壁，为遮挡尘沙之用。古庙前建有约六米宽，数十米长的进庙通道，两旁两米高的松柏树郁郁葱葱。坪前右角摆放一座塔式香炉，取名为"聚宝塔"，此塔三层六面，顶上加一矮层用来作透烟之用，塔下有塔座两层，整个塔高约有二米，层间前后留有数个门，供烧纸币透烟之用。照壁、砖塔为重修此庙时所建。

仗剑行走投入汉宫

陈侯古庙为什么会在万丰？陈平与万丰到底有什么关系？

陈平，武阳（今河南原阳县东南）人，足智多谋，在各种困境中常能立于不败之地。他与张良、萧何、韩信、卢绾、曹参、周勃、樊哙等人共同辅佐刘邦，出谋划策、出生入死，为西汉江山的建立和巩固做出了不可磨灭的贡献。

陈平年少时，家庭贫寒，但酷爱读书，专心研习黄老之说，探求治世之术。早年得到其兄陈伯的支持，到各地求学，增长了学识和见闻，故其后有"常出奇计，救纠纷之难，报国家之患"的思想及行动。

公元前 209 年，陈胜、吴广起义，揭开了武装反抗暴秦统治的序幕。陈平辞别了兄长，同几个年轻人一起投奔魏王咎（即魏王），被任命为太仆，正式投入反抗暴秦的时代洪流之中。

陈平虽曾向魏王献计献策，但均未被采纳，加之遭人谗毁，受到猜忌，亦知魏王咎终非成大事之辈，于是离开了魏王咎，投奔了楚王项羽。

在项羽手下，他先被封为信武君，因立战功，被拜为都尉。公元前 205 年，项羽恼恨殷王背楚降汉，反复无常，以至要尽斩昔日参加平定殷王反叛的陈平等将士。陈平一则不愿意在尚未干出一番事业时即被杀，二则逐渐看清了项羽的弱点，他不相信任何人，他所宠爱的本家兄弟，即使有奇谋之士也不能重用。陈平料知项羽难以完成统一天下的大任，遂再次仗剑而走，离开了当时如日中天的项羽，投奔到刘邦麾下。

陈平到了汉宫之后，立即求见刘邦，两人纵论天下大事，十分投契，刘邦非常高兴，即刻按照陈平在项羽麾下的官职拜其为都尉，留在身边作参乘，并监护三军。

施反间计除劲敌

公元前 203 年，是楚汉战争最为激烈时期，刘邦被项羽围困在荥阳城内达一年之久，并被断绝了外援和粮草通道。

刘邦向项羽求和，项羽不许，刘邦十分忧虑。这时，陈平献计，让刘邦从仓库拨出四万斤黄金，买通楚军的一些将领，让这些人散布谣言说："在项王的部下里，范亚父和钟离眛的功劳最大。但不能裂土称王。他们已经和汉王约好，共同消灭项羽，分占项羽的国土。"这些话传到霸王的耳朵里后霸王起了疑心，果然对范亚父和钟离眛产生了怀疑，以后有重大事情不再跟范亚父和钟离眛商量了，他甚至怀疑范增私通汉王，对他很不客气。

为了彻底孤立项羽，陈平还设计除掉范增，于是嫁祸范增。有一天，项羽派使者到刘邦营中，陈平让侍者准备好十分精致的餐具，端进使者的房间，使者刚一进屋，就被请到上座，陈平再三问起范增的起居近况，大赞范增，并附耳低声问："亚父范增有什么吩咐？"使者不解地问道："我们是霸王派来的，不是亚父派来的。"陈平一听，故作吃惊地说："我们以为是亚父派来的人呢！"便叫几名小卒撤去上等酒席，把使者领至另外一间简陋的客房，改用粗茶淡饭招待，陈平则满脸不高兴，拂袖而去，使者没想到会受此羞辱，大为恼怒。

回到楚营后，使者把当时的情形一五一十地告诉了霸王，霸王更加确信范增私通汉王。这时，范增向项羽建议抓紧攻城，但项羽一反常态，拒不听从。过了几天，范增也知道了外面说他私通汉王的谣言，并且感到项羽已不再信任自己，于是对项羽说："天下大事已基本定了，希望大王自己好好干，我年岁大了，身体又不好，请大王准我回家养老吧！"

项羽十分薄情，竟然毫无挽留之意，同意了他的请求，还派人护送他回乡。

范增一路走，一路叹气，吃不下，睡不着，伤心不已。他已经七十五岁了，哪儿受得了这么大的委屈？到彭城的时候，气得背上生了一个毒瘤，就此一病不起，呜呼哀哉了。

项羽手下唯一一个著名的谋臣，竟被陈平略施小计除掉了。

瞒天过海解荥阳之围

中了陈平的反间计，气死范增后，项羽大怒。

公元前 203 年 5 月，项羽猛攻荥阳，汉军形势危急，陈平给刘邦献计："请大王速写一封诈降信给霸王，约他在东门相见。霸王一定会把他的大军布置在东门外，我们再想办法把他在西、北、南各门的卫士引到东门口来，大王就可以从西门冲出去。"

汉王同意了。不一会儿，陈平领着貌似汉王的将军纪信来见汉王，说让他化装成汉王出去诈降，吸引敌人把兵力集中到东门，然后汉王从西门突围。

次日，天还没亮，汉军便打开东门，陈平差遣二千名妇女，一批一批地从东门出去。西、南、北的楚兵一听东门全是美女，便争先恐后地涌向东门。忽然，有人大喊："汉王来了！"大家抬头一看，果然是"汉王"坐在车里，由仪仗队开路，慢慢地走出东门，一直走到楚营近前。

这时，霸王才发现坐车出来的不是汉王。真正的汉王则趁着东门一片混乱，冲出西门，带着陈平、张良、樊哙等人杀开一条血路，向关中方向逃走了。

计封韩信灭项羽

公元前 203 年 11 月，汉军大将韩信在齐地连连胜战，军威大振。而刘邦受伤正屯兵在广武，与楚军对峙，双方处于胶着状态。韩信乘刘邦失利之机，派来使者，要求刘邦封他为假王（代理）。刘邦一听，勃然大怒，竟当着韩信使者的面破口大骂："我被困在这里这么久了，天天盼着他到这儿来助我，如今不但不来，反而要自立为王！"刚骂到这里，忽然觉得自己桌案下的脚被人踢了一下，一愣，连忙住口。

原来，陈平、张良二人正坐在汉王身边，二人深知韩信是文武全才，又手握重兵，并且远在三齐，刘邦根本没有能力阻止他称王。这件事倘若处置不当，一旦激怒韩信，韩信在齐自立为王，与楚、汉形成三足鼎立之势，天下大事谁胜谁败就更难以预料。所以，陈平才在桌案下用脚踢了刘邦一下，刘邦也很精明，连忙改口说："大丈夫既平定诸侯，要做就做个真王，何必要做什么假王！"于是顺水推舟地封韩信为齐王。

被封为齐王后，韩信从此感恩，无论谁来劝说，都不忘恩背汉，并最终引大军击楚，为刘邦统一天下起了决定性作用。

陈平这一脚十分重要，它稳住了韩信的武装力量，避免了汉军的分裂。

8月，项羽、刘邦两军划定"楚河汉界"。9月，陈平以其谋略家的敏锐洞察力，看到项羽已到了穷途末路，因此对刘邦说："现在我们已经占据了大半个天下，而且各诸侯也都诚心诚意地来依附我们，相反楚军连年作战，疲惫不堪，粮食也快吃光了，这正是上天要我们灭掉楚国的大好时机，我们必须乘此机会灭掉楚军。假如您不抓紧时机去攻打它，就会养虎遗患！"刘邦采纳了陈平的建议，立即发兵攻打项羽。公元前202年12月，项羽的军队被围在垓下，汉军采取"十面埋伏"之计，击败项羽，迫使他退至乌江自刎而亡。陈平设计封韩信为齐王，借刀杀项羽，使刘邦完成了统一天下的大业。至此，结束了将近四年的楚汉战争。这是陈平"六出奇计"中的三计。

历史中的"六出奇计"

据《史记陈丞相世家》载："陈平自投奔汉王，至刘邦去世，'凡六出奇计，辄益邑，凡六益封。奇计或颇秘，世莫能闻也'。"

陈平的"六出奇计"为刘邦夺取天下起到了重要作用，历史典籍中给他总结的六种计策是：

第一计，离间项羽、范增，楚势由此颓衰。

第二计，乔装诱敌，使刘邦从荥阳安全撤退。

第三计，计封韩信，使韩信耿仁心效命刘邦。

第四计，联齐灭楚，刘邦战胜项羽。

第五计，计擒韩信，使刘邦翦灭异姓王而固其刘家天下。

第六计，解白登之围，使刘邦脱离匈奴险境。

汉高祖死后，吕后以陈平为郎中令，傅教惠帝。惠帝六年（公元前189年），陈平与王陵并为左、右丞相。王陵免相后陈平擢为右丞相，但因吕后大封诸吕为王，陈平被剥夺实权。吕后死，陈平与太尉周勃联合平定诸吕之乱，迎立代王为文帝。

在宫廷矛盾极其尖锐复杂，王侯将相稍有不慎就会掉脑袋的危险中，陈平都能够顺利地躲过一切风浪，避过无数险滩暗礁，其立身处世之高明、智慧之超群不能不令人佩服。

他侍候过高帝、惠帝（吕后）、文帝，可称之为贤相，亦得到善终，不愧为深谋远虑的相国，被民俗通书编录为从先秦到清朝历史上百位有名的宰相。文帝二年（公元前178年），伟大的谋略家、一代丞相陈平去世。

据传，潘氏先祖在西汉时期惨遭横祸，适逢西汉开国元勋、三朝宰相曲逆侯陈平路过，听明冤情后仗义冒险救了其性命。潘公为答谢其救命之大恩，便画了陈公的像背在背上，遍走四方，告示子孙族人，务求要广修陈侯庙，世世代代敬祀陈公……

既然陈平对潘氏先祖有救命之恩，万丰（万家荫）又是以潘姓为主要人群聚居的村落，在万丰建立陈平古庙让后人供奉、景仰也就不足为怪了。

陈平与潘氏的渊源历史不管他是传说，或者是真有其事，2000多年过去了，潘氏后裔依然专祖训建庙宇，春夏秋冬四季祭祀，香烟袅袅长盛不衰。

"万家丰收之村"的沧海桑田

——从疍家莳到邓家莳再到万家莳，
看万丰社区村名的演变

坐落于宝安区新桥街道中心路以西的万丰社区，过去叫万家莳，在宝安大道以东，是一条历史悠久的村落。疍（也作蛋）家莳、邓家莳，这两个名字由来已久，于明朝中后期又出现万家莳的称谓，20世纪50年代又改为万丰村。万丰，取其"万家丰收"之意。所以，万丰村就是"万家丰收之村"，明代音乐家潘楫就出自这里。

笔者从其村名的演变过程，探究这条古村落在历史长河中所走过的历程，挖掘其更加深层的历史文化。

村名由来 由姓氏演变而来

在大批南下移民到此之前，这一带即为疍户们的聚居之地，莳是沿海地区带湿地的海湾或涌湾，如松岗的莳下、公明的李松莳等。大量疍民在此聚居而成为村落，故称为疍家莳村，并建有疍家莳墟。由此可见，聚居在这里的疍民不在少数。

既是疍家莳，为何又叫邓家莳呢？据史料记载，北宋徽宗年间，宝安邓姓始祖邓符协是江西吉安人，为官阳春令，后在桂角山岑田（今香港新界锦田）创办瀛台书院，聚朋讲学。其五世孙到疍家莳一带开垦耕作，在此繁衍生息，人口渐多，并逐渐占据了疍家莳村的大部分地方，因"疍"与"邓"音近，于是有了"邓家莳"之称。在万丰大钟山的东坡上有其五世孙邓益逊与夫人廖氏之墓为证。这样，邓家莳村的来由也有了依据。

邓姓鼎盛时期，在福永怀德兴旺起来的潘姓，四世祖潘礼智在明初时期迁居这里，因其后人多有功名，而且威望越来越大，有取代邓姓之势。

到了明朝中叶，潘姓第十世祖潘甲第，改邓家莳为万家莳（注：当时这里既是村落又有墟市，聚居的姓氏较多，有邓、潘、莫、廖、叶等）。

后来，邓姓居民、疍户等相继外迁，潘姓人家较多。这样，曾是疍民祖居之地的疍家莳便逐渐变成潘家村了。

邓家莳村，在族谱及诗文中，常被称为"莳溪"，所谓

万景楼牌坊

"肇基福永，再拓葿溪"。这是因为村前有一条叫白陂河的小溪。因此，葿溪就成为邓家葿村的别名，有时邓家葿亦称为"定家葿"，如万丰潘氏《长房爱岗房谱》即称邓家葿为"定家葿"。"邓"与"定"在新桥、沙井一带的方言中为谐音，故有此称。

宝安潘氏十六世祖潘颖田诗云："宋季播迁散岭南，卜居福永近潮涘。择移葺葿早飞腾，理学贤书犹贡士。"这首诗大体上反映了宋代宝安这支潘氏家族南迁的时间及过程。

疍的解释 疍户皆以舟楫为宅

"疍",古辞书注为"南方蛮族名"。唐朝韩愈《清河郡公房公墓碣铭》中有"林蛮洞疍"之称,并注"南方夷也"。《桂海虞衡志》亦注:"疍,海上水居蛮也。"《辞海》载:"以打鱼为业者,俗称鱼疍;取蚝者,俗称蚝疍;伐山取木者,俗称木疍;采珠者,称乌疍户,多以舟为家,亦称龙户……"

据明崇祯《东莞县志》记载:"疍户皆以舟楫为宅,捕鱼为业,或编篷濒水居,谓之水栏。见水色则知有龙,故又曰龙户。齐民则目为疍家。其来不可考。按秦始皇使尉屠睢统五军。监禄西瓯王,越人皆入丛薄中,与禽兽处,莫肯为秦虏,竟此即其民耶?自唐朝以来,计户输课于官,洪武初,编户立里长,属河伯所,岁收鱼课。因有疍户之称。其姓麦、濮、何、苏、吴、顾、曾,土人不与结婚。近亦有土著服食视贫民,而晋门海面,多归势家矣。"清朝屈大均《广东新语》卷十八《人语》载:"诸疍以艇为家,是曰疍家。"清朝雍正七年,世宗宪皇帝也有《恩恤广东疍户》上谕:"闻粤东地方,四民之外,另有一种,名为疍户,即猺蛮之类;以船为家,以捕鱼为业;通省河路,俱有疍船,生齿繁多,不可数计。"

粤民视疍户为卑贱之流,不容登岸居住,疍户亦不敢与平民抗衡,畏威隐忍,踽踽舟中,终身不获安居之乐,深可悯恻。

疍户本属良民,无可轻贱摈弃之处。且彼输纳鱼课,与齐民一体，安得地方积习，强为区别，而使之飘荡靡宁乎。著该督抚等转饬有司，通行晓谕：凡无力之疍户，听其在船自便，不必强令登岸；如有力能建造房屋及搭棚栖身者，准其在于近水村庄居住，与齐民一同，编列甲户，以便稽查。势豪土棍，不得借端欺凌驱逐。并令有司劝谕。疍户，开垦荒地，播种力田，共为务本之人，以副朕一视同仁之意。特谕。"由此可知，雍正皇帝也体恤这一类子民。

疍人有可能为古越（粤）人其中的一支后裔。他们居住在海边，多住在船上，以打鱼、取蚝和采珠为业。

历代人物：衣冠晋代羡名流

潘义察，号淡歼，宝安潘氏五世祖，礼敬之次子，邓家荫开基祖礼智之继之也。潘义察一生好义，不以良田美宅为念，恒以造福子孙为怀。时新桥、沙井等地海滨豪右，多为海商，无不噬弱肉以肥其身。义察独不牙齿其行，专以勤耕力作，取农桑鱼盐之值。衣食而外即用以供子弟读诗书、明礼义。家道稍宽，即安然自足，不图聚敛。凡有国赋课税，必率先缴纳；民间义举，公益慈善，必尽心尽力。故当时东莞县令萧毗陵举为乡宾，每年邀参与宴饮，以其仪型作为县人表率。

潘义察死后，与姒梁安人合葬于本乡之赵王坑，其地今属福永。

潘毅，字以仁，号竹溪，潘义察之子，生于明永乐十年

（1412年）前后，为宝安潘氏六世祖。潘毅自幼好学，为邓家萌潘氏首位入县学者。潘毅所居之邓家萌，有山有水，据海山之胜，土地肥沃，先代所植之竹，至是已长成林，极望无际。每当二暑三伏，耕读之暇，潘毅则于林间溪上垂钓品茗。

潘毅有二子：长潘辕、次潘轸，均为有识之士。潘辕为万丰村潘氏四房之祖。潘轸为香山潘氏开基祖。潘辕，号东庄，潘毅长子，生于明正统七年（1442年）前后，为宝安潘氏七世祖，世居邓家萌，乃有情有义的有识之士。夫人王氏，生子山，号松巢。

潘辕爱好种植荔枝，其名号亦与荔枝有关，叫"东庄"。宋代以来，自苏东坡在惠州啖荔枝写出"日啖荔枝三百颗，不辞长作岭南人"的尝荔绝唱后，岭南尝荔之风方兴未艾。位于岭南中南部的东莞县，也是种植荔枝的好地方。潘辕屋后是荔枝园，园中建有荔枝亭，亭中置石床、石桌、石凳，每当荔枝熟时，各路亲朋故友、文人墨客在荔枝园亭中尝荔啖荔，饮酒品茗，题诗作画。

潘轸，号盘涧，潘毅次子，生于明正统十年（1445年）前后，为宝安潘氏七世祖，长于邓家萌村，读书有成，为官香山后，遂迁居香山沙井沙尾乡。田园淡雅、高风亮节，皆自祖宗代代流传下来，至潘毅、潘轸这一代更为发扬光大。

潘轸之子名岐，号竹斋，居香山。潘山，号松巢，乃潘辕之子，生于明成化八年（1472年）前后，为宝安潘氏八世祖，赠文林郎，敕授衡州府耒阳县知县。生子四：长子潘楫、次子潘相、三子潘模、四子潘楠。四子后分邓家萌四大房。

潘山也是位专门从事田园耕作之隐士，有文化有学识，别号"松巢"，意即筑室于山岗松林之中，不出山，不入都市，一生以山水自娱。潘山后因子楫、孙甲第、曾孙颐而显贵，数代人的努力终结硕果。

潘楫，号钟冈，乃宝安潘氏九世祖，潘松巢之长子，生于明弘治十五年（1502年）前后，长于书香世家，是个非常重信义的文人。作为一个学者，潘楫以治《春秋》为本，为入仕之道。著有《钟冈诗集》《文房余稿》《监议》等行世。

潘楫参与《东莞县志》的修撰，其功不可没。他还组织乡人续修谱牒，集资建祠，以光宗耀祖，鼓励后进。其治家、治乡之道，载入其《潘氏家谱》，传于子孙后代。潘楫教子有方。其子潘甲第得父教，以治《春秋》，于嘉靖戊午（1558年）以《春秋》中乡试（举人），官至知县。潘楫以其子累赠乡进士文林郎。

当然，潘楫最大的成就是研究音乐，为此他花费了毕生的心血。正因为此，潘楫未走仕途，他著有《律吕图说》一套行世。律吕，是古代正乐律之器。律吕有十二，阳六为律，阴六为吕，为著此书。潘楫是深圳历史上少见的研究音乐的学者。

潘楫的才华行为与品德，不但为族人，也为全县的人树立了榜样。明万历元年（1573年），分东莞县立新安县。万历四十二年（1614年），县城设立乡贤祠，经当时新安知县王廷钺批准，潘楫入祀乡贤、文庙，并建树灵牌位，潘楫成为深圳历史上当之无愧的著名的理学名贤。

潘楫是万丰潘氏长房的代表人物，夫人江氏，生子三：长甲第、次甲科、三甲榜，子以甲第为贵，孙以甲科长子潘颐为贵，祖、父、孙三代大开邓家萌之文风、政风。

潘甲第，字伯登，号肖冈，出生于明嘉靖十一年（1532年）前后，宝安潘氏十世祖，乡贤潘楫之长子，专治《春秋》，明嘉靖戊三十七年（1558年）以《春秋》中乡试（举人）十九名，一举成名。潘甲第是个孝子，父不在家，尽心尽责地照顾其母，以"躬耕供母"美称闻名乡里，万历四十六年（1618年），是潘甲第中举整整一个花甲，为此当地举行过盛大宴会，既纪念他中举六十周年，又为其祝寿，这在新安县的历史上是罕有的事情。

万历元年（1573年），潘甲第、汪桂等出资在三都大钟山下建起黄孝子祠，并买田置渡收租以供祭该祠。潘甲第的建树也载于《新安县志》。

目前发现的潘甲第留下的文章见有《重修宝安潘氏家谱序》《重修江月戴公墓志铭》两篇，其第二篇是甲第九十三岁时所撰。

潘甲第生有二子：长潘震，次潘燕，均是有才学之士。今潘甲第的后代多分布在沙井万丰村、福田石夏村和香港洲头村等地。

潘甲第主持了重修宝安潘氏族谱的二修谱，今流传的清咸丰四年《宝安龙堂怀德荥阳潘氏家谱》尚保留有潘甲第明万历三十年（1602年）孟秋撰的《重修宝安潘氏家谱序》。

在著作方面，潘甲第成就颇丰，著有《逿方迩言》《宝安常集》行世，但今已失传。

潘甲科，号述冈，宝安潘氏十世祖，乡贤潘楫之子，生于明嘉靖十三年（1534年）前后。潘甲科世居邓家荫村，生子四：长潘颐、次潘益、三潘履、四潘熙。潘甲科因长子颐乡贡生而贵，赠乡进士儒林郎。后裔在村中为其建祠堂，名曰"述冈祖祠"。

据清康熙《新安县志》卷之三《地理志·都里·墟市》有邓家荫和疍家荫墟的记载。而清嘉庆《新安县志》卷之二《舆地图·墟市》记载"疍家荫墟（今废）"的记载，而在《都里·福永司管属村庄》的记载也是"邓家荫"，可见，万家荫一名可能仅流传于口头。

1949年后，万家荫这一称谓仍在民间流传，而邓家荫之名则已鲜为人知，至于疍家荫，只偶见于地方典籍和古地图中，当代已无人知晓。

昔时南宋驸马爷 墓存沙井近千年

前面桥溪后面沙溪溪水长流涌出渡溪新气象，
空中天马庭中禄马马群超拔迎来驸马旧家风。

这副楹联写在沙井壆岗陈氏大宗祠的大门两侧，把陈氏大宗祠的地理环境、位置以及对祖先的来源描述得既贴切又清晰。但我现在所要表述的不是陈氏大宗祠的情况，而是结合大宗祠及陈氏族谱所记载的历史资料以及乡间对沙井的南宋驸马陈梦龙的各种传说故事。

家世渊源

说到驸马陈梦龙，就得从他的祖父陈俊卿说起。陈俊卿（1113—1186 年），字应求，福建莆田人，南宋大臣，官至宰辅。宋绍兴八年（1138年）登进士，授泉州观察推官。娶妻聂氏诰封一品夫人，生应元。后调睦宗院教授，以校书郎召为监察御史，殿中侍御史。敢于弹劾奸臣，主张抗金，反对议和。孝宗即位，迁中书舍人，以本职充江淮（今江苏、安徽两省淮河以南及长江下游一带）宣抚判官兼代理建康府（今南京市）事。隆兴元年（1163年）为礼部侍郎参赞督府军事，乾道元年（1165年）入京，为吏部侍郎，同修国史。又知建宁府（今福建省建瓯市）。越年授吏部尚书，拜同知枢密院事，参知政事。乾道四年（1168年）入相，以选贤举能为己任。淳熙二年（1175年）以观文殿大学士出知福州，起判建康府兼江东（今长江南崖地区）安抚使。淳熙八年（1181年），上书告老，以少师，魏国公致仕卒前，手书示诸子勿祈恩泽，勿请谥树碑。孝宗在他死后赠太师，谥号正献。据说，当时理学宗师朱熹（1130—1200年）亲自来莆吊唁，并书其行状。这就归德驸马房这一族各支房公认的太始祖也。

　　始祖陈应元，淳熙元年（1174年）与礼部郎官、中书舍人参谋军事虞允文有抗击金兵、经营北方之议，虞允文是陈俊卿"荐其才堪将相"而成为一代名相的，对陈应元也极其器重，可惜没有多久虞允文就去世了。绍熙年间（1190—1194年）陈应元任应天府知府，侨居江左，娶刘氏封三品夫人，生梦龙，是为归德驸马房的始祖。

　　到了陈梦龙长大后，娶赵氏公主，系理宗皇之女，成为驸马都尉，又称为"慈和尚"。据欧阳修《文忠集·卷一百二十七·归田录》记载："皇女为公主，其夫必拜驸马都尉，故之驸马。宗室女封郡主者，谓其夫为郡马，县主者为县马，不知何义也"。驸马陈梦龙这个名字，始终充满着传奇和神秘的色彩。遗憾各种历史资料上却连他的生卒日期都没有清楚的记载。陈梦龙他到底娶了理宗皇帝的第几公主？有没有得到皇帝的重用？各类资料都没有做出更加详细介绍。他的儿子陈宋恩咸淳元年（1265年）封为侍郎，娶妻王氏封正三品太淑人。

宋祥兴年间（1278—1279年）因皇室姻亲及避元之难而举家迁到岭南广东南雄珠玑巷，他遍历了东莞县（当时新安归东莞管辖）各地，发觉归德濒海之地，为东南之美俗，土地肥沃，如《诗经·大雅·緜》所说的"周原膴膴，堇荼如饴"，是缔造之区，定居于此。

千里葬父

为了方便春秋二祭以及在这里定居的决心，陈宋恩背着父亲陈梦龙的遗骸千里迢迢、历尽艰辛来到这里，将其安葬在当年白沙村附近的一处（蝤蟹地）山岗上（即今天广深高速公路新桥的出口与107国道广深公路交汇的新桥立交桥的东面），这就是赫赫有名的宋朝驸马陈梦龙墓，至今已有700多年历史。

今天，坐落在这段繁华段落的驸马墓，依然保持完好，每年重阳节期间他的子孙后裔都会组成庞大的祭祀大军浩浩荡荡前往该墓拜祭，场面热闹而壮观。据了解，今天的衙边、

驸马陈梦龙墓

辛养、垦岗、后亭、茨塘、马鞍山、大王山、南畔、福永灶下、南头的南山村、东莞南栅（陈屋）、锦厦和香港九龙新界荃湾海坝南台等村庄均是陈梦龙的后代居住的地方。

　　陈梦龙的墓葬在这里至今已有700多年历史，墓园曾经过多次的修缮，现墓碑的文字为乾隆丁亥年（1767年）冬吉立重修。而最近的重修时间是癸未年（2003年）八月廿一日吉立。现存的建筑基本保持了清代的墓葬形制，坐北向南，三合土层上覆盖水泥表层。三合土夯筑墓墙、护墙、冥堂、祭台和拜台等组成，明堂部分为圆形，自明堂以外为三级矩形伸手，最外端为半圆形拜台。墓台以侧砖平砌法砌筑，基上覆以三合土层。该墓于2000年6月13日公布为沙井镇政府文物保护单位。据传说："自从让人知道该墓是驸马墓，有一些人将先人死后的骸骨安葬在驸马墓旁，希望家中后人将来也会有变样的光荣，但适得其反，这样的葬法有如为驸马爷增加免费的佣人，男的做拉夫，女的为婢，后来一些家人在梦中知道此事后，就赶快将自己先人的墓葬迁走。"

虽然陈宋恩为入粤始祖，但其父亲不仅贵为宋朝理宗驸马，而且有着皇亲国戚的特殊关系。此时元兵已节节紧逼，而南宋的兵马节节败退，不久，元朝成立（1279—1368年），陈宋恩就不便向人透露其家中的这段秘密，只好将这段炫耀宗族的光辉历史像埋葬其父亲一样随着葬品尘封起来。更加要远离居住地下葬，以免招来不必要的麻烦，可能连墓碑名都不敢写清。现墓碑上的花岗岩石为乾隆丁亥年（1767年）刻写的，字体模糊不清，只有家中各人才能知晓。随着时间的推移，元朝灭亡，其后人越来越兴盛，后来才公开建造这座大墓园。

人杰辈出

陈宋恩是归德始祖，但其父亲陈梦龙（二世）是宋朝驸马，是可贵的一笔家族无形财富。尊其父为始祖，好像又没有什么辉煌的业绩，就得把他的祖父陈应元（始祖）和太祖父陈俊卿（太始祖）这层特殊关系搬出来，因为他们都曾经在朝廷任过职，特别是太祖父的政绩更加显赫，没有祖父和太祖父当年的丰功伟绩，就没有陈梦龙的这个驸马爷。虽然陈梦龙贵为宋朝理宗驸马，但史料上没有留下什么显示其光辉历史留给后世人保存。可能是时局动荡的不允许？又或者只是徒有虚名？因为南宋期间，更换皇帝相对于历史各朝都比较频密，皇帝的女儿又不是一人，所以这类驸马爷多的是，或者还没有起到真正的作用而卷入斗争旋涡里面，其实际的意义也就不明不清了。

朝廷中的钩心斗角、你死我活的斗争事件层出不穷，能够保住家人的性命已是难得了。所以，三十六计走为上计，能避则避，能逃则逃，逃得越远越好，走到无人认识的地方来落脚安居。

先到达南雄珠玑巷，不久辗转来到归德这里。不过，他的后裔们励精图治、奋发图强，在之后的几百年间，人才辈出，大家都以"我是宋朝驸马的后人"为荣。据清嘉庆《新安县志》卷之十五《选举表·选举一》也记载着他们的后人各类功名情况：

陈隽蕙，邑之衙边人，顺治十八年辛丑科马世俊榜第二甲，授河南卫辉府汲县知县，有《传》；

陈景芳，邑之衙边人，乾隆十三年戊辰科梁国治榜第三甲，有《传》；

陈鉴莹，邑之壆头岗人，乾隆四十四年己亥，恩科，以《书经》中式。今沙井壆岗大宗祠内还有乾隆四十四年"恩科举人臣陈鉴莹恭承"牌匾一块。

陈大魁，邑之壆头岗人，嘉庆元年丙辰贡。今沙井壆岗大宗祠内还有嘉庆元年"丙辰贡生臣陈大魁恭承"牌匾一块。

今在壆岗大宗祠正殿的神牌上陈氏俊卿世系——南宋魏

国公有副对联，左为"六龙怀念姻亲旧"，右为"五马追思世泽长"。

陈梦龙这位宋朝理宗时的驸马爷，他在各种史籍记载中，虽未见有显赫的辉煌，但他凭借着驸马爷这个特别的皇亲关系之称，影响着归德这一族陈氏后人数百年，目前在此地繁衍生息达 30 多代人。

垦岗大宗祠的对联所撰写地理位置已今非昔比，当年的前溪后溪已不再，就连原村名也从渡溪改为垦头岗到今天的垦岗村，天马、禄马、驸马只是在大宗祠楹联及族谱上留下美好的回忆。

墓垂近千古，气象依旧在。辈有人才出，家风正永存。

昔人已乘白鹤去，此地空余仙姑祠

　　陈仙姑祠，又称陈仙姑庙，坐落在光明区公明街道上村社区，始建于清朝初。今天你所见到的这座崭新建筑是在2006年初，由上村的陈氏族人捐资建成的。

　　仙姑，顾名思义就是得道升仙的姑娘，而故事发生在公明，民间对这位陈仙姑又有多种的传说。笔者带着疑问前往公明上村作了一番探访。

仙姑祠景观

　　从公明街道文体中心出发不到十分钟的车程来到上村，一座雕梁画栋的四柱牌坊吸引了我们的目光。该庙坐西南向东北，牌坊结构采用中间高，两侧低的建筑模式，顶用绿色琉璃瓦配以角檐，而四条柱下部有花岗岩石作底座，柱的前后均有整块雕花的抱鼓石相护。牌坊门正面中上匾写有"陈家花园"四个大字，左门写有"国泰"，右门写有"民安"，正门门柱阴刻有楹联一副，上联为："敬师敬业前程锦绣"，下联为："爱国爱家振兴中华"。牌坊背面中门写着"兴旺发达"，左门为"风调"，右门为"雨顺"，背面两柱也刻有一副楹联，上联为："艰苦创业造福子孙"，下联为："科技开拓受益后代"。

偌大的祠前庭园中，正中放着仿古香炉鼎，两侧建有多柱走廊式的两道休闲阁，顶部均用绿色琉璃盖饰，与正门牌坊颜色一样相配，走近仙姑祠，正门上方一块雕刻精细、饰有花纹的石匾上写着"陈仙姑祠"四个遒劲的大字，两侧阴刻楹联一副，上联为："得道十年人不信"，下联为"放香百日众无疑"。（注：目前阴刻在该祠的"德"可能有误，作者现改为"得"）整个祠正面全部采用花岗岩石抛光饰图，有人物、动物、花鸟等雕饰画多幅，门匾上方饰有"牡丹凤凰图"，图画栩栩如生。

古祠是一正两侧面结构，一正为三间两进，中间大天井，前为正堂，后为正殿，两边有坊廊，侧面附加建筑给古祠以合理的衬托，既美观大方又实用。左侧面是解签间和厨房（初一和十五做斋菜给香客享用），右侧面是休息间，总建筑面积约400平方米。

推开大门，两扇门上，画有仙女图，左门挑仙灯，右门捧仙桃。走进祠内，宽敞的前堂和后殿建筑风格上既保留了

陈仙姑祠

原有的古代式样，又表现了现代装饰的华丽。祠内的石柱雕工十分讲究，方柱竖在前堂、天井、后殿，各有 4 根，后殿的中部有 2 根。直撑金钟架的圆柱，其做工为可为匠心独运，中间大，上和下部分细小，抛光滑身。后殿正面上方饰有一副红底金字的绸缎帛匾，上面写着"金玉满堂"，殿内正中央供放着陈仙姑全身坐姿塑像，两边柱上有一副对联，上联为"圣德恩光庇佑于民"，下联为"仙姑显灵扶持善信"。

塑像左侧建有一个吊阁楼，楼内布置着帐、被等床上用品，据说，是陈仙姑晚上安寝的卧室。后殿左右墙壁上挂着"八仙过海""蟠桃盛会"的装饰画。走廊两边墙上嵌着建筑陈仙姑祠的故事志名和修祠捐献芳名录。左侧的解签间供奉着一尊招财进宝的财神菩萨，以方便村民祭祀。

天井左右摆放着两盏不锈钢琉璃材质的长明灯，正中摆放着一鼎青铜香炉，据说是一位善信在地下挖出来捐赠给此庙的，但就是找不到有关此鼎的名字和生产的时间，甚为可惜。

陈仙姑传说

通过观陈仙姑祠，并询问有关知情人，从中了解到陈仙姑的一些故事现简录部分，以飨读者。

故事追溯到明末清初，陈仙姑出生在正月初五，按照当地风俗，正月也称瑞月、孟春，春风春日，暖融祥和，水贝村姓陈，故为这名女孩取名为"陈瑞和"。

瑞和七岁时爹娘先后去世，在哥哥和嫂嫂的抚养下长大。虽然长年过着衣不裹体、饭不饱腹的生活，但她聪明伶俐，勤奋好学，遇到不懂的事总爱刨根问底，直至问懂才肯罢休，深得哥嫂的疼爱和乡亲的关怀。

当时，水贝村一带靠近河流，地势又低，每遇洪水泛滥，所种庄稼就会绝收；村里人得病更是苦不堪言，缺医又缺药，生长在贫苦人家的瑞和目睹这一切，立志长大后要学好医术，为村民防病治病。她不辞劳苦到处求教经验丰富的老人，通过积极努力，搜集和积累了许多有效的处方药方，当年遗留下来的300多张处方均有一定医学参考价值，当地医学界人士曾给予肯定。

　　转眼，瑞和到了 16 岁，哥嫂将她许配给新桥人为妻。然而她一心将为村民解决疾苦为己任。当时的水贝村北面有一条大沥河，又称大陂河（后改为茅洲河），河床弯弯曲曲，两岸都没有坚固的堤坝，每年春夏季节，大沥河水时常泛滥，传说是河神兴风作浪。

　　据说，在明崇祯十六年（1643 年）四月廿四日，有史记载："飓风作，大雨如注。其风拔木毁屋，二昼夜乃息。巨浪覆舟，溺死者甚众。"一场特大的暴雨下了几天几夜，河水急剧上涨，淹没了农田和低洼处的民房，到处是白茫茫一片。洪水过后，农作物被淹坏，村民又患上各种疾病，只有背井离乡，到他乡乞讨避难。瑞和所见所闻十分悲惨，想到长期以来村民遭受河水泛滥成灾所带来的苦难，她心中又萌生了另外一个救村民脱离苦难的念头，要惩治经常肆虐大沥河的河神，让村民过上风调雨顺、丰衣足食的好日子。然而，要想惩治河神就得有神仙的法术，但哪里来的神仙法术呢？

　　瑞和把自己的这个想法跟哥嫂及乡亲们说，但人们都认为她的这个想法是幻想。

　　瑞和 18 岁那年的秋天，晴空万里、风和日丽，瑞和与嫂嫂在田间干活，忙得汗流浃背。休息时，瑞和抬头抹汗的瞬间，忽见田头不远处有一团白光闪耀，一闪而过。她感到诧异，抬头向白影望去，只见一对很大的白鹤在她的头顶上空盘旋，时而降落在地下起舞，时而振翅腾空盘旋，好一会儿才飞去。瑞和走近那白光照过的地方，仔细一看，地上浮现出一行字："正月廿三是成仙之日"。她看完之后，字迹便消失了。

瑞和看罢，暗想难道这是上天的安排？难道自己朝思暮想成仙的时刻到了？顿时她大喜过望，禁不住心头咚咚乱跳，她目送远去的白鹤对嫂子说："嫂子呀，你看上空那两只白鹤多大多漂亮呀！""这里哪有白鹤？"这可能是瑞和与仙有缘才会看到，她嫂子就看不到。

瑞和伫立在田埂上，思绪万千。河神肆虐造成河水泛滥成灾，乡亲们流离失所，四处逃荒，越想就越痛恨那作恶造孽的河神，如今白鹤飞来给她显仙灵，给她增添了为民除害的坚强信念。但喜悦之余，她心中又未免有些忐忑不安和惆怅，因为成仙之后，不能结婚生儿育女，哥嫂早已定下的那门亲事怎样向未来的夫君交代？转念一想，如果真的能够成仙，可以解除乡亲们的苦难，那儿女之情又算什么呢？她拿定主意，决定遵照白鹤所显示的字迹去成仙修炼，以解救乡亲们脱离灾难。

转眼间，春节已过，到了正月廿三日，那一天中午，春光明媚，和煦的东南风吹拂着大地，瑞和穿上桃红色夹甲（乡人称肚兜），下穿白色百褶裙，这是她一生最漂亮的一身打扮，平日是很少穿的。

突然"啾吱、啾吱"的声音从房屋上空传来，只见两只白鹤从天上缓缓地飞下来，降落在家中的天井上，瑞和见到白鹤喜出望外，又高兴，又兴奋，毫不犹豫地骑在白鹤的背上，接着白鹤展开两翼飞向空中。

瑞和骑着白鹤在空中飞了八天八夜，于正月三十日上了天庭，见到了玉皇大帝，瑞和诉说了大沘河那河神的无恶不作，让百姓蒙受了多少灾难，导致民不聊生的各项罪状。玉帝听罢大怒，把大沘河河神拘来问罪，并将之打入地狱。玉帝封陈瑞和为大沘河的河神，并将她列入仙班。从此，瑞和改称为陈仙姑。瑞和接任大沘河河神后，尽忠职守，勤奋为民，大沘河从此没有发生水灾。

清康熙初年，水贝村的父老乡亲为了纪念陈瑞和正直、善良、敢于献身、为民谋利的美德，筹集资金，在她死去的地方建了一座陈仙姑祠，供后人瞻仰祭祀。20 世纪 60 年代"文革"期间，陈仙姑祠被毁，2006 年初重建。

携妻挈子背乡井，生民血泪凭谁诉

——从西乡王大中丞祠探佚康熙迁海和
新安复界事件始末

　　王大中丞祠，又称巡抚庙，位于西乡街道真理街的东北侧，乐群社区中心幼儿园旁。祠堂始建于清康熙年间，其间曾经有过几次修葺，而最近的一次重修则是清光绪末年。据了解，这里曾经是一间学堂，属于乡立小学，新中国成立后，曾作过管理处等办公场所。2005 年 7 月 18 日被宝安区人民政府公布为第三批文物保护单位。

　　祠堂为三开间三进深两天井布局，面阔 11.2 米，进深 32.6 米，占地面积共 365 平方米。沿中轴线依次为门堂、中堂和后堂。主体结构为砖木结构，砖砌清水外墙，尖栋硬山墙，通用排山滴水。室内门窗、梁架和椽檩为木质结构，檐后用鸡心胸椽。部分构件如檐柱、垫台、额枋等用青灰色花岗岩石制造。辘筒灰瓦屋面，绿琉璃瓦当滴水镶檐口，博古式屋脊，脊身有象征正直、高雅的松树、梅花、牡丹等图案的灰塑装饰。门堂中间大门为实榻木板双开门，石制门框，上有石雕门神，檐板有雕刻的花鸟草木、人物故事，前殿平面呈凹式，前后出廊。两次间有石制垫台。明间与两次间相隔的为搁檩式承重墙，木构梁架上有浮雕人物故事，有装饰性斗拱。船形正脊两边有灰塑博古装饰。中殿情况与前殿相同，前后天井两侧有卷棚顶廊庑。

走近中丞祠，正门额横匾阳刻写着"王大中丞祠"，其大门两侧有一幅阴刻在麻石柱上的楹联，上联为："巡粤表孤忠耿耿丹心奏牍两章昭史册"；下联为："抚民留善政元元赤子讴思万载仰旌常"。由此对联所表达之意可知，该宗祠所供奉祭祀者，是一位深受新安人民所敬仰爱戴的人物，他就是清康熙初年广东巡抚王来任。

康熙迁海

王来任，字宏宇，正黄旗汉军，清天聪八年（1634年）考中举人。康熙四年（1665年）任广东巡抚，为什么新安百姓对他如此敬仰呢？为什么会建祠庙来祭祀他？这得先以清代初年的"康熙迁海"的那段历史说起。

明末清初，郑成功举兵抗清，率军渡海到台湾击败荷兰的占领军，并以台湾为据点，与清廷继续抗衡。

后来，郑成功的部将黄悟、施琅等先后降清。降将黄悟为了讨好清廷，出谋献计将沿海边民全部内迁五十里，坚壁清野，以隔绝大陆与台湾的来往，断绝对台湾的粮食物资供应，将郑成功围困于海岛上，使其不攻自破，这一建议被清廷采纳。清廷于是下令江、浙、闽、粤、鲁五省的沿海边民迁徙内地五十里，这是一场大规模的迁界事件，东南沿海受害尤深，因事发于康熙年间，所以，历史上称之为"康熙迁海"。康熙元年（1662 年）强行迁界，新安县境被迁达三分之二，故新安县再次被并入东莞县管辖达八年之久。

民众不愿意内迁，但清兵强行迁徙的执行力强悍，民众无可奈何地携妻挈子，离乡背井，流落至东莞、归善（今惠阳）等县及更远的地方。但迁民太多，界内地少，知县长官也无法救助。生计无门，民众只好抛妻卖子或靠行乞求活，有做丈夫的哭着送其妻说："你暂且跟他人为婢，以免大家都饿死。"有的走投无路者，则取毒草研水，全家同饮而亡。乡民流离失所，饿死无数，情景惨不忍睹。

清廷划界之后，在界上挖以深沟，筑墩台，在河港竖椿栅，关隘之处，置重兵戒严，沿海船只被焚毁，严禁渔民出海捕鱼，违抗者处斩。沿海一带民众被逼迁后，渔、盐业废置、田园荒芜，村寨破落，呈现出一片民不堪命的惨状。

新安复界

广东巡抚王来任察觉边民迁海之苦，非常同情他们的遭遇，想方设法减轻他们的苦难。王来任常微服出巡，监察地方官员，巡逻海疆，为民平冤，严惩作恶的官兵，深得广大民众的景仰。

康熙七年（1668年）王来任因同情迁民，执行上司命令不力而被罢官还京。但他想到的仍是广东迁民之苦，于是冒死写下了《展界复乡疏》，以劝清廷展界，让迁民回乡复业。奏疏中王来任直言粤东迁界惨事，迁民数十万，乡民流离失所，每年抛弃地丁粮银三十多万两，又置重兵驱使未迁之民筑墩台，竖椿栅，乃劳民伤财之策，他任广东巡抚两年多，从未听过海寇大逆侵掠之事，所有的都是被迁之民，相聚为盗，如展边界，部分为盗之迁民，也会卖刀买犊，弃恶从善。并建议："请将原迁之界悉池其禁，招徕迁民复业耕种与煎晒盐斤。"

王来任的奏折（章）被呈上清廷，终于得到康熙皇帝批准。而王来任却因操劳过度而病逝。

康熙八年（1669年）正月，两广总督周有德奏旨复界，允许迁民返归故里，此时此刻百姓如获新生，七月又传旨批准恢复新安县治，可惜王巡抚未能亲眼见到重归故里的壮观场面。新安人民为了纪念王来任的恩德，纷纷建祠庙来敬拜这位恩公，新安县境内多处建祠。据清嘉庆《新安县志》卷之《建置略·坛庙条》载："王巡抚祠，祀国朝广东巡抚王来任。一在西乡，一在沙头墟，一在石湖墟。"

民间记忆

在沙头墟的沙头村（即今深圳上沙、下沙、沙头、沙嘴、沙尾等五个村庄），其祠已不存在。石湖墟（今香港）王巡抚祠，又称"报德祠"，遗址在今香港上水石湖墟巡抚街，是当地廖、邓、文、侯、彭五姓氏迁民复业后，合力兴建了这座祠堂，与另一位恩公周有德合祀于一堂。据说，每年农历五月十九日及六月初一日分别为周、王二公的生辰纪念日，在报德祠内，即席吟咏作诗，以颂二公恩德。可惜此祠在1955年失火焚毁，今尚有巡抚街以存纪念。而位于今香港新界锦田大沙洲前和北围村后也有一座周、王二公书院，于康熙二十三年（1684年）复界后，锦田地方父老为报答周、王二公关爱之恩创建了这所书院。

王大宗祠

　　清康熙《新安县志》卷之十一《防省志》，有这样一段议论："迁移之苦，弃故居之田里，刈新徙之蓬蒿，其有重载者，尚可久免于流离；其贫（窭）之家，卒然失业，仰给无资，父子不相顾，夫妇不相保；充营兵，投奴隶，难以悉（数）。及归复，死丧已过半。幸而归者，牛种无资，编茅不备，亦未易以安生也。李侯给具劝耕，悉心招徕，烦刑苛政，概无扰之，春台有其渐矣。而鱼盐失利，货用艰运，不能望于当宁焉。"算是当时的人们对康熙迁海的看法。新安县为康熙迁海政策付出的实在太多太多，三百四十多年后的今天，我们再读这段历史文字，显得这么遥远渺茫……

　　目前，这座颇有历史价值的王大中丞祠，门框两侧写有楹联的石条已经折断，据说是货车倒后所至。该词由于年久失修，已是破烂不堪，随时会有倒塌或人为失火的危险。笔者希望有关部门可以提出修复方案，拨出专款还"王大中丞祠"本来面目，唤起人们自觉来关心和保护文物的意识。

洪田存忠骨 火山仰英灵

在新桥街道黄埔社区洪田火山郊野公园南麓山脚处，有一座建筑物，这就是洪田七烈士墓。

今天所见的烈士墓，是拆除原土丘葬和中心公园纪念碑之后重建的（原建筑物于 2000 年 6 月 13 日公布为沙井镇文物保护单位）。七烈士墓选址在有山、有水、有森林的大自然环境中，与山上凉亭、古寺、观音池等建筑物交相辉映。七烈士墓面朝北方，后枕七沥水库，依山傍水，环境幽雅，作为爱国主义的教育基地，供人们前来瞻仰。

拾级而上进入纪念碑基坪，首先映入眼帘的是宽敞的凭吊场所。有 2025 平方米，四面砌有别致的花坛和石栏杆。纪念碑总高度有 23 米，碑座呈正方形，写着"洪田七烈士墓"六个金色大字。碑高 19.5 米，呈塔状，正面书写着中

洪田七烈士墓碑

央军委原副主席张万年题写的"革命烈士永垂不朽"八个遒劲的大字。东面嵌有沙井籍以及在沙井各次战斗中壮烈牺牲的革命烈士名录。南面刻有从鸦片战争到抗美援朝时期沙井人民斗争历程的碑文。

环顾纪念碑之后，我为烈士们英勇的壮举而肃然起敬，他们是最受尊重的英烈。洪田烈士永垂不朽！

烈士墓为什么只说七位烈士？他们在什么时候牺牲的？带着这些疑问，笔者走访了有关知情人士。

据介绍，20世纪30年代后期，日本帝国主义向我国入侵，华夏大片国土相继沦陷，我国人民开始全力反击侵略者。据《曾生回忆录》和《中共宝安地方大事记》等了解，1938年10月中下旬，日军为了策应其进攻武汉的作战和切断中国的海上对外联系，实现其进攻武汉，摧毁或瓦解中国的抵抗力量，迫使国民党政府屈服投降的战略企图，发动了入侵华南的广州战役。10月12日，日军先遣之第18师团、第104师团和及川先遣之队分三路在广东省惠阳县的大亚湾的霞涌、澳头、平海登陆，由于国民党守军未能作有效的抵抗，仅十多天时间日军占领广州。广州市周围各县和东江下游地区被侵占。日军所到之处，杀人放火，奸淫掳掠，灾难深重的岭南同胞一时间流离失所，家破人亡。

1944年冬，在沙井新桥洪田、南洞一带有一支东纵游击队，队部就设在南洞村的一个破庙里。他们采用"敌驻我扰，敌进我退"的游击战术，与敌人展开周旋。一次，一小股日军从阳台山窜到南洞，游击队20多人被迫撤退上了洪田火山，在山上七天六夜，队员们只能靠吃树皮、野果充饥。幸亏村里的几位妇女在山上砍柴获知此事，回家煮了番薯送上山给队员们吃。当时由于叛徒告密，日军纠集几百人马，对火山游击区发动了扫荡，游击队接到命令兵分三路撤退。突围途中，有一路人马在新桥与敌人交上了火，战斗中，有4位队员牺牲了。而另外一队人马在万家萌（即今天的万丰）与敌人交火，一名队员为了掩护战友转移，不幸中弹身亡。在这次突围中共有5位队员牺牲了，后来他们均被安葬在火山脚下。

同年12月，游击队奉命彻底消灭盘踞在沙井的反动势力，与匪首陈培展开了殊死的搏斗。在一次战斗中，缴获了敌人战船一艘、战马一匹、机枪一挺、步枪一百多支，俘虏了伪军一百多人。而陈培带着一小股残余兵力逃到番禺去了。这次战斗中，游击队牺牲了20多位队员，其中有两名外籍同志，因不知姓名，与在前面突围中牺牲的5位战士，一并安葬在洪田火山下的一片荔枝林里。这七位烈士牺牲的时候最大的不过30岁，最小的只有十五六岁。由于他们是从外地转战到东江纵队的，在极其艰苦的条件下，其名册资料没有被保存下来，烈士们成了无名的英雄。

顺便告诉大家，纪念碑上还写有一位姓石的烈士，叫石就，也叫石龙，是我的堂叔公，生于1911年，1941年参加抗日游击队，1945年在一次衙边的战斗中牺牲，当时为东江纵队五大队小队长。

洪田七烈士长眠在火山土丘西北面荔枝林内，一处叫沙墩和大埔的地方（即今天的上南东路与洪田路交会处的东南方）将近 50 多年，后搬迁至沙井中心公园，10 年后再次搬迁。今天，在各级领导的关怀下，七烈士墓回到了洪田火山南侧的一处山清水秀的地方，与为人民解放事业而牺牲的沙井籍烈士一起安息于此。

蚝民帽上的历史风情

古时候做官的有官帽，做兵卒的就有兵卒帽，就像今天的人从事什么行业，就戴什么帽一样，沙井的蚝民也有自己的帽子。

现代人戴的帽子种类繁多，款式万千，有很大的随意性、实用性和自由性。品种多样化，有传统的草织、竹织、布制和皮制，也有现代工艺制造的钢盔（军人专用）、塑料帽（建筑制造业专用），多色布艺以及由草、竹、胶、布、皮、铁等材料混合而制的各种帽。

20世纪六七十年代，当你行走在沙井大街、码头，开蚝场、晒蚝场等地方，就可以看见几十人、几百人统一头戴蚝帽的阵容，不用看他们手上的各种工具，单是这蚝帽阵容也会令你眼界大开。细看，你会发觉此帽的确与众不同，别具一格。

　　沙井地处大海边，有农民、渔民、蚝民等职业的原住民，他们出海劳作和外出走亲访友都会戴竹编的竹笠，也称"蛋家冧"竹帽。"冧"的意思是因为海上作业，阳光照射强烈，海风很猛，为挡风防曝晒，将帽檐加宽，甚至加上布条以保护眼睛和面部。他们加宽"蛋家冧"竹帽的帽檐，制成独具蚝乡特色的蚝民帽。其中也有一小部分从客家地区嫁过来的新婚媳妇会戴上"客家凉帽"，以及广州知青戴的新潮流草帽或折叠式的白布帽。

　　这种经过改造加工的帽子，据了解都是从事蚝业的蚝民才戴，他们讲究的就是实用、价廉、美观。所谓实用，就是经得起风吹、日晒、雨淋；旧了可以擦光油，光油又叫明油，在当时的五金店的油漆部有售，家里帽多的就买些回家自己擦；只有一顶的就最简单，将帽子戴在头上直接在油漆部现场擦。按当时的价格，一顶帽子的油漆价格就是一角钱左右，很实惠，这情景也是我亲眼所见。当时购买一顶这样的帽子，只需要一至两元钱，也就是当时的一两天的劳动收入，大部分家庭买得起，如果不是人为损坏，正常情况下可用三四年，相对很便宜。而美观的就是挑选质量较好、帽檐较宽大的，在原帽的基础上再次加工、改制。一种是在帽顶六角的基础上，用优质的靓藤削成薄片，一片一片、一条一条地把原六角帽顶，改成八角帽顶加固；还有一种是割开帽檐垂下的竹边，将大竹片削成大小两条圆边并排加固，也叫"大蛇鞭"和"小蛇鞭"，再将优质的藤片经过一卡、一节精心地编织，就成了一顶精致、美观、特色尽显的藤丝帽。但是别具特色的、有蚝乡风情的藤丝帽，后期因靓藤比较贵，采购困难，所用藤片就被编织渔网用的尼龙丝替代了，但质量和美观不亚于原来。

据一老蚝民说，那个年代沙井蚝民很多人会改帽这门手艺，但手艺最好的就数蚝业二村的肖焕球了，他编织出来的帽顶、帽檐均匀，挑选的藤片原色不变，花纹图案千变万化，是这一带改帽的顶尖能手。

帽子改造好了，必须要加一条系带以便戴得稳妥和舒适，很多人都会到百货商店购买多款颜色的胶丝带，自己编织或请手工好的亲朋好友帮忙编织一条紧系于下巴颏上，既美观又稳固的帽带。那个年代首饰物品稀奇，手表、金项链、金戒指很少人能买得起，所以，大多数人都会在帽带的编织上下番功夫，请人编织或别人送的一条精致美观的帽带也是一种时尚，可以在朋友面前炫耀一下，如果是追求的对象亲手编织送的，那就更有一番滋味了。

编织帽带的材料从各色的丝带到多彩的塑胶珠粒，混合编织款式多样的图案，发展到后期用海水珍珠粒来编织，一条简单的帽带的变化，也可从中了解到蚝民们的生活水平在逐步提高。

一顶帽、一条帽带会花去人们很多时间和精力去装饰、打扮，正是当时人们日常生活中的话题之一。

将"蛋家帩"竹帽重新改制，是为了耐用、大方、美观，而将帽顶的六角形改制成八角形，就有一段关于此的美丽的传说了。20世纪60年代初期，国民经济困难，物资短缺，人们生活比较艰苦，当时有一位英俊的蚝民后生"盲成"（沙井地方话，即"阿成"），想给相恋多年的女朋友"盲英"（即"阿英"）送件礼物，但贵的买不起，便宜的又拿不出手，正苦恼时，见阿英头上的遮阳帽已经旧了，心想，何不买顶新帽送给她？说做就做，他买来一顶遮阳竹笠帽，经过半个多月的精心改良，准备送给心上人。

阿英应该喜欢吧？阿成怀着忐忑不安的心情，拿着刚做好的帽子去见阿英，阿英一看就非常喜欢，说自己的帽子已经破旧了，正准备换呢，顺势把新帽子戴在头上，连说好看，很特别，与众不同，并对着阿成的脸就是一个亲热的吻，阿成乐了。将六角竹帽改造成八角竹帽，蕴含出海作业顺顺利利，八方平安之意，将帽子下沿改制成大小"蛇鞭"，有家中大小平安，大吉大利之意。这么别致、时尚又十分吉祥的帽子，难怪阿英十分喜欢。

阿成编织的帽子从增加的材料、手工、外观看都是一流，特别是那条帽带编织得很漂亮，花纹图案很多女孩子都织不到这个水平，阿英的小姐妹们要求阿英为她们每人织一顶，要不以后就不允许阿成到她们宿舍玩，如果阿成来找阿英都不告诉他真话等，阿英无奈之下只好答应她们的要求。

要改制这种帽子，除了选材要好，手工更要特别细致、灵巧，编织一顶就要耗去数天时间，平时又抽不出空来，阿成唯有利用出海作业的时候慢慢编织，出海一个周期一般要半个月左右，不到半年时间，阿英的一班姐妹就都戴上了阿成编织的帽子。

沙井蚝民帽雕塑

　　在阿成的指导和姐妹们的宣传和推广下，帽子逐渐在从事蚝业工作的蚝民中间流行起来。

　　进入 21 世纪的今天，帽子的种类繁多，这种"蛋家冚"帽因受到原材料短缺的限制，到了停产的边缘。年轻一代已经没有人戴这种帽子了，出行探亲访友大都是坐小轿车，日晒、雨淋都是打伞，"蛋家冚"帽逐渐远离了现代城市人。

　　今天，在沙井大街小巷还可以零星地看到一些老妇人戴蚝帽，或是在"金蚝节"等活动中有人戴这类帽子。随着时间的流逝，使用者会越来越少，若干年后，它只能在老一辈人们中留下记忆了，以后再提起这种别具一格、与众不同的"蚝民帽"，也许要请历史学者或者民俗学家来讲解了。

　　完整的蚝帽可以收入蚝业博物馆来保管收藏，不过耸立在沙井街道蚝三社区丰泽园广场的那座特色雕塑像：一位男士蚝民右手抓着蚝帽，左肩扛、左手扶抓跳板的景象会不知不觉将你带回到那个难忘的艰苦岁月，蚝民帽真实地记载着沙井蚝民过去艰苦拼搏的光辉历史，作为蚝乡之子从中感到欣慰、惬意和自豪……

沙井蚝厂救火队

　　沙井公社东风大队造船厂烧了半天的大火被扑灭、沙井牛过路山火被集体扑灭、沙井大街一村某老宅深夜起火被及时扑灭……

　　20 世纪 50 年代，从沙井蚝厂成立开始，活跃在沙井大街的沙井蚝厂救火队，在当时政府不具备组成消防队的条件下，肩负起沙井大街的消防重任，为当地的各次大小火灾的扑灭立下了不可磨灭的功绩，被当地的居民传为佳话。

　　当年，沙井水产站（蚝厂）每年在秋季开始大量收购活鲜蚝产品，因为加工量大，需要招聘大量的青年临时工，与老职工一道共同开始为期约八个月的晒、焙、煎蚝及包装等晒蚝大会战。那个时代一家有规模、有影响的大型国有企业，招聘的大量的临时工为获得"三十六元"的月薪兢兢业业勤劳工作，使产品远销国内外的同时为自发救火队提供了源源不断的青年力量。

历史和客观的原因，沙井大街的蚝业大队、朝阳大队、东风大队都是靠海为生的。居民都会利用空闲时间到山上收割生火的柴草、木头等回家贮存，家庭人员多的会将大部分房屋用来贮备，还会在房前屋后的空余地搭建临时露天堆放点。当年的粮柴是各家各户的头等重要大事，成年劳动力大都出外工作，家庭的事务都由老人或小孩在家操劳，防火意识相对较差，加上很多家庭都是用煤油灯照明再加上节日的爆竹、烟花等，酿成火灾的机会就大大增加了。房屋又密集，遇到天干和风大的时候，很容易造成连环大火的发生。

那个时代，沙井大街的老居民，一发现有火灾情况，第一时间想到的就是赶快到蚝厂打钟，就像现在有火情就拨打"119"报警一样。当年因为通信设备落后，所以一遇到某家或某单位发现"火烛"，附近的居民都会第一时间跑步或骑自行车赶到沙井水产站（蚝厂）所在地，向门卫报告发生火情的地方，门卫一接到报告不需要向领导请示就马上打响钟声（是当时上下班的提醒器），救火队员无论是晚上睡觉还是正在工作岗位上，钟声就是命令，都会毫不犹豫地赶到存放消防器具的地方集合，各人领取灭火工具并快速前往火灾事发点，迅速地进入消防队员的角色中，积极勇敢地冲在火场的最前方，冒着房屋时刻都会倒塌的危险，勇猛地扑救，直到把大火完全扑灭后才撤离。

沙井水产站（蚝厂）为了确保自身的生产需要，购置了当时较先进的消防设备，在那个年代显示了与众不同的"威力"，他们大队人马一到，火很快就被扑灭了，更是让老人家和小孩感到他们真的是"神人"。特别是大火被扑灭之后，受灾人对他们投去的崇敬和无限感激的目光。老居民们一提起这支自发组建的业余救火队都会竖起大拇

沙井水产储水塔

指赞不绝口，谁都会讲出一两段他们救火的英勇故事。

一支不享受工薪待遇、受领导派遣、完全是自发的救火队为什么会有这样自觉的举动呢？火灾现场是最危险的，生命时刻都会受到威胁，他们这样无私无畏的行动是为什么？或许他们会轻描淡写地说为生活罢了！

他们的辛劳和付出，从来未获得过什么报酬和补贴，也从未受到上级的任何嘉奖。但他们具有那个年代所赋予青年人的那一种"无私无畏"的精神气质。

深受沙井大街居民拍手称赞和爱戴的这支救火队，是那个时代必然的产物，是与他们几代领导们的重视和热情分不

开的，特别是团队精神在当时是比较突出的。一家有困难或
是谁生病住院，在这个集体中都会感到有大家庭的温暖。有
需要输血的病人，全体青年会积极报名参与，并且这种团队
精神影响到其他兄弟单位。到了后期，消防器材逐步更换到
"四轮手摇救火泵"的简易消防车等，是当时较为先进的消防
设备。除了保障他们自己工厂所需外，大部分都是用来支持
周边应急所需，用领导们的话说：沙井水产站虽然是国营的，
但是与蚝民们的关系好比"鱼水情"。

　　随着时代的进步和沙井经济不断发展壮大，这支维持了
几十年的蚝厂救火队也终于成为政府投资，由公安机关统一
指挥，设备先进精良、队员训练有素的正规军了。在此寄望
青年一代的消防队员刻苦训练，练就过硬的消防救助本领，
为新时期的各项经济建设服务，做一名合格称职的优秀消防
队员。

　　时间已把那段可歌可泣的历史尘封了多年，但是当年他
们积极、热情、勇敢战斗在大火现场第一线的英雄形象还是
深深地烙印在沙井大街老居民，特别是受灾人的脑海中。我
就是那个年代的参与者和见证者，曾参加的大小救火的战斗
就达十多宗。眼见着这些大哥哥们对工作这样认真、热情，
特别是在救火现场那种积极、勇敢、无私、不怕伤亡与大火
搏斗的无畏精神，令我难以忘怀，给我的成长起到了榜样的
作用。

　　几代人的无私奉献，一批又一批青年人把接力棒延传下
去，他们这种纯洁而高尚的人格品质，完全有理由成为当今

青年人学习的榜样和典范。希望通过挖掘这段被人们遗忘的历史，唤起新时期人们为国家的建设不计较个人的得失，通过学习发挥所学之长，创造出比 20 世纪沙井蚝厂救火队前辈们更加优秀的成绩，为沙井美好的明天做出应有的贡献。

勇闯太平洋，守望合澜海

　　《守望合澜海》一书是由本土著名作家唐冬眉和申晨联合撰写的，书中采访了 42 位不同年龄段、曾经或正在从事蚝业的蚝民以及水产工作者。他们有土生土长世代养蚝的老蚝民和第二、第三代新蚝民；有长期从事水产科研，通过不断技术革新探索科学生产加工销售、打造蚝产品牌的水产工作者；有外来务工做了半个"沙井仔"并与沙井蚝结下了不解之缘的大学生；有男女同工作业，但更辛苦的女蚝民。

　　沙井位于珠江口的东岸，有茅洲河、新桥河等多条河流注入。古时候沙井西面有合澜海之称，是珠江口的主要入海口。其与伶仃洋相连，通达南海。滚滚而来的波涛在此汇合，故称之为合澜之海。弥漫合澜海，南与沧溟通。这里咸淡水交汇，成为得天独厚的天然蚝场。

　　早在宋代，沙井人就开始在合澜海"插竹养蚝"，后来逐渐拓展到南到南山的后海，北至东莞的长安交椅湾投放养殖，由于处于咸淡水交汇处，水质适合蚝的寄生和养殖，几百年来蚝民们在技术上不断改进，蚝产品远销香港、澳门及东南亚等地区，逐渐成为蜚声中外的著名品牌"沙井蚝"。

　　北宋著名诗人梅尧臣的《食蚝》诗，对沙井蚝的养殖、生产、烹调、形态和饮食味道作了详细描述："冬月珍珠蚝更多，渔姑争唱打蚝歌，纷纷龙穴洲边去，半湿云鬟在白波。"这是明末清初著名学者屈大均在《广东新语》一书中对蚝诗的记载。

　　蚝民在深圳是一个特殊的群体，尤其是在城市化之后，深圳的养殖业日渐式微，这一特殊的群体以往的辉煌只能在他们的记忆中才能寻找到。但是他们的日常生活、生产习俗、

勇闯太平洋

特殊经历以及其产生的社会价值观是城市记忆不可或缺的重要部分。这本由蚝民自己口述来记录自己历史的书，内容涉及官方文献不曾触及的领域，包括人们的社会交往，如婚姻关系、邻里关系和同事关系等；也包括他们的生活趣味、审美情趣等，更具有历史的丰富性、生动性和真实感。从而发掘了很多未曾触摸和被以往历史记载所忽略的鲜活史实，给读者提供了更多了解历史的另类视角，填补了历史记载的空白和盲点。

《守望合澜海——沙井蚝民口述史》一书的出版，让年轻一代和新移民更多地了解了沙井蚝民怎样为了生存，战天斗海，风里来雨里去，蚝海浪尖讨生活的沧桑经历。虽然有些事已经模糊甚至淡忘，在采写过程中，有的被采访者在说到伤心事时，不禁潸然泪下。曾经久远的生活在他们缓缓的叙述里一点一点地从模糊到清晰，逐渐还原和再现了沙井蚝民在南方的海域八十多年来风风雨雨中所亲身经历的沧桑岁月，他们所体现出的坚韧不拔的意志和执着的守望精神永远值得后辈们学习和传承，并加以发扬光大。通过本书读者知道了这个特殊群体的家居生活、饮食习惯、居住环境、婚姻状况、工作、交通、社交以及价值观念等方面的转变。

从阅读中我们可以了解到养蚝有四道工序：蚝苗、小蚝、中蚝、肥蚝，它们的养殖蚝场都在不同海区。生长期到后要经常搬场，每道工序都要动手动船来搬迁，脚被磨损，手被割伤，皮肤被咸水泡烂，伤口溃烂化脓的事很常见。

然而，随着本地工业的发展，水质受到严重的污染。他们把养蚝养殖基地向外拓展，在粤西的台山和粤东等地寻求新出路，有忧患意识、求变是沙井蚝民的传统。大胆探索，通过技术上对养蚝户的指导，产量得到稳步提高，已经完全可以替代传统沙井蚝，异地养蚝终于获得成功，千年蚝文化历史将得以继续传承。

展望沙井蚝的未来

——借沙井金蚝节东风 铸造千年蚝乡品牌

沙井人的养蚝有史记载已经超过 1000 年，其人工养蚝的价值可以等同于神农尝百草。

沙井人在养蚝过程中创造了源远流长的"金蚝文化"，这些文化滋养了勤劳和善良的沙井人民。

从 2004 年开始，街道、区、市、省几级政府联合举办"沙井金蚝节"，该节到今年已经举办了十届。如今，"沙井金蚝节"已经成为广东省国际旅游节的重要项目，"沙井蚝"已经成为深圳的知名文化品牌。

"沙井蚝"在全体从业者的共同努力下，由一个濒临消失的行业得以重生并再次受到世人的关注。一批有文化、有魄力、有胆色、有为"沙井蚝"再创辉煌而为之奋斗的新一代，

展望沙井蚝

经过十多年来在商海中打拼和洗礼，一部分人已经成为行业的生力军和领头羊。

但笔者并不满足于此，面对"群雄并起"的"蚝业大军"，面对市场经济的激烈竞争，笔者希望蚝品经营者整合资源，发起向"集团冲锋"的号召，借鉴福建沙县小吃的营销经验，把"沙井蚝品"打造成为国际知名品牌，把沙井蚝生意做到美国去，做到世界各地去。

"蚝业大军"群雄并起

异地养蚝的成功，使沙井蚝获得新生。现在，沙井蚝养殖户遍及台山、汕尾、阳江、湛江、惠东等地，从业者达数万人，"蚝业大军"蔚为大观。

现在是沙井蚝生意最火爆的时期，沙井街道大大小小的加工厂达100多家。除了沙井水产公司，新蚝乡蚝油食品公司，金沙蚝江水产品公司，千年蚝业发展公司以及沙井蚝一、蚝四股份公司，沙井家兴蚝业加工厂等规模企业外，还有很多分散作业的蚝业个体户。

林林总总的蚝品作坊遍布沙井各地，这些作坊以家庭作业模式经营，大多数以某某记的商号对外销售产品，多年来也还行之有效。

但是，在当今的市场经济的大潮中，这样的经营模式和单干行为是不是已经落后？这样的力量是不是太过"单薄"？怎样才能够把蚝品企业做强做大？这值得这支阵容庞大、"群雄并起"的"蚝业大军"思考。

整合资源发起向"集团冲锋"

个体蚝业经营户零散经营、单兵作战，一些蚝老板有"小富即安"的思想，仅满足于以晒蚝、售蚝，"赚点小钱"，没有打大仗、打漂亮仗、打大胜仗的准备和勇气。

无可否认，沙井蚝是深圳的"金字招牌"，沙井蚝业是朝阳行业，在这里从事蚝产业前途远大，想象空间无限。

但是，投资上必须做可行性研究，蚝产品企业必须建设现代化生产线，必须独立研发新产品，创出"拳头产品"，以优质产品占领市场。

当今蚝品市场价格因素众多，价值起决定性作用。市场形势复杂，可谓瞬息万变，稍微不注意，蚝产品企业就会因产品滞销、资金链断裂等因素而面临困境，"散兵游勇"没有办法承受市场重创，遭受市场无情打击便会一蹶不振或关门大吉。

这不是危言耸听。"三鹿奶粉"等大品牌企业不已消失得无影无踪了吗？这样的案例值得深思。

忧患意识往往令我们立于不败之地。在我们生意兴隆、赚得盆满钵溢的时候，我们应该思考如上问题。

我们应该成立行业组织，加强内部管理，走科学化发展的道路，向集团化目标迈进。我们应该尽早避免各自为阵，恶性竞争，每一个蚝品经营者都应该更有志向、更有出息，大家应该抱成团，以"集团冲锋"的方式，去占领中国蚝产品的绝对市场。

建议在成立"沙井蚝民俗文化研究会"的基础上，成立"沙井蚝业者协会"或"沙井蚝同业协会"之类的民间组织，为沙井蚝品从业者提供产（养殖）、供（加工）、销（市场）信息平台，集中力量开展新产品研发，集体应对遇到的困难和问题，一起考虑沙井蚝产业转型升级的大事，共同将本就名声在外的沙井蚝这块"金字招牌"擦得更亮。

从 20 世纪 50 年代开始，沙井蚝民陈淦池就带头组织了沙井第一个互助合作组。他把有船的蚝民和无船的蚝户安排在一个互助组内，让大家共同使用蚝民蚝船，这样既解决了无蚝船的蚝民的实际困难，又充分发挥了集体的养蚝优势和力量。受其影响，本地其他蚝民也相继组成了养蚝互助组，大家优势互补，同舟共济，战胜了所有的困难。那时，沙井蚝年年丰收，沙井蚝业的发展使沙井蚝民的日子过得有滋有味。作为全国劳模，沙井蚝民到北京参加了劳模表彰大会，见到了敬爱的毛主席、周总理。并且，他们还到越南传授养蚝技术。

成立蚝业的科学研究机构

多年前，我曾在《让金蚝永远飘香》一文中提及沙井蚝业要有技术含量，蚝品的科学研究十分必要。

据我所知，沙井水产公司一直是行业的领跑者，在蚝产品的科研与开发方面做出了巨大的贡献。

经过长期不懈的努力，该公司目前已经拥有"沙井""沙香"等注册商标，2004年"沙井蚝"被评为"最具影响力的深圳知名品牌"，"沙香牌"沙井蚝油被评为"广东省名牌产品"；2005年，沙井蚝豉又被评为"广东省名牌产品"。

沙井还有一些蚝业企业积极走科学发展的道路，蚝品研发成绩不小。目前有"金蚝牌""金龙牌""金沙蚝江""千年蚝坊"等蚝产品商标。

套用一句祖训："创品牌难，守品牌更难。"希望沙井蚝从业者在产业发展中，花大力气进行技术革新、新产品研发，为市场提供物美价廉的产品，共同维护这千年的品牌。

建议由沙井蚝民俗文化研究会牵头，组织沙井大型蚝业企业参与，在省、市水产专业研究机构或大专院校的对口支持下，成立"沙井蚝科研所"之类的民间组织，对沙井蚝进行专门研究，争取发现其潜在的更大价值，实现利润的更大化。

借鉴沙县小吃经验，实现"沙井蚝品"国际化

沙县小吃文化，源远流长、历史悠久，为中华饮食文化百花园中的奇葩，因而被列为福建省的非物质文化遗产，畅销于大江南北。一个以县为单位的民间传统小吃，能够从大山里走出来，凭的是什么？凭的是在食客们心中的良好口碑。经了解，沙县小吃能够屹立于中国品牌美食之列，除了小吃传承了沙县的传统美食文化外，还有一个重要原因，就是沙县小吃有一个善于品牌包装的运作机构。

这个品牌包装机构有创造性和"精品意识"，善于打文化牌。他们把沙县小吃与沙县旅游文化有机结合，在营销中突出宣传"小吃之乡""文化名城"。结果是，"在文化宣传中盘活了饮食业""在饮食销售中让文化来到了老百姓身边"。沙县小吃作为县里最大的"企业"，不仅被评为"中国名小吃"，而且让籍籍无名的山区小县成了"中国小吃文化名城"！凭借着"沙县小吃"这张烫金的名片，沙县吸引了海内外客商的目光，赚了"天下钱"。

整合资源，打造品牌，统一商标、统一配送，沙县小吃的成功之道，值得沙井蚝经营者们学习借鉴。

沙井蚝和沙县小吃的发展有相似之处，所不同的是，沙县小吃已经走出福建，走出了国门；沙县小吃的经营者们打的是一张牌，他们在"沙县小吃"的招牌下进行企业经营，把蛋糕做得越来越大，已经成立了沙县小吃集团公司，准备整合小吃业主入股，提出了"保牌、提质、连锁、上市"的

发展目标。

沙县小吃之所以迅速发展，除了小吃文化的精华所在，日益扩大是其精神动力。但部分沙井蚝企业和蚝业个体经营户，缺乏这种做大做强的精神动力。希望所有沙井蚝企业和蚝业个体经营户都能树立"全局一盘棋"思想，都有"去国外做蚝品生意"的远大抱负，假以时日，"沙井蚝品"也能成为国际知名商标。

挖掘历史文化服务沙井蚝

2010 年"沙井蚝民俗文化研究会"成立，新老蚝民为有这个组织而高兴期望研究会能够带给大家新的思维，新的面貌。

这里历来文人辈出，著作丰硕，各类文化古迹遍及各村，千百年的各种各样的传说深入民间。这里有着良好的文化氛围，有一支新老文化蚝军长期为挖掘本土文化而笔耕不辍，我们应该利用好这一平台，动用社会各界文化力量，定期编印《沙井蚝民俗文化研究》期刊（建议季刊）。挖掘千年蚝乡的人文历史，礼贤谦虚地诚邀各界文化人为沙井蚝服务，有计划地出版有关蚝民、蚝事的文化丛书，用文字为沙井蚝唱赞歌，用文化传译沙井蚝蕴含而未曾开挖在深海中的宝藏，为沙井蚝谱写出更加绚丽多彩的华章。

古桥头村仙桥遗石奇谭

　　清康熙《新安县志》记载："三都桥头，有人驱群石建桥。"仙桥是桥与仙沾边的意思，遗石即遗留下来的石头。在古新安县三都桥头村（即今天深圳市宝安区福永街道办桥头社区）原建有石桥一座，桥侧有很大很长的石头九块。为什么会有石头在桥边？为什么叫仙桥遗石呢？为什么会是九块这个数字呢？故事得从明末清初桥头村要建石桥的那段历史说起。

拟建石桥

　　北宋时，桥头村是珠江口海湾与源于大茅山（凤凰山）的坳劲涌入海的汇合之处，是个热闹的小码头，常有人经商做工，潮水时涨时退，潮涨的时候，人们过往极为不便，于是便在涌上建石桥一座。桥的建成大大地方便了村民出行，到此转运货物的客商逐渐增多，形成了桥头、桥南、桥西、灶下等地名，桥头一带渐渐繁华起来。随着历史的演变，地名便成了村名。到了明末清初的时候，桥头村落规模越来越大，但建于宋时的石桥已经是一座危桥，随时都可能坍塌，已经被封堵起来，只依靠小船来回渡人过岸。一个亟待解决的问题摆在村中父老乡绅面前，是否应该重新建一座石桥呢？

初夏的一个下午，村主任林旺约林永成、林世斌、林春发和陈伟民等几位乡绅到旧桥边上察看实情，商议怎样解决这座已经废弃多时的旧桥。大家你一言我一语，林旺说："桥至今日是非解决不可的时候了。"大家见村主任这样坚决地表

古桥头仙桥

态，一致同意在原桥边建一座新桥以方便村民出入，造福乡亲。建桥计划就这样定下了，大家又商议后决定，要建一座石桥。"费用由在此经商的东主捐助一些，乡绅捐助一些，不足的我们几位来筹足。"林旺用半倡议半要求的语气向众人说，大家默默应允，并建议找在这一带有建桥经验的张石匠来承建。

张石匠，名叫张有德，东莞人，石匠世家，到他已是第三代与石头打交道的人，在三都这一带很多石桥都是由他承建的，是出了名的建石桥专家，人们都称其为张石匠。张石匠有四个儿子，都一齐跟着他打石建桥谋生，各有专长，是父亲的好帮手。

梦中驱石

石桥计划在初秋动土开工，筹备建桥的一切工作开始全面进行，老大张金贵负责到外地准备采购石头材料，老二张木贵负责桥的测量绘图，老三张水贵负责招募打石建筑工人，老四张火贵负责后勤的工作。兄弟四人工作分配得井井有条，转眼间到了夏末，建桥的各项工作已准备妥当，可谓万事俱备，只欠东风，只待择日祭祀动土了。

夏末初秋的一个夜晚，天气非常闷热，没有一点风，好像暴风雨即将来临，人们直到午夜方能入睡。熟睡的老石匠张有德做了一个梦，梦中所见由大儿子张金贵购回并打凿好作建桥之用的石头材料被一位道长模样的人像赶羊群一样一路驱赶着，一路叫喊着，很快就将石头驱赶得老远，甚至无影无踪。张石匠想阻挡，但手、脚、口都不听使唤，心想，如果材料让人这样驱赶走，又如何建筑石桥呢？怎样向村人交代啊？正在发愁而又无能为力时，忽然间，有一人问道长："三更半夜，道长将石头搬到哪里去？"道长回应："准备在旧桥旁边重新建一座石桥。"来人得到这样的回话就跟着回应一句："原来是这样，希望尽快建好桥，不用我们天天这样麻烦。"双方擦肩过后消失在茫茫夜色中。

梦还在继续，道长依然叫喊着驱赶石群，张石匠仍然无力阻拦。此时，对面走来一位孕妇，就在迎面的一刻，双方打了一个照面，孕妇走过后，也消失在夜幕之中。说也奇怪，石头就原地不动地放在那里，任凭道长怎样挥动手中的鞭子，石头依然不动地停在那里。此时，张石匠被这突如其来的变化惊醒，天未亮，张石匠立即叫醒四个儿子，匆匆赶到堆放建桥石头材料的地方，原来大批待建桥的石材还是完好地放在原处，只有九块又长又大的石条被拖到河边整齐地放着。张石匠回忆昨晚梦中之事，难道真的是那位道长驱赶至这里？

高人释疑

张石匠查看一番后，这些打凿整齐的石块确是大儿子所购来的材料无疑，随即叫工人将拖至河边的那九块石头搬回原处放好。可是，那九块石头只能提高，不能移动，在搬移的过程中，那些工人各个都感到腹痛难受，奇怪的是，放下来就不痛了。这到底是怎么一回事？张石匠叫四个儿子与自己一起试，还是如此，赶紧放回原处，回去想办法了。

回到家中，家人共同研究解决方法，一时间还是难以定夺，只好向村主任林旺如实报告。林旺接报后，也觉得奇怪，约乡绅共同商议，大家觉得如此奇怪之事，必定有一些奥秘，是否有必要请凤岩古庙的道长过来现场察看弄清原因，众人均表示同意。

道长请来了，经他详细观测之后，向众人道："这是好兆头，好兆头啊！张石匠梦中所示的是吉兆，这九块石头是一个阵法，九九为长久坚固之意，你梦中所见的那位孕妇是九天玄女的化身，其显灵由道长将这九块石头驱赶至这里摆放，其实是搬来的，但你所梦就是驱赶的。这是一个特殊的阵法，是配合这座桥而设立的，是天意，天意啊！"道长继续说，"不过，此桥今年不能兴建，原因是子午相冲，不宜建桥。"经道长查看通书后，向众人道："要到明年才可以建桥，择日于明年正月初六九天玄女诞日动土祭祀，准保桥建成一切平安，缺了的那九块石头再去补回，千万不要再命人去搬那九块石头。"

县志记载

经过约两年的施工，石桥横跨两岸而成，大大地方便了村人的出行，而新建的桥与原来的桥比又长又宽又壮观，桥头村之村名因这座新桥更加名正言顺了。遗留在桥边的那九块石头更有神奇的一面，潮水怎样涨，都淹没不了这九块石头，其间，有人想私自扛一块走，也会腹痛，但放回原处就不痛。后人对这九块石头就更加珍惜爱护了，不时有人到此添香祭祀，以祈求此桥稳固，人们出入平安，由此新桥成为一个神奇而美丽的传说，被人们称之为仙桥，而石头就谓之遗石。

故事说到这里告一段落，但仙桥遗石是确有出处的。在清康熙《新安县志》卷之三《地理志·古迹》中有一段记载：仙桥遗石，在三都桥头，村侧有大长石数块，屹立河边，潮极长不没；若私扛一块，腹即痛，置即愈。旧传：一人驱群石，或问："何往？"应："在此造桥。"后见一孕妇，驱不动，桥未成。

随着水文的走势和地貌的变化，那九块仙桥遗石也只是在史志上才有记载，现已成追忆了，当代人大多也未曾见过或听过。自从20世纪80年代开始，河流改道，道路全面拓宽，今天，桥头的各项建设已经发生了翻天覆地的变化，古石桥已不存在，只有桥头村（社区、乡、大队）之名将会延续下去……

宝安西部沙井的"盲人歌"

　　曾经在宝安风行数百年的"盲人歌"，由于受日新月异的新外流行音乐不断冲击以及当代失盲人士陆续得到政府的关怀和重视，失盲的人不必为生活奔波而学唱木鱼歌到处卖唱谋生，从 20 世纪末已渐渐地流失，至今，熟练掌握此门技艺的人已为数不多。"盲人歌"顾名思义就是由盲人来唱的歌，广府人称"盲佬歌"。

　　过去，逢年过节、庙会、入伙开张、婚丧嫁娶，主人都会请盲人弹唱，作为助兴。这是盲人赖以生存的方式，更是这一地区年节中不可或缺的一项民俗活动。

　　"年歌一曲贺新年，家内兴隆吉庆天；新年歌贺无差点，屋润家肥又有钱；好景一年逢一变，货喜家堂福满添……"

　　"房屋换清真讲究，你家改成住洋楼；大厦高楼人享受，富贵荣华不使忧……"

每逢正月，人们还沉浸在春节的年味之中，春意盎然之时，在宝安西部地区会有一些盲人纷纷出门，到各家各户以歌唱新春吉祥的方式向乡亲们拜年。

悠久的历史

据了解，宝安西部一带的盲人歌源于明末清初，由东莞流传而来，有木鱼歌、摸鱼歌和沐浴歌之称。因为多由盲人演唱，故也被称为"盲佬歌"。该歌是一种广东曲艺，属于弹词系统，后来衍生出龙舟歌和南音等，出现在岭南及珠江三角洲地区，在民间广泛流传。原本是即兴表演，或根据记忆演唱，后来发展到出唱本——即木鱼书。这类木鱼书在民间已经失传，具有较高的文学价值，其唱词中，诗歌创作的赋比兴手法被普遍地运用。长篇唱词擅于叙事抒情，修辞手法上多用夸张、讽刺、谐音、比喻、拈连。体裁有赋、韵文等样式，讲究平仄、押韵。因此，不难看出其从古典文学中汲取了大量的养分。

这种以广东话（粤语）演唱的民间文学，一般认为起源于南朝萧梁时期，受佛教宝卷传唱的影响，结合地方民歌而最后形成。早期的作品有由佛经故事和宝卷改编的，如《观音出世》《目莲救母》等；有来自小说传奇之作，如《仁贵征东》《白蛇雷峰塔》等；也有反映现实社会题材的曲目，如描写反美华工禁约的《金山客叹五更》《华工诉恨》，揭露帝国主义侵略的《国事诉源》等。传统曲目以《花笺记》《二荷花史》最为著称。木鱼歌虽属弹词系统的曲种，但与苏州弹词不同，没有开篇、诗、词、套数和说白。后来受到粤曲、南音和龙舟歌的影响，插以说白。演唱时用二胡、古筝、琵琶、三弦伴奏，也可用竹板击节。曲调分"正腔"和"苦喉"两种。前者爽朗明快，欢乐喜悦；后者沉郁悲恻，哀怨缠绵。

"盲佬歌"是因昔日唱此歌的多是盲艺人而得名，本地人习惯用此说法，那是因为唱木鱼的职业艺人一般是失明之人。据了解，这类卖唱人除了民间唤其为"盲佬"，但是，他们还有文雅的称号，男性称瞽师，女性则称瞽姬，且男性比女性多。

"岁朝佳节，农闲之时，榕树下，厅堂中，妇人围坐而歌。"这是清初学者屈大均在《广东新语》及罗天尺《五山志林》中都有记载过当时演出的盛况。明末清初学者朱彝尊的《东官书所见》记载："摸鱼歌未阕，凉月出林间。"文史学者杨宝霖先生也对木鱼歌作了综合的形容："一唱摸鱼声，都来月下听，岁朝佳节，农闲之时，榕树下，厅堂中妇人围坐，请识字者按歌本而唱之。一听到木鱼歌声，就群起围而听之。听者表情，随歌书的情节而变化，怒骂者有之，嗟叹者有之，损涕者有之，欢笑者有之。"时至今日，随着时代发展，这类受民众喜爱的"盲佬歌"渐渐被丰富的文娱活动所取代，而具有悠久历史的曲种也受流行歌曲的影响几成绝唱。

浓厚的地方色彩

　　"木鱼歌"是广东的民间方言歌。演唱时边敲木鱼边唱，木鱼歌因此而得名。它的演唱形式，以弦乐为主，也可以用小锣鼓或竹板等打击乐器伴奏，或不用乐器伴奏个人清唱，演唱者往往用三弦或秦琴作间歇性伴奏过渡。唱词基本是七言韵文体，以四句为一组，单数句末字用仄声，双数句末字用平声反复循环至冬结。其曲韵特点，以七言韵文为基本句式，唱腔简朴流畅，用独特的地方话来唱更富有乡土气息，宜于叙事抒情。这种歌的腔调和节奏洒脱自由，悠扬悦耳，深得群众喜爱。而演唱的形式颇为独特，表演时演唱者靠敲击一段刳空的硬质木头来掌握节拍，唱词基本是七字句，通俗易懂。其自成一格的音乐定律以及随意变换清唱的灵活性是其特色，为探究这个濒临消失的曲种，我曾拜访了沙井凯声曲艺社的李国础先生，他将一把长柄琵琶拿给我观赏，并当场演示给我看。据曾经与唱盲歌的人有接触的新桥清平古墟曾淦海老先生说，盲人唱"盲佬歌"的伴奏乐器基本上是一把长柄琵琶，鼓较小，有三条弦，其过门及音韵比较固定，故有"盲佬三弦无转点"之说。

　　据了解，在宝安西部的沙井、福永、松岗和公明一带唱盲人歌的人，除了用长柄琵琶的演奏工具外，还有一些是带着二胡乐器来卖唱的，松岗塘下涌黄永佳老人家便是其中一个。20 世纪八九十年代还经常在这一带见到他的身影。

　　这类盲佬歌的唱法因为相对简单易学，很多半失和全失的盲人均喜欢学习此艺。盲人为了生存必须学一技之长，学习一些适合自己的手艺来养活自己，以不拖累家人。他们有的去学查流年、排八字、看三世书为人算命，有的去学织篾为人编萝织箕，还有的去学推拿按摩。学唱盲人歌也是其中一门技艺。

唱出人间真善美

过去，唱盲人歌的人，新春期间他们走街串巷，所到之处不会受到人们的歧视和刁难，唱完后反而会有小钱（利是）或得到些许米的打赏。有些与主人熟识的还会被热情邀请至家中，相互表达拜年祝福，一起拉家常聊天喝茶，一起品赏各种春节糖果。记得我童年时受父母教导，凡是遇到盲人要好好招待，绝对不可刁难他们，同时也见到爷爷奶奶每年都会这样招待多批唱"盲佬歌"的人，他们谈笑风生、谈古论今。

他们背上特殊制造的琵琶和二胡，一般由一位眼睛正常的搭档照应牵着走，走到哪里唱到哪里，有自弹自唱、夫弹妻唱、父弹女唱等组合形式。

遇到家中有人，不待主人家许可就会说恭喜发财、喜事重重等一连串的新年祝福语，即时唱上应年景的恭喜发财、阖家安康、六合同春、万事大吉、出入平安等歌曲。遇到做生意的人家就唱生意兴隆、财源广进、一本万利等歌曲；遇到添丁的就唱添丁发财、人丁兴旺、快高长大等歌曲；如见

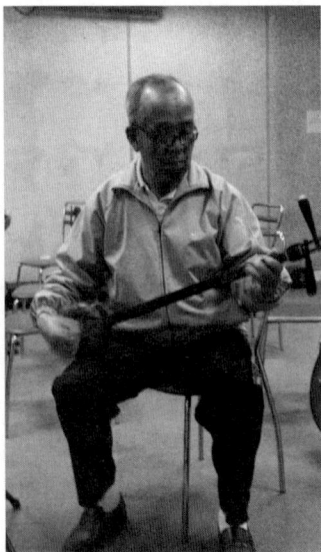

西部盲人歌

家中长者多就会唱越老越福、福寿康乐等歌曲;如果是农耕的人家就唱五谷丰登、六畜兴旺、年年好景等歌曲。他们用歌声唱出各种新年祝福和愿望。

唱盲歌的人基本上是当地的残障人士,他(她)们在新中国成立后,得到政府的关怀,生活得到应有的保障,那时叫"五保户"。平时他们靠手工技艺从事各种小买卖,身上挂着小箱子,吹着自制直管小喇叭,像《七十二家房客》中的飞机福那样到处叫卖,在村口或串家走户售卖花生以及自制小糖丸和自己腌制的各式小吃食等。这种街头盲人小食是我们这个年纪的人童年时的美好回忆。

唱"盲佬歌"的盲艺人们自食其力,早出晚归,用辛勤的汗水获得微薄的酬劳养活自己和家人。身残志坚,自强不息,生活上的艰辛和困苦并没有让他们丧失追求美好生活的愿望。人们不会因为他们身体上的缺陷而瞧不起他们,相反很多唱盲歌者还获得了人们的敬佩和尊重,甚至有大部分家长把孩子上契给他们做"契儿子"。

他们虽然眼睛盲了,但是他们的心灵是美丽的,有一颗祈盼世界和平、人人身体健康，慈悲为怀的心。

如今，随着这批会唱歌的盲人的离世以及政府对残障人士的关怀重视，街头售卖盲人小食和新春唱盲人歌的情景基本消失了。而当今"盲人歌"只有在一小部分老年人中传唱着。

传承保护申非遗

曾经在宝安西部一带广为流传的"盲佬歌"随着时光的流逝现在几成绝唱，这类会唱"盲佬歌"的视力残障人员也相继离开人世，活在世上的已为数不多。笔者认为，"盲佬歌"的形成和发展有其根源，而残存的木鱼歌书，也有一定的历史文化价值，希望有关部门组织专业人员进行抢救性的挖掘保护，让这一有历史价值的本土"活化石"得以保留。

从新桥康、杨二圣庙看宫庙之别

沙井新桥一带各色各样的神祇庙宇遍及各村，不计其数，有观音、天后、关帝、北帝、圣帝、洪圣、太祖、杨侯宫等。而坐落于新桥街道新二社区（即原来新桥的三房、七房，又称壆边），新桥中心路东侧，沙井商会大厦后面的一座庙宇叫"康杨二圣庙"。

庙宇景观

该庙坐东朝西，三间两进，面宽8.22米，进深14.54米，有120平方米，加上后进原属庙建筑，被村民房子占用的60多平方米，共计约180平方米。庙宇是花岗石墙基，清水砖墙，硬山式建筑，绿琉璃瓦剪边，辘筒灰瓦面，琉璃

新二杨侯宫

正脊雕饰仿欧式建筑及西洋人物图案，垂脊下部博古饰及瓷烧坐狮一对。木构架梁，木雕人物故事驼峰，圆斗状爪柱，门楼次间设须弥座墩台，花岗石方形廊柱，门匾写着"康、杨二圣庙"。后堂，面阔三间，抬梁式尾架，硬山式，船形正脊。

目前后堂前檐部分已倒塌。据说正中是立放着康、杨二圣王菩萨的位置，四大金刚放在左右。庙内北次间耳房墙壁嵌着"重修康杨二圣庙碑记"字样，石碑两块分别刻有清嘉庆、道光时重修此庙的经过，算是给该庙提供一定的历史文物价值的证据，该碑文详细记载了此庙的建造概况。据嘉庆年间石碑文字记载："早在乾隆十四年（己巳年）该庙是当地比较兴旺的神庙，康、杨二圣庙，乃三七两房饮和食德之胜区也。但自乾隆己巳（1749年）诸先辈见有旧庙倾颓，人心起敬肃诚，创建宫宇数十年来，神光普照，不特一坊境土共荷帡幪，即四方男妇诚心礼拜者，皆赫然祈祷，无不应焉。迄今花甲已逾，虫蚁所蚀，风雨所摧，垣墉倾，宫瓦零落，入庙者咸目睹而心惊，是用集一坊之绅士，抒片念之真诚……"

"并诹以嘉庆甲戌（1814年）之秋，鸠工庀材，不敢改前人之规制，仍因旧址，广阔台垣，楼座新而榱，题葺桷，槛丹刻，有倍于前矣。至冬十一月落成。众神安座、气象光华……"清楚地记述了由曾启运、曾鹗、曾光禄为首事（碑文有详细记载）。

该庙于道光廿七年（1847年）再次重修，在这次修葺中，留下了深圳市目前所知最早，也是最完整的琉璃陶塑正脊，其上有精工烧制而成的西洋人物和西洋建筑图案，是清代中后期中西文化交流的见证，具有重要的历史价值。"文革"期间部分文物遭损坏，未能完整保存下来，甚为可惜。

二圣是谁

康、杨二圣，村老一辈人称作"康、杨公"，这类集康、杨二王的二圣庙在广东少有，过去村民在春节的"添丁、开灯"会到该庙进香祭祀参拜，直至20世纪五六十年代神像遭人为破坏，祭祀活动才被迫停止。

康、杨二圣是怎样的构成？康、杨二圣与新二村有什么关系？为何会在这里建立康、杨二圣庙？此庙又是建于什么时候？带着疑问我走访了村中一些老人。

初步考证，康乃康王也，据说是宋朝龙捷指挥使康保裔，在抵抗金兵牺牲后被封为"威济善利孚应烈王"。

杨乃是宋末忠臣杨亮节。南宋末年，宋帝被元兵追杀。杨亮节勇敢护驾有功，官封处置使和杨侯王。

据史料记载，杨亮节是南宋二位末代皇帝垂帘听政的杨太后之兄，也有说是其弟，是皇亲国舅，负有保护小皇帝之责。他因劳瘁而死于今天的香港，有说是死于浯州（即今天金门），因此，宝安、香港一带均有为其所立之庙。

庙宫之别

杨侯之庙，有的地方称庙，有些地方称宫，有些省去"杨"字称侯王庙。究竟何者为宫，何者称庙呢？原来是有分别的。

称为杨侯宫的，是以宗祠形式而建；称为杨侯庙的，则是以庙宇形式而建。新桥街道新二社区的康、杨二圣庙与新桥曾氏三、七两房祖祠并排而列，可谓集宗祠和庙宇两者皆有的格式而建，而以两位"王"合建庙来称"二圣"庙的在广东各地不多见。

按当时的地理位置推算，新二村（即壆边），面前是一条新桥河，与下游茅洲河相通，当年可通船航运。据传说，当年有一段动人离奇的故事，每年正月十五，村里乡绅都会筹集资金从省城聘请戏班到村里唱大戏，为节日增添热闹气氛，一则令乡亲们开心，二则可显示各位乡绅自己的阔气，年年都是这样的操办也就成为自然惯例。

有一年，有一支戏班未经村里人的聘请，自动提前到来演戏。乡绅、村民都不知道，相互打听，也不知是谁出钱请来的戏班。于是，大家去找戏班班主弄个明白。

戏班班主回话，说是有一位康大爷和一位杨大爷请他们过来的，戏班费已经付了，要他们在这里演唱十天。众乡绅一听更觉奇怪，一来我们村没有你所说的康大爷和杨大爷；二来就算为我们请来戏班，也应该提前告诉我们，好让我们作准备。众人向班主问明那两位大爷现在何处，好当面向他俩道谢。班主一时忘了问他俩的全名，只知一位姓康、一位姓杨，随即用手指着前面的大片树林和竹林对众乡绅说，他俩与我们同船到岸，登岸付班费后就直往那里走去了。

向班主道谢后，乡绅们向班主所指的方向走去，只见大片树林和竹林，并一起大声叫喊康大爷、杨大爷，但无论怎样叫、怎样喊都未见回音。

人找不到，戏又即将开锣了，但总得把今天这个事弄个明白吧。于是大家找来画师，按戏班子的描述，画出那两位大爷的头像。大家一看，这不就是在庙宇里受人敬香祭拜的康王和杨王吗？

众乡绅这才明白过来，康、杨两位王是通过找戏班显灵来告诉我们村为他俩建立庙宇、安放神像。经众乡绅商讨，决定在那片大树林中间建立康、杨二王庙。

大戏从正月十五唱到廿五，接连唱了十天。村民知道这段奇事后，都纷纷为修建康、杨二圣庙出钱出力。不久，康、杨二圣庙就在那片树林中建成，接受村民的祭祀和参拜。

近日，获悉该庙即将修缮，甚为欣慰。因庙宇与河流相近，经常受到洪水侵蚀，每隔几十年都会翻修一次，庙内现存的一对红砂岩石柱及柱础，据专家考证为清代早期原物。不过以通过请戏班唱戏的方式来提示村民建庙的这一段故事可说比较神奇。是传说还是确有其事？就不必考证了，这也给古庙的建设蒙上一层神秘的面纱。

新桥搬运站的往事

搬运工，旧时又称："咕力佬"，是干苦力活的意思。搬运，在运输力量相对落后，交通并不发达的时代，以人力肩挑、腰背，进展至推车、手拉车、两轮自行车和三轮车，到机动车、叉车和起重机，再发展到今天的飞机、轮船、火车、货柜车等，经历了很长的一个过程。

由于地理位置上的特殊性，沙井原来设有福永、沙井、新桥粮食加工厂，都归沙井粮所主管，并根据实际情况，分别设立相应的三个搬运站（注：福永以前归沙井管辖）。

本文重点追述往日的新桥搬运站发展壮大，并成为当地有一定实力的集体企业以及搬运工人艰辛的创业史。

位于沙井中心路新桥段以西，有一古墟叫清平墟，因有一座"永兴桥"又叫桥头墟，又叫桥头村。是当时沙井、松

新桥搬运站

岗、石岩等地货物的集散地，古桥旁建有一座小码头，货物从这里发往省城（广州），近的达虎门、中山、番禺等地。

　　总部设在此地的新桥搬运站，成立于解放初期，工人最多时候达60多人，妇女占大部分，他们原来从事个体工商业，平时协助丈夫管理店务和家务。新中国成立后，个体工商业逐步走上公私合营之路。粮食加工厂、百货商店、食品站、打铁社、收购站，竹器织造社和车衣缝纫组等国营、集体企业相继在此成立。为搬运站的成立奠定了一定基础。

　　立站之前，工人们以五角至一元的价格用肩挑、步行运送货物，路程近的是松岗、沙井、福永，远的到太平、石岩等地。后来陆续发展到有手拉车、牛拉车，自行车，20世纪60年代末有机动车（将手扶拖拉机车的扶手改成方向盘），并购买苏联将近淘汰的大型"热托"牌拖拉机——可以同时拖几个卡车，后又购置了国产载重五吨"红卫"牌汽车，改革开放后，又从香港进口了几辆旧汽车。运输工具从古老的人力运输发展到机械化、现代化，时代的进步给搬运行业带来了走在时代前列的机会。

可惜，进入80年代的中期，在改革大潮的冲击下，这种集体模式的经营方法得不到上级主管单位的指导，一时是县二轻局主管，一时属县运输局领导，后来又划归沙井农工商管理。人员逐步老化，但退休机制并不完善，再后沦落到谁都不管不要的尴尬境地，发不出退休金，老搬运工人不能老有所养，只有望天长叹。

一个行业从集体经营时的佼佼者，到群雄竞争时失去竞争力；一支在当时颇有名气的运输队伍，为地方的各项建设做出了突出贡献，却突然地消失，这不能不引起人们的思考。运输行业在个体私营经济中占据了主要角色，搬运站曾拥有运输行业的龙头大哥地位，由于经营方法上的守旧及各种费用加大而慢慢地退出历史舞台，甚觉遗憾。

一个企业倒闭了，但一代搬运工人吃苦耐劳的精神是值得当代青年人学习的。身高不足1.6米，体重45～55公斤，典型的广东妇女，她们以单薄的身躯，肩扛200斤大米在码头与货船之间近10米的跳板上行走（跳板的跨度大、空间上下摇晃，现代女子只身行走也相当困难，更何况肩扛二百市斤的东西），不用亲眼见，听了也会让人咋舌。能够完成整个搬运过程，辛苦可想而知。她们的力气真大啊！艰辛的劳动和长期超负荷的工作，使他们身体留下了各种疾病，幸好近年得到政府的关怀，为她们购买了养老保险，晚年享受到美满的幸福生活。

老一辈的搬运工人，虽然没有什么惊人之举，但他们勤勤恳恳、兢兢业业的精神影响了一代又一代的年轻人。

美食篇

驰名深港的新桥"安记烧鹅"

烧鹅，一道岭南特色的名菜，岭南各地有不同的制作方法和招牌称谓。而我推介的是驰名深港的新桥"安记烧鹅"，该店的烧鹅凭着祖传秘方和独特的烧制方法而蜚声港澳，名扬岭南。

"安记烧鹅"是在第二代传人曾榜安的主理下发扬光大的，十里八乡不论男女老少均称其安叔。他的商号命名"安记"，"安记烧鹅"由此而来。可想而知，安叔为了将祖传的烧鹅制作方法传承下来，将品牌发扬光大，得以延续，可谓是耗费了半生精力。

新中国成立前，安叔的父亲在新桥老街从事烧鹅饮食行业，商号为"二九"。因各种原因，他的商号停业了。直至1979年改革春风吹遍祖国大地，他的烧鹅店重新开业，至今已有四十多年了。复业后的烧鹅店开在新桥老街的一处简陋的地方。当时由于销量不多，为保证品质，烧鹅只接受预订，一天销售 12 只。因安记烧鹅店有卖点，受欢迎，每天 12 只烧鹅很快被卖光。20 世纪 90 年代中期，烧鹅店迁至新桥的北环路，并扩大经营，几年后再次扩充，即今天的新桥北环路 86 号新址。几度搬迁，越扩充规模越大，"安记烧鹅"深受食客的青睐。真乃"嘉宾同宴乐，君子远庖厨"。

"安记烧鹅"几十年来食而不腻，顾客盈门，是什么原因？几年前，我带着好奇与寻访地方特色美食的机会采访了安叔。我与安叔的第三个儿子是同窗的学友，与他们一家相交甚笃，而且经常到店光顾，从中了解了一些烧鹅制作的"秘密"。

安记烧鹅

　　首先"栅栏喂养",保证鲜鹅的质量。把鲜鹅从清远市采购回来后,在栅栏里用稻谷喂养一周左右,这样既可去除肉鹅在饲养过程中残留在其身上的杂物,又可漂肥(当地人叫槽肥)。为了让食客吃到新鲜原味的烧鹅,多年来,"安记烧鹅"店都是用人工宰杀肉鹅的,这样既保证鹅的卫生又为第二道工序作好准备。

　　我问安叔:烧鹅店几十年来客源不断,除了诚信经营和品质保证外,还有什么秘方?安叔告诉我,他父亲原来在新桥老街也是开档卖烧鹅的,直到新中国成立前夕才停业。所谓祖传秘方是父亲经过多年烧制积累的一套烹制经验。延续到他手上,作了一些改良。"秘方"是:材料选购很严格,调配完全不用任何混合调料和添加剂。

　　"明炉暗焗",烧制出美味烧鹅。其他人烧鹅是用木炭烤制,而"安记烧鹅"是用木柴,这又是一大特色。目前,烧制工场还是在老店,那里有两个一米宽、两米高的炉是自建炉,每个炉可烧6只烧鹅,上面的盖子是用不锈钢制作的。先把木柴点燃30分钟左右,待其烧透后再把经过加工调配好的鹅挂在炉子里的钩上,盖上盖子十分钟左右,炉子内浓浓的雾不断蒸腾而起,烧在肉身上,肉鹅全身油汪汪的,十分诱人。为使烧鹅均匀熟透,烧制五分钟后将烤鹅机关转动180度,这样一炉烧鹅的制作基本完成了。

　　这种"明炉暗焗"的鲜鹅皮脆肉嫩,十分可口。在烧制的过程中,烧鹅的肥油不断往下滴,滴在炉底下的一个大锅里。一只8斤重的鲜鹅经过宰杀和烧制,待油全部滴完后,只剩下 5 斤左右。这些滴下的油是鹅的精华，吃烧鹅的时候，用肉来蘸一下鹅油，那味道好极了！也可以把油淋在自制的濑粉上，吃起来又是另一番风味。现在很多超市和熟食店都有烧鹅出售，但大多是用电烤箱烤的，味道完全不同。

安叔二十多年前已将"安记烧鹅"交由四儿子全面主理。而深得安叔真传的四儿子承传了父亲的"烧艺"，店铺两次扩张，销量比过去翻了几番，高峰时一天销售量超过百只，日均 50 多只，一些老顾客节假日回乡吃完烧鹅后要求再打包整只烧鹅，带回工作地供亲朋享用。

"安记烧鹅"店经过数十年的经营，在安叔及其子等的精心料理下，在保持质量的基础上，业绩高飞，获益甚多。在给后辈带来口福的同时获得各界食客的称赞。如今，安叔已经离世，他的孙子已经接替店内事务。希望他守好祖传家业，将"安记烧鹅"发扬光大，做大做强这一有地方特色的传统品牌。到那时，食客将称道："佳品咸罗，珍鹅广备。"

风味独特的沙井蚝仔粥

立冬蚝肥美，吹蚝最地道。

每年的冬至前后，穗、港、澳一带食肆均会推出各款式的鲜蚝菜，不过要食到真正的靓蚝，还是首选闻名深圳宝安的沙井蚝。沙井蚝之美味在珠三角广为人知，沙井蚝誉满港澳，名扬四海。

当今的沙井蚝均为异地养殖，主要是移到广东的台山、汕尾、阳江、湛江和惠东等地海区养殖。经过多年的探索，沙井蚝依然是佳肴食界之最，甚至与原来本地产品相比有过之而无不及，千年品牌得以延续。在已经举行的第十五届金蚝节上，通过养蚝人的艰辛养殖，产品质量得以较大提升，慕名者来自各地。

沙井蚝的品食方法有几十种。今天，我特别向大家推荐一款久违的蚝仔粥。大家可能会问蚝的食法已经多种多样，这蚝仔煲的粥有什么特别之处呢？大家有

沙井蚝仔粥

所不知，所谓蚝仔粥选用的当然不是大蚝，而是挑选又小又不变质的小蚝（俗称蚝仔），用蚝仔来煲粥说来也挺有意思的。过去，蚝民们一年的辛勤劳动就靠年底蚝季有好收成，大的好的鲜蚝会拿到市场卖个好价钱，甚至作为春节礼物送给亲戚朋友，而开烂的（开蚝刀致损坏）或小蚝就留在家里食用。在粮食不丰裕的年代，煲一锅蚝仔粥，一家人来食用不失为既节俭又美味的主餐了。

烹蚝万变不离一个"鲜"字。蚝的烹调方法有很多：清蒸、白灼、芝士、炭烧、酥炸甚至火锅，口感各有不同。而在沙井的食肆，烹调更偏向煎、炆、炸、焗、烧、蒸等传统做法，并且在第十二届金蚝节举办了"品蚝菜，忆蚝情"十大传统蚝菜和十大创意蚝菜的评选活动。

年冬，我在一蚝民朋友家中吃全蚝宴，最后一道菜竟端出了一煲地道蚝仔粥，分享过后在场的朋友对这道压台出场的蚝仔粥赞叹不已，纷纷向主人询问这蚝仔粥的主要材料及制作方法。

主人看到大家的求知欲如此之高，就把他的这煲蚝仔粥

的全部材料及制作方法告诉大家："主料有鲜蚝仔、优质大米、精选花生和白眉豆；配料：姜、葱、油、盐、蒜、精选老陈皮和阳江靓豆豉等。制作方法：大米、花生、白眉豆、生姜片、老陈皮洗干净加水先煲成粥；将鲜蚝仔洗干净后将水沥干，把豆豉、蒜一起用刀剁碎成茸，用适量的油起锅，把豆豉、蒜蓉炒香，待油热后将鲜蚝仔放入锅中炒焖至熟。上席前把熟蚝加入粥里，这种制作方法既保持了蚝的原有鲜味又有爽脆的口感，这种吃法是我爷爷教的，每年我都会挑选一些又靓又鲜的蚝仔来煲粥招待亲朋好友，看到大家食后的感觉和赞叹声就是我最大的满足。"

"爷爷他老人家还告诉我，除了这样的食法外，本地人也有将焖熟的蚝放入粥里，再文火煲至软烂，放入适量的葱花，这样的蚝既绵软又鲜美，吃后会有齿颊留香的感觉。再有一种吃法是五花肉与蚝仔一同煎焖，尤其肥猪肉与焖蚝的口感融合在一起是鲜香扑鼻，再加上葱花之味，更是风味别致。"主人家自豪地介绍。地道的蚝仔粥直叫人垂涎欲滴，也满足了宾客的视觉和味觉。

吃过朋友这道别具特色的蚝仔粥，又听了烹饪蚝仔粥的多种方法，感觉上了一堂美食课程，真是回味无穷，一点也不逊色于驰名省城的荔湾艇仔粥和香港湾仔码头粥。大家被一道风味地道、别具特色的沙井蚝仔粥完全征服了，相约来年蚝季再聚，主人表示欢迎明年再来，多弄几款有特色的菜给大家品尝。

蚝的食法有多种多样，据粗略统计，生蚝已有 100 多种食法，几乎每家饭店都有自己的拿手蚝菜。蚝可蒸、可煮、可炒、可煎、可炸、可烤、可煲、可红烧……所有的菜、饭、汤、粥全都可以蚝为原料。传统的食法有酥炸生蚝、煎蚝饼、蒸蚝饼、煮蚝饼、姜葱蚝、蚝豉煲汤、蚝豉发菜焖猪手、蚝仔煲粥等。

当今，蚝的食法经过现代厨师们的精心研究又有新的烹饪方法，如白灼鲜蚝（又称堂灼蚝）、蒜蓉粉丝蒸生蚝、香煎黄金蚝、铁板姜葱蚝、烧汁焗金蚝、炭烧蚝，为了适应大众化口味，吸引各路吃货的食客，又创新了煲仔焗生蚝、芝士牛油焗生蚝、大连鲍扣沙井蚝、冰镇生蚝、花雕煮蚝、鸡煲蚝、麻辣水煮蚝等。这些精心烹饪的蚝之宴在沙井各大酒楼食肆均有推出。

在传统蚝油的制作基础上，近年来，沙井又推出蚝罐头、即食蚝等系列产品投放市场。随着科学技术的进步，我相信会有更多的蚝产品满足广大民众的需求。如果参考"百宝粥"的方法，注入新元素，将"蚝仔粥"也制成罐头包装，在加工制作上为各地食客考虑，方便携带，加温后可即食，将会令更多的人品尝到这一风味独特的美食。

回顾已经举办的金蚝节，有"蚝乡千年·精彩宝安""盛世蚝情·魅力宝安""蚝香旅游·优美宝安""千年蚝乡·优美宝安""千年蚝乡·幸福宝安""蚝乡古墟·优美宝安""千年蚝乡·品质沙井""魅力蚝乡·古韵沙井""湾区明珠·蚝美沙井""魅力湾区·蚝美沙井"等主题。去年举办的第十五届金蚝节按照"创新为先、民俗为本、文化为魂、生态为基"的思路，与粤港澳大湾区发展机遇和深圳国际会展中心的建设有机融合，组织系列特色主题民俗文化活动，彰显蚝文化和海洋文化特色，塑造"千年蚝乡"品牌，致力于把沙井打造成集历史文化、旅游、休闲、娱乐、创意、经贸于一体的具有一流水平、综合性的蚝文化民俗文化旅游胜地。

补遗篇

建议将沙井公园改为参山公园

坐落在沙井街道蚝乡路与康庄路交会处东北角的沙井公园经过几年的建设，将于今年底完工。

该公园面积规模不算大，是在原参里山脉的高岗和白石岗基础上兴建的，但其特殊地理位置从古到今均有着深厚的文化底蕴和历史渊源。先看当今，它北靠沙井中学，东面靠中亚电子城，南面与即将建设的蚝乡路接壤，西与壆岗盛芳园毗邻。连片的山岗带是目前沙井中心地段不可多得的风景点，公园占地面积约54000平方米。

这里是孝子的故里。今天沙井中学云霖花园一带，古时候叫参里，而参里旁边的山被称为参里山。为什么叫参里和参里山？在晋朝期间，这里有位叫黄舒的人，他心地善良、孝敬父母。父亲去世，黄舒痛不欲生，在父亲坟之侧搭一茅

沙井公园

庐守孝三年。后其母逝，也是如此。县人将他比作春秋的孝子曾参，他所居住的地方经官府上奏，命名为"参里"，里旁之山叫参里山。

这里是明清时期新安八景之一——"参山乔木"。明朝祁顺、汤显祖、邱体乾、潘楫及清朝李可成等历代名人均为"孝子黄舒"及"参山乔木"写下诗歌多篇。宋代沈怀远的《南越志》载："宝安县东有参里，县人黄舒者以孝闻于越，华夷慕，之如曾子之所为，故改其居曰参里也。"明代郭棐撰写的《粤大记》对黄舒的事迹也有详细的记述，其中对参里山有这样一段文字："参里之旁，有山岑蔚可爱，旧未有名，亦以舒故，遂乐曰参里山。"参里山虽不高，却树木葱郁，鸟语花香。到了宋代，沙井义德堂陈氏始祖陈朝举迁徙在此立业，明代这里设有云霖墟。作为孝子乡贤的故里，参里及参里山得到了各级政府较好的保护，青山、蓝水、古寺、仙井、墟市，成了一方远近闻名的胜景。

黄舒孝行，感天动地，我们正在兴建的大公园，有如此深厚的历史渊源和文化底蕴，应该溯其源、立其碑，以古鉴今，将中华民族"百善孝为先"的传统美德发扬光大，为此，我建议将沙井公园命名为参山孝子公园。

2400多年前，曾子曾向老师孔子说道："夫孝者，天下之大经也。"孔门弟子多孝子。孟子认为"天下事，孝亲为大"，我们今天一直倡导的"老吾老以及人之老"，也是他的至理名言。

阔别多年街坊相聚永兴桥

2005 年 2 月 1 日上午，沙井街道中心大道西侧的永兴桥畔锣鼓喧天，清平墟的 300 多名原住民回到这里参加新春团拜会。

清平墟是古代茅洲河支流的一个墟集，一度是宝安地区重要的商品交易集散地之一。清平墟旁的永兴桥，被列为深圳市文物保护单位。与周围一些村落不同的是，清平墟的原住居民来自五湖四海，杂姓聚居，以从事商品交易或者手工业为生。改革开放后，原住民多数搬迁到异地建新房，还有些居民到香港、广州等地谋生。繁华、热闹的清平墟逐渐淡出人们的视线。

2004 年春节，在一些热心人士倡议下，清平墟原住民举行了首届新春团拜会。2005 年大年初四（2 月 1 日），300 多

永兴桥相聚

名原住民再度相聚永兴桥，举行第二届新春团拜会，100 多名香港乡亲专程赶回来参加聚会。许多多年未曾谋面的街坊相见格外开心，互致问候。

新桥社区还派出醒狮队、舞蹈队到现场表演，使团拜会显得热闹非凡。部分在外地工作的原居民纷纷感叹沙井近年来发生的变化。当了解到永兴桥旁正在兴建宝安大道和五星级酒店时，大家更是非常兴奋，有人甚至预言，古老的清平墟将在不久的将来焕发生机，成为沙井第三产业的旺地。

把旧蚝厂改造成蚝业博物馆如何

第四届宝安区沙井金蚝节的"蚝门盛宴"美食节期间推出的"金蚝宴"系列套餐得到新老食客赞叹，并吸引众多海内外游客到沙井参观、旅游、购物、品尝美食活动，各大酒店、各大商场销售网点及市场上的蚝系列产品也在热销中。自从去年举办了首届金蚝节，各界反应热烈，政府搭建平台，宣传引导，各大媒体热情配合，令这个千年传统品牌得以延续并发扬光大。2004年沙井蚝荣获"最具影响力的深圳知名品牌"称号，沙香牌沙井蚝油获得"广东省名牌产品"称号。2005年沙井蚝豉又获得"广东省名牌产品"称号。产销两旺、吸引过去告别从事蚝养殖和加工的本地沙井人纷纷回到老本行。

现在沙井在外地养殖规模已达十几万亩，接近以前沙井

旧蚝厂改博物馆

蚝的养殖规模。养蚝业是一个比较特殊的产业，受季节性影响，寒冬腊月才是蚝的生产旺季，要使蚝产品保持水准，科学研究是不可缺的。20世纪七八十年代，沙井曾经也成立过"蚝科组"，为当时的蚝产品做出过贡献。异地养殖更加需要系统的科学性指导，要稳步提高产量和质量，就更加应该加强科学研究，在现有基础上，由政府牵头，成立"蚝业科研所"，势在必行、事不宜迟。

现在一批沙井本地人进入蚝产业链中，他们希望蚝产业做大，除了成立蚝业科研所之外，还希望由政府规划，在沙井建设蚝产品特色一条街，让游客感受到吃、购、玩一条龙乐趣，更让蚝民们有一处统一规范的服务平台，此外还可建立蚝业博物馆。沙井水产公司一栋蚝加工厂厂房现在是重要的工业建筑，保护好这个建筑并建成蚝业博物馆可以充分挖掘这一古旧建筑的价值，可成为一个新的文化旅游景点。据了解，正在起草中的宝安区文化产业发展规划已拟将金蚝节作为一个重要开发内容，予以规划完善并带动金蚝产业做大做强。

广东省非遗调研队到蚝乡考察

—— 解码沙井蚝的前世今生和产业价值

日前，由广东工业大学管理学院组成的广东省非遗调研队来到沙井蚝文化博物馆调研沙井蚝。

据悉，本次非遗调研团队是结合改革开放四十周年来广东省非遗的发展情况、发展现状及未来走向，通过对不同非遗产业化的对比分析，判断不同类型的非遗产业在未来应该如何发展。寻求更好地继承和发展非遗的方法，以打通非遗供给与需求联合的"最后一公里"，促进非遗的可持续发展。

本次调研提纲及研究的课题侧改革背景下广东省非遗调查研究——以沙井蚝、九江双蒸酒与广绣为例，第一站调研沙井蚝。沙井蚝是深圳最主要的土特产之一，其历史可追溯到宋朝。沙井蚝产地分布在深圳市沙井、福永、黄田、前海、

广东非遗调研沙井蚝

后海和香港流浮山一带。沙井蚝业从宋代开始插杆养蚝，距今一千多年，是世界上最早人工养蚝的地区。至明、清时期，沙井蚝业有较大的发展。新中国成立后，沙井蚝业合作社于1956年被国家评为"模范合作社"，1957年评为"全国劳模集体单位"，此后，沙井蚝发展迅速，产品远销海内外，苏联、日本、越南等国专家纷纷前来考察，沙井蚝民也到各地传授生产技术。1980年以后，因蚝田海水污染，沙井蚝民分赴阳江、台山、惠东建立养蚝基地，使"沙井蚝"得以传承。

　　在长期生产过程中，沙井蚝已形成一整套成熟的养殖技术。生产程序有种蚝、列蚝、搬蚝、散蚝、开蚝等。生产习俗有打山口、流水定作息、集体协作等，还有蚝壳砌墙、拜天后、拜观音等生活习俗和民间信仰。特别在收获的开蚝季节，更有一定的风俗习惯。沙井蚝民生产习俗，世代相传至今，具有一定的文化价值和社会价值。

　　调研队成员在沙井蚝文化博物馆听取了解说员的详细解说后，从中了解了蚝业生产的大概情况，包括沙井蚝的前世今生和目前所进行的非遗产业园的大胆构思，打造生产、加工非遗产业园现代化的科学基地。他们认为从文化经济推动沙井蚝的发展，促进产业的持续性非遗与企业是关联的。活动中，广东工业大学共青团委员会还将沙井定为社会实践基地。

星河兆福地 荣御映乐土

潮涌珠江千帆走，喜看蚝乡满眼春。

在烟波浩渺的珠江东岸，有一古邑宝安也，就是今天的深圳市。宝安为华夏之名县，它不仅有与东官郡同郡治和县治的1680多年史料的记载，也曾经发生过许多重大的历史事件。这些事件在岭南乃至中国历史上曾经产生过广泛而深远的影响。千年古镇沙井，乃是这片热土上的一颗熠熠生辉的明珠。

蚝乡沙井，人杰地灵，钟灵毓秀，人文荟萃。先后获得"全国文明镇""全国创建文明小镇示范点""全国乡镇企业出口创汇十强镇""国家卫生镇""广东省文明示范镇""广东省教育强镇"等称号，并被市委、市政府列为"卫星新城"。它既是感天动地的中国大孝子黄舒的生息之地，也是闻名遐迩沙井蚝的故乡。现在这里不仅蚝香依旧，而且变得韵味绵延，香飘千里；这里昔日稻香鱼肥，渔舟唱晚的动人景致也随着时代的发展而悄然地变化着。蚝文化、海洋文化、生态文化在这里相互碰撞，交相辉映。古老的岭南小镇经过改革开放后发生了天翻地覆的变化。从"大市政、大工业、大商业、大文化"到今天的"工业立街，魅力蚝乡，古韵沙井"的发展定位，千年古镇正以前所未有的昂然姿态屹立在奔流不息的珠江出海口。

麒麟山下，马鞍山旁，一个以探索建筑与人居生活为己任的城市建设者——星河地产开发的"星河荣御"经过几年建设，将以王者荣耀和荣归故里的姿态横空出世。它除了给人们营造理想宜居港湾式的幽雅居住环境外，还给大空港周边地区提供了高品位的舒适居所。

从地理位置而言，大空港区域优势明显，它不仅处于广佛肇、深莞惠、珠中江三大城市圈交汇处，而且还处于广深港核心和东西向的发展走廊，扼守珠江口东岸，是粤港澳大湾区（大湾区，指由一个海湾或相连的若干个海湾、港湾与邻近岛屿共同组成的区域）的湾顶核心位置，距南沙、前海自贸区直线距离均约20公里。

发达的湾区经济以庞大的经济体量、宜人的环境、包容的文化氛围、高效的资源配置能力成为区域乃至国家的中心，以强大的辐射能力带动周边经济的发展。围绕沿海口岸分布的港口群和城镇群衍生的经济效应则称之为"湾区经济"。世界银行有数据显示，全球60%的经济总量集中在各个入海口。

星河，可解释为星星和银河。"灯火万家城四畔，星河一道水中央。"这是唐代诗人白居易在《江楼夕望招客》一诗句中对星河的描述。大意是：杭州的夜景十分迷人，城中是万家灯火，西湖中无数游船也是灯火闪烁，宛若一道明亮的星河。诗句以城中的万家灯火和湖上的万船灯火来表现杭州的美丽和繁华。此境此意更是贴近在此落地生根的"星河荣御"，地铁 11 号线近在咫尺，沙井路与沙中路呈交汇点，临近主干道宝安大道和南环路，发达的交通网络构筑成一幅宜商宜居繁荣图画。我们有理由相信，通过星河人的努力和付出，未来这里将会是一处云集八方俊杰的宝地。荣耀绽放，踏石留印，这是星河地产深圳西部中心首发之作，备受世人瞩目。愿星河荣御欣欣向荣，蒸蒸日上。

星河兆福地

星河兆福地，栋起连云凌北斗。

荣御映乐土，楼开向阳对南山。

（上文为本人为《粤港澳大湾区之心》2017 年版写的序二）

后 记

《岁月留痕》一书出版了,这是我继 2007 年初出版了追溯宝安历史文化遗存——《宝安往事》之后,描写本土历史文化的又一本集子。当年,《宝安往事》出版后,我给自己又定下一个新目标:争取五年内再出一本类似这样的作品集。

不知道是时机未成熟,还是本人对作品质量要求高,一转眼就是十几年。好在其间我也出版了一本由足球方面的文章汇编而成的深圳民间足球档案——《绿茵掠影》,从中弥补我对当年目标未完成的遗憾。

《岁月留痕》一书,收集了我这十几年来撰写的关于宝安的 55 篇文章,而且大部分都在各报刊发表过,分民俗篇、文物篇、地理篇、文化篇、美食篇、补遗篇,共 6 个篇章。这些都是我深入乡间、田野、老宅,在老村中、宗祠里、榕树下，面对面向村中长者讨教搜集的第一手原始材料。

文中所写的均是有一定代表性的古村、古墟、古祠、古庙、古桥、古塔、古墓、古雕楼，其中一些人物、自然景观、风土乡情等，也都是结合地方志资料，和涉及当地各姓氏的族谱等文献创作而成。为了让读者阅读时不觉得枯燥乏味，我还穿插了一些当地的民间传说、故事，以散文的方式，采用"相传"、"据说"和"传说"来表述，虚实结合，尽量使典故与现实融为一体，让读者在了解宝安历史文物的同时，也有想到现场看一看的想法。

通过创作而不断提高，每当看到作品在各类报刊上发表并获得好评，又得到大批热心读者的赞赏，他们纷纷以打电话、发短信和微信等多种方式询问和祝贺，同时收获与文友之间的友谊，我感到非常充实。我真的相信天道酬勤、勤能补拙这个哲理，在纷繁世事中我体味人生，感悟人生，追寻真善美，我有责任和义务为之呼吁呐喊。正如著名评论家唐小林先生于 2019 年 6 月号的《南风艺术》名家栏目中将"用笔把本土文化留存下来"作为对我专访的标题，更使我认识到挖掘、保护、传承本土历史文化重任在肩，刻不容缓，愿意为此尽自己绵薄之力。

多年来，我在创作中深受郭培源先生、潘强恩先生、廖虹雷先生、黄开林先生、曾淦海先生、陈沛忠先生、陈水通先生、陈炳芬先生、黄毓明先生、曾志坚先生、陈广泰先生、张金泉先生和曾晃培先生等本地前辈的影响，使我在写作过程中找到了源源不断的素材；文章在发表过程中，得到了程建先生、马牧野先生、徐东先生、唐成茂先生、孙向学先生、陈新波先生、林劲松先生、戴斌先生、郭建勋先生、唐小林先生、喻敏先生、石德照先生、唐冬媚女士、申晨女士、李泞豫女士、左永霞女士、李秋妮女士、范晓霞女士、王盛菲女士和唐诗女士等的指导。

　　感谢一向关心和支持我的读者们，感谢为我采访提供素材的各位前辈和老师。今后，我将一如既往地深入乡间、田野，走进更加广阔的创作天地，深入调查研究，撰写出更多有关本土历史文化的文章，献给所有关注宝安这片热土的人们。在此一并致谢！

石泰康
2022 年春于宝安